臺灣原住民文學選集

文論

二

孫大川 主編

目錄

孫大川

〈捍衛第一自然——當代臺灣原住民文學中的原始生命力〉

paelabang danapan，一九五三年生，臺東縣下賓朗部落（Pinaski）卑南族。比利時魯汶大學漢學碩士，曾任教於東吳大學哲學系、東華大學民族發展研究所、臺灣大學臺灣文學研究所、政治大學臺灣文學研究所。二〇〇九年擔任原住民族委員會主委，二〇一四年擔任監察院副院長，現為東華大學原住民民族學院榮譽教授、總統府資政，以及臺東縣立圖書館總館名譽館長。

一九九三年孫大川創辦「山海文化雜誌社」，發行《山海文化》雙月刊，並籌辦原住民族文學獎，致力於搭建原住民族文學的舞臺，開拓以書寫為我族發聲的機會，亦是「原住民族文學」概念的最重要論述者。著有《久久酒一次》、《山海世界——臺灣原住民心靈世界的摹寫》、《夾縫中的族群建構——臺灣原住民的語言、文化與政治》、《搭蘆灣手記》等書。

本文出處：二〇〇七年七月，《台灣文學的東亞思考：台灣文學藝術與東亞現代性國際學術研討會論文集》，臺北：行政院文化建設委員會。

捍衛第一自然
——當代臺灣原住民文學中的原始生命力

一、前言：甦醒的原始性

一九三一年（昭和六年）七月底鹿野忠雄從臺北出發，偕同幾位布農族人，花了三天的時間縱走駒盆山、馬博拉斯山，秀姑巒山以及大水窟山等四座高山，連峰縱走秀姑巒山脈。路途中遇到暴風雨，同行的布農族人，沿路吟唱古調。鹿野忠雄這樣記載他當時的心境：

蕃人們開始吟唱淒涼的蕃謠，歌聲響徹森林，引起了一陣不可思議的回響。從原始人口中流洩出的原始韻律，此時已超越任何偉大的歐洲作曲家的曲子，穿透我的靈魂。玉山背後，從太古年代以來即存在的大森林，還有和我們所謂文明人相隔千百年的太古原始人，這兩者交互織出的幽幻諧調，正是我血脈早已遺忘了的原始性，此時此地，不期然地甦醒過來[1]。

類似的經驗也發生在瑞士籍賀石神父（Hans Huser）身上。他是我少年時代部落堂口的神父，接替因車禍喪生的紀守常神父（Alfred Giger，一九一九－一九七〇年）[2]兼管蘭嶼傳教工作。一九七四年，賀石神父也因車禍重傷被迫（一九八六）返回瑞士療養。十二年之後，我赴笈比利時，乘便前往蘇黎士探望他。深受殘疾之苦的神父，一見面劈頭就質問我：「你來歐洲學什麼？我們沒什麼東西值得你學習，我們的文化有病，只有你們山地人的文化才符合人性，千萬不要學我們啊……。」

走下火車站的地下道，他請求我用卑南族族老陸森寶所譜寫的曲調吟誦主禱文，不禁熱淚盈眶。在部落期間，他參與大獵祭（mangayaw），和我們一同上山狩獵，也學會了嚼檳榔。在那部落價值普遍被否定的年代裡，他堅定地以行動肯定我們文化的美善。

---

1 鹿野忠雄著，楊南郡譯註，《山、雲與蕃人》（臺北：玉山社，二〇〇〇年），頁九五。

2 紀神父也是瑞士人，精通日語、國語、雅美語、阿美語和卑南語，極度認同原住民文化，曾積極培育雅美青年，並在鄭佩佩主演的《蘭嶼之戀》影片中客串演出，族人稱他為「蘭嶼之父」。一九七〇年在臺南新營送學生北上途中，不幸車禍身亡，英年早逝。繼任的賀石神父，接續其傳教方式，帶領過夏曼．藍波安等第一代蘭嶼知識精英。

我後來發現，賀神父和紀神父一樣，彷彿在部落裡獲得了某種救贖、某種人性上的解放。我當時並不了解歷經兩次大戰後整個歐洲的精神狀態，法蘭克福學派老一輩的代表人物霍克海默（Max Horkheimer）尤其是馬爾庫塞（Herbert Marcuse），將技術與科學作為傳統的意識形態來批判，流露出對「科技異化」的焦慮與悲觀立場。馬爾庫塞的名著《單向度的人》於一九六七年在聯邦德國發行德文本，引發青年學生的強烈迴響，成了學生「造反」運動的「聖經」和「行動指南」[3]。或許這正是賀石神父那一代的歐洲知識分子所面臨的困境，虛無、悲觀的情緒，讓他們找不到文化的出口。

對照鹿野忠雄的生命體會，「原始性」這個概念，似乎可以有它獨特的文化或人性上的涵義：人和大自然之間存在著某種根源性的聯結，人類中心主義所造成的人與自然的對立，始終是人性內在焦慮的反映。

這樣看來，像臺灣原住民這樣的部落民族，在全球性現代化的過程中，似乎可以扮演捍衛人類「第一自然」的角色，藉以避免被我們所創造的「第二自然」——一個逐漸人工化的世界——澈底吞噬。對我而言，所謂的「第一自然」即相應於鹿野忠雄在秀姑巒山脈被喚醒的「原始性」；而「第二自然」則特別是指在十八世紀下半葉發生技術革命之後所形塑的科技文明。從近代西方歷史的發展來看，浪漫主義、人文主義運動、二十世紀初葉興起的存在主義思潮，以及後來一九三、四〇年代的法蘭克福學派和一九六、七〇年代的反文化學生運動，多少和對科技文明的不信任並渴望「重返自然」有關，那是人類「第一自然」和「第二自然」的全面對立。

二、「第一自然」做為一種認同

或許就是對「第一自然」的原始性有著某種程度的信仰，並受到類似鹿野忠雄和賀石神父那樣的人的支持和鼓舞，從青少年時代，我對自己民族文化的價值，便始終懷著一定的信心和憧憬，沒有因強大的漢文化、基督教和現代社會的衝擊而全面棄守。高二升高三那年，我寫了一篇題作〈我心靈不滅的太陽〉的文章，一方面表達自己對部落生

3　哈貝馬斯（Jürgen Habermas）著，李黎、郭官義譯，《作為意識形態的技術與科學》（上海：學林，二〇〇二年），頁二一三。

活世界的禮讚，另一方面也透露對道家思想和陶淵明詩文的偏好[4]。我後來唸哲學、教哲學，除「哲學人類學」，「魏晉玄學」一直是我主要的講授課程。而西方哲學中，我特別喜愛海德格（M.Heidegger）、卡西勒（E.Cassirer）、榮格（K.Jung）以及伊利亞德（Mircea Eliade）等人的著作。現在回想起來，這些哲學家，雖然可能分屬於完全不同的思想流派，也各自有著不同的問題意識和知識論立場，但他們都共同觸及有關「自然」和「原始性」的議題。我雖然談不上充分了解他們，然而他們對存有、自然、神話、語言、巫術、宗教、藝術和宇宙論等問題的思考，卻使我有理由相信：我所屬的民族文化傳統，仍然隱藏著深刻且豐富的意義和價值。捍衛人的原始性、捍衛人的「第一自然」，因而成了我維繫自己「文化認同」的起點——儘管它可能會是我一廂情願的想法。

三十六歲那年（一九九八年）我從比利時回來，有一股強烈的驅迫要去寫自己的部落和族人，先是在《中國論壇》寫〈活出歷史——原住民的過去、現在與未來〉、〈陪他們走完最後一個黃昏〉等文章；隨後在剛創辦的《首都早報》寫了一年的專欄。一九九一年，將那個時期寫的和原住民有關的文字集結出版，書名就叫《久久酒一次》，〈自序〉裡，我說：

晚霞更暗了，我們能不能為原住民點亮一盞燈？這是多年來蓄積在我心裡的一個願望，一種心情。（中略）這裡收錄的文章，都是這兩年來散漫思索的結果，許多是以海若為筆名發表的；自我抒發的意味較濃，原來也沒有做客觀研究或分析的打算。在這些文章裡，我並不想提供什麼原住民政策，只想表達一個徘徊在黃昏裡的人的心情、感受、和想法，只希望這些陳述有血有肉、有淚水……[5]。

整本書有兩個非常清楚的情緒：一是對部落祭儀、童年印象以及「山的邏輯」的讚嘆，一是對部落文化快速崩解的黃昏焦慮；這構成我部落認同的兩個極具張力的內涵。後來在田雅各（拓拔斯．塔瑪匹瑪）著名的小說〈最後的獵人〉裡，我發現了同樣的情緒。田雅各敘述了故事的主人翁比雅日久獵不獲的一段牢騷話：

4　參見拙作〈哲學其實是鄉愁，是處處為家的渴望〉，收於《山海世界：臺灣原住民心靈世界的摹寫》（臺北：聯合文學，二〇一〇年），頁三五－四九。

5　拙著《久久酒一次》（臺北：張老師文化，一九九一年），頁七－八。

一大早到現在不見走動的野獸，他歸罪於森林的日日縮減。他想到再過幾年森林到處是人聲、車聲，動物會因森林的浩劫而滅跡，從此獵人將在部落裡消失。森林是最後能使他得到安慰的地方，比雅日愈想愈孤獨。但他也為森林感到不平，應該把發福的公務員帶來山上，探探森林的祕密；也許他們真的是因森林的奧妙而恐懼，就像主管生怕每個部屬健壯、聰穎的成長。應該讓他們獨自在林中聽鳥、風、野獸和落葉的聲音，再走進山谷，瞻望雄偉的峭壁；脫下鞋子，腳踏純潔的泉水，欣賞未享受人類廢棄物的魚優美地游水，牠們單純得一點都不怕人。他們會理悟這謎般的森林，然後像獄裡將判刑的犯人一樣，懊悔當初為何不把眼光放亮一點。如果那些人看重的不單單是原木的粗細……[6]。

比雅日的獵人邏輯屬於「第一自然」，這當然不是久居「第二自然」的「公務員」所能理解。不幸的是，比雅日下山時還是被警察（公務員）抓到了，在沒收他的山羌之後，警察調侃他說：「喂！老兄，慢走，改個名重新做人吧！不要再叫獵人……。[7]」獵人顯然已經是一個即將步入黃昏的行業。

一九九〇年代之後，投入原住民文學書寫的作家和作品愈來愈多。他們來自不同的族群和部落，有著不同的性別和個性，也分屬於不同的世代。但是，他們都沒有一般印象中文弱、敏感、神經質或自戀的作家形象，他們和他們的作品完全被來自第一自然的原始生命力所滲透。浦忠成（巴蘇亞．博伊哲努）有這麼一段有趣的描寫：

由於過去學習的印象，以及長年在都會生活的經驗，總覺得文學是「斯文」的事，起碼該是「有氣質」的人從事的。不過，近幾年來原住民文學的創作能量逐漸受到矚目，在文學研究、研討的領域場合偶有探觸的作品，也有部分大學院校已經授此一文學內涵；於是逐漸接觸不少的創作者。一致的特徵是：壯碩、黑色、自信、幽默、豪放之類。當然也有一些特別的「配飾」，譬如陳英雄的啤酒肚；拓拔斯．塔

6 田雅各〈最後的獵人〉，收於吳錦發編的《悲情的山林——臺灣山地小說選》，（臺中：晨星，一九八七年），頁六五。本書和另一本同樣由吳錦發編的《願嫁山地郎——臺灣山地散文選》，後來被日本天理大學的下村作次郎教授譯成日文，不但成了他轉向研究原住民文學的開始，也引起日本學者翻譯、介紹原住民文學的興趣。

7 同前註，頁七二。

瑪匹瑪（田雅各）及阿道的鬍子；矮壯配上「蒼蠅」也會滑跤的禿頭林聖賢；可以潛入深海憋氣射魚一分三十秒的夏曼．藍波安；年輕卻很會說故事的撒可努；嘴脣曾因車禍受傷的瓦歷斯．諾幹；一口北京腔的田敏忠；乍看憨、再看「悶騷」兼具敏銳的霍斯陸曼．伐伐；多才而自戀的高正儀；反應最快、口才一流的林志興；剃平頭而沉默的布農人乜寇；唯一稍符「斯文」低標的，大概只有公視主播馬紹．阿紀。所以有如此的特徵，其實是因為這些作者們，並非曾經刻意進入文學創作的世界，而是在真實經歷原住民各類不同生活的內容之後，在壓抑情感而不可的情況下，乃不得不以第二語言表述其深刻的感受。閱讀他們的作品，必會被他們所描述的場景、情節或人物，帶入原住民身處於當今社會的處境：從高山地區的林班、工廠的機房、不見天日的礦坑隧道、最高最危險的鷹架、最黑暗的娼寮、甚而社會集體的歧視現場等；都會讓人不自主地覺察其摹寫生活的力道，也體會原住民族依舊擁有的生命韌度[8]。

這份名單獨漏了我們女性作家：稿紙與尿布齊飛的伐依絲．牟固那那、本身就很陶壺的利格拉樂．阿烏、具有女巫眼神的伊苞、柔中帶剛的里慕伊．阿紀、總把自己想像成吹泡泡的鬥魚的董恕明等。從這些作家群像和他(她)們書寫的主題來看[9]，至少第一代原住民文學的創作梯隊，都集中展現了自己對部落傳統的堅定信仰。捍衛第一自然，不僅是他(她)們創作靈感的泉源，恐怕也是他(她)們自我認同的重要憑藉。

因此，我們看到了這些作家在(她)們孕育自己文學生命的過程中，都或多或少進行著不同程度「部落回歸」的行動：伐依絲．牟固那那從塵封多年的少女記憶中，尋找自己祖父的墳墓；阿媽回部落，記錄部落的婦女；撒可努嘗試咀嚼追隨父親狩獵時父子間的談話，來理解排灣族獵人的生命哲學。老一輩的作家魯凱族的奧崴尼．卡勒盛，在都會讀書、工作、傳教多年之後，毅然決然返回部落，並積極推動、參與重建舊好茶的工作，他回憶他在臺北最後那一年的冬天，母親執意要和他一同回他在陽明山的寓所：

---

8 浦忠成(巴蘇亞．博伊哲努)〈海洋思維悸動〉，收於夏曼．藍波安《海浪的記憶》推薦序(臺北：聯合文學，二〇〇二年)，頁九－一二。

9 隨手抄錄幾位原住民作家作品的題目，充滿部落和原始精神的主題處處可見：《山野笛聲》、《黑色的翅膀》、《冷海情深》、《山豬．飛鼠．撒可努》、〈漂流木〉、〈等待貓頭鷹的日子〉、〈vuvu 來的時候〉、〈彌伊禮信的頭一天〉、《想念族人》、《戴墨鏡的飛鼠》、《雲豹的傳人》等等。

第一天早上，母親起來東看西看，便拿起鐮刀來，然後在四周的相思樹間穿梭採取月桃，一捆捆地搬回來，然後在陽光底下編織著月桃蓆。之後，當我下班回來。一張張的月桃蓆在眼前呈現開來。當週末日，在陽明山的住處，她一面編織月桃蓆一面述說著舊好茶部落的歷史，以及她回憶裡的點點滴滴。這使我對故鄉的情懷，更加深一股熱情，和一種想要潛回歷史雲霾的衝動[10]。

三、第一自然做為一種身體儀式

其實直到一九八五年之前，瓦歷斯·諾幹幾乎沒有寫過關於臺灣原住民題材的作品，雖然早在讀書的時代，他已經是不折不扣的文藝少年。在《山是一座學校》的序文中他說：

一九八八年，我調往豐原市執教，距離部落是愈來愈近，父親每每暗示我何時回到部落任教，我總是推托良久！這幾年，辦原住民雜誌、從事文化活動，甚至被封為臺灣原住民的一支健筆，但我卻愈來愈心虛了，因為這些稱呼竟然都不是族人給予的，而部落正以我們所看到的情形逐日惡化下去。我深思一位原住民教師將如何把心力貢獻給生養自己部落呢[11]？

捍衛第一自然當然不能只是概念性的，它需要身體力行，需要人格的全新改變。瓦歷斯．諾幹後來真的回到了自己的部落，九二一大地震時更全心參與部落的救援與重建。排灣族年輕作家撒可努也選擇了同樣的路，他請調轉為森林警察，回到新香蘭部落，帶動青少年，籌建「獵人學校」，培養能活出第一自然的人。撒可努相當重視人的體態、服飾、裝扮所引發的表現力，時常剪個鍋蓋頭、穿著傳統禮服、佩戴番刀，遊走在臺北大街，引人側目。照他的說法：第一自然不應當被掩蓋在內心世界，它必須被「穿」出來，原始生命力是可以被「看」到的。

10　奧崴尼．卡勒盛，《神祕的消失──詩與散文的魯凱》（臺北：麥田，二〇〇六年），自序，頁六。

11　瓦歷斯．尤幹（瓦歷斯．諾幹），《山是一座學校》（臺中，臺中縣立文化中心，一九九四年）。

夏曼‧藍波安返回蘭嶼島的理由，顯然更樸質些，他大概知道自己沒有什麼可以「貢獻」給部落的，甚至連自己的父母妻兒他都難以照顧：

全家人——父母親、孩子的母親、三個孩子共六個人，都要把我趕出家門，只因為我不賺錢，只因我天天往海裡潛。如今，正當我成為潛水射魚高手的巔峰階段，全家人潑我一劑冷水涼刺骨，好痛苦的一盆水[12]。

其實應該這樣說：夏曼‧藍波安返回蘭嶼的唯一理由，就是要成為一個真正的達悟人。而真正的達悟人，並不是什麼抽象的概念，他必須學習像他父親或祖父一樣的思考、一樣的勞動、一樣的生產，他的肌肉和皮膚以及所有的感覺官能，都要能適應海洋環境所給出的挑戰。

我天天射魚，那又為了什麼呢？是為了擄獲部落的人認同我在這一方面成就嗎？想要改變部落人對我所使用的字眼：「漢化的達悟人」，證實自己是回到徒手生產的達悟人？是的，我是這樣想過。可是父母親始終把我歸類為「漢化的達悟人」，那什麼是真正的達悟子民？究竟有沒有基本的定義？我為何要唾棄就業賺錢？如果我不潛水捉魚，我會失去什麼[13]？

這是一種近乎宗教的抉擇，顯示自己必須澈底放棄都市養成的習慣、思維和身上多餘的贅肉，回到人原初不仰賴任何東西、僅依靠自己本能的力量去生活的狀態。能徒手生產，表示自己是自然人也是自由人，是人維護自己的尊嚴和品質的唯一方式。就是因為有這樣的覺悟和決心，才使得夏曼．藍波安回家的路充滿試煉、誘惑與猶豫，只有將一切掏空，才能真正回到「部落」。

我的心想萌芽於達悟族的土地上，雖然追求無影的理想到後來是個標準的悲劇人物，但我在海裡的感觸以及她賜給我的生命真諦，比我家產萬貫更有價值；並且因

12 夏曼．藍波安，〈無怨也無悔〉，《冷海情深》（臺北：聯合文學，一九九七年）。
13 同前註。

為與海洋搏鬥的關係，發現人類的生命在急流、在波峰波谷是多麼地脆弱，如此之體驗蟄伏在胸膛的鬥志不敢稍減。有充裕的經濟收入，便無從體會窮人、弱勢民族心中的需求。用貧窮來充實我們的生活，用新鮮魚湯養育成長中的孩子，捉上等的好魚孝敬八十來歲的父母。假如上帝不會眷顧我們的話，至少我們不會輕視自己，以達悟為恥[14]。

事實上，真正生活在第一自然的人，對貧窮和富裕有著和我們現代人完全不同的看法，人類學家薩林斯（Marshall Sahlins）一九七二年出版《石器時代的經濟學》一書，強烈批判長期流行於西方經濟學的進化論。根據他的看法，生活在第一自然，過著狩獵、採集和漁撈生活的人，其實有足夠的食物和其他自然資源，也有豐富的閒暇文化的生活。

從資源的占有量而言，狩獵、採集和漁撈民族是「原始的富裕社會」。比起生活在第一自然的人，現代人是貧困交加的窮人，張惶於毫無品質、忙碌無根的日子裡[15]。夏曼·藍波安顯然充分理解達悟人的富裕，擺脫被貨幣或自以為是的價值所綑綁的「現代人迷思」，才能成為一個有品質的人。夏曼·藍波安稱自己是「海洋的朝聖者」，他的回鄉路，是一個身、心、靈淨化的過程，是不折不扣的「儀式性」行動。面對自己族人的未來，他提供了一個來自第一自然的人的思考方向：

的確，潛水射魚絕對不是我雅美子弟在未來社會裡應用的、基礎的謀生知識或技能。然而，我原始的目的，在於讓學生明白他們的父親為其捉魚而勞動之原始價值，讓他們在成長的過程中，在腦海紋路貯存原來他們長大後應有與大自然抗爭、求生存的鬥志；甚至企圖延續在他們心中加速退化的族群意識。用我的經驗增添課堂裡的教育材料，在他們沒有強烈之求知慾望前注入一道可以起死回生的誘餌。在唯漢獨尊、一言堂的教育體制下輸送一股有魚腥味的原料。提供自己在外求學的艱苦經驗，灌輸歸鄉後逐漸融化在母體文化之內的生命旅程，開拓他們的思維與反省自救的空間[16]。

---

14 同註十二。

15 參見王銘銘、胡宗譯，薩林斯著，《甜蜜的悲哀：西方宇宙觀的本土人類學探討》，王銘銘譯序〈薩林斯及其西方認識論反思〉（北京：生活．讀書．新知三聯書店，二〇〇〇年），頁九。

16 《冷海情深》，頁一一八。

當然這是夏曼．藍波安一廂情願的願望，無意間透露了他情不自禁的啟蒙思維。我想這也是像我們這樣充滿「無聊」的使命感的人，共同的誘惑。不過，我私心仍然認為，夏曼．藍波安恐怕是我們這一批人當中唯一通過「身體儀式」的人。每次聽他充滿自信的談話，我知道他的自信不是來自別人的讚美，也不是來自他的文學，而是來自他的身體、他的技術。他是會抓鬼頭刀魚的高手，一個可以和大魟魚在深海中相互凝視的人；他會造自己的船，不是達悟老人眼中所瞧不起的「次等男人」。

四、第一自然做為一種書寫策略

瓦歷斯．諾幹大概是當代原住民作家當中，最具有文學「戰略」思維的人。一九八七年，他因大量閱讀《夏潮》雜誌，意識到自己失去的東西太多、太劇烈，泰雅的面目已經模糊了，他「文學家」的夢，變得貧血而虛無。他開始慢慢地介入社會運動，從工黨、勞動黨，最後轉向參與《原報》的編輯論述的工作。一九九〇年底，他和妻子合辦《獵人文化》雜誌，完成了十八篇部落社會的觀察報告。一九九四年夏天，他和妻子返回部落定居，不但積極以部落觀點對相關公共議題發言，更辛勤走訪各地尋找五、六〇年代白色恐怖原住民受難者及其家屬，藉以了解臺灣原住民在國族體制下的政治精神狀態[17]。或許就是基於這些歷練和反省，他很快地對後殖民文學之分析方法和論述感到興趣，也認為原住民文學應該放置在政治權力運作的架構上，定位自己的戰鬥位置。瓦歷斯・諾幹提醒說：

要言之，經歷了百年「殖民經驗」的族群，其書寫狀態的考察假若不從「被壓迫」與「族群自覺」的主體，不從殖民的權力關係來檢查，恐怕原住民文學將再次被「普同化」、「自然化」乃至於「國族化」，甚至被要求以及自我要求文學的標準要接近（最好是一樣）優勢文學的面貌。何況在語言（中文）的使用、族語的消退下，還能掌握多少「自

17 魏貽君，〈找尋認同的戰鬥位置——以瓦歷斯・諾幹的故事為例〉，收於孫大川主編，《臺灣原住民族漢語文學選集：評論卷》（下）（臺北：印刻，二〇〇三年），頁一一七－一二一。

我決定」的籌碼，甚至於當代的族人還要真實地面對「不內不外的門口情境」[18]。

所謂「不內不外的門口情境」，引用的是楊照對原住民文學使用漢語的觀察；楊照認為「官語」（中文）與「族語」間的不平等關係，迫使族語進一步被遺忘，而官方語言的權威更加牢固，原住民漢語文學因而陷入「不內」、「不外」的「門口情境」[19]。為避免這樣的情況發生，瓦歷斯．諾幹主張原住民文學應該要採取「去殖民」的策略，並以逆寫帝國／中心為己任。瓦歷斯．諾幹接著提出了原住民文學「去殖民」、「逆寫」的幾個面向。

首先是對帝國／中心的控訴，從歷史、社會、文化、經濟與政治等各個層面進行抗爭，這是對原住民當前處境全面性的檢討與反思。以部落之名進行書寫的莫那能的詩作，和瓦歷斯．諾幹犀利的評論文章，應該就是這方面的文學實踐。

第二，瓦歷斯．諾幹藉布農族霍斯陸曼．伐伐的小說〈獵物〉，以及他自己的散文詩〈關於泰雅（Atayal）〉，指出原住民文學書寫，可以透過神話、傳說、儀式、禁忌、戰爭等，來召喚集體的歷史記憶。並在語言或語彙的選擇上，充分對帝國／中心的語言進行「棄用」、「挪用」，造成對中心論述的挑戰與「逆反」。

第三，以巴萬．韃那赫（沈明仁）的人文歷史著作《崇信祖靈的民族——賽德克人》[20]為例，表明原住民的書寫，可以不理會帝國對地名的編派、人類學者對族群的分類，乃至於對歷史事件的詮釋。換句話說，原住民可以挑戰帝國／中心對原住民知識的建構。

最後，瓦歷斯．諾幹總結地說：「因為逆寫，原住民書寫的去殖民才有可能展開。[21]」

這樣的論斷，從策略的角度說，的確可以讓原住民文學，能有效地分清自己的立場和戰鬥位置，凝聚能量、鞏固地盤。不過有兩個問題值得深思：以臺灣實際的經驗來看，她殖民、被殖民的狀況，是否完全等同於歐洲中心論對世界其他地區的殖民？其

18 瓦歷斯．諾幹，〈臺灣原住民文學的去殖民——臺灣原住民文學與社會的初步觀察〉，收於孫大川主編，《臺灣原住民族漢語文學選集：評論卷》（下）（臺北：印刻，二〇〇三年），頁一三四。

19 楊照，〈文化的交會與交錯〉，《夢與灰燼》（臺北：聯合文學，一九九八年）。

20 巴萬．韃那赫（沈明仁），《崇信祖靈的民族——賽德克人》（臺北：海翁，一九九八年）。

21 同註十八，頁一四二—一四五。

次，我們所要捍衛的「第一自然」或部落價值，是現代既與的呢？還是要經過一番人格塑造、轉化的過程？瓦歷斯．諾幹似乎也意識到了這些，針對後者，他說：

原住民書寫文本通常表現出向外爭取「主體」位置、向內認識自己（文化母體）的文學面貌。然而值得注意的是，隨著原住民社會現實上母體文化的模糊化、消失化，恐怕必須面臨楊照所認為的「門口位置」，即向外（使用漢文字書寫其實是再一次地進行去主體性）、向內（族群書寫未被族人認同以及原住民社會文化處於消失中或大部分消失的情況）的尷尬局面；也是布農族小說家拓拔斯在臺灣原住民文化藝術傳承與發展系列座談會上深深憂慮的「正視母語（文化母體）消失的危機」。因此，孫大川很早就注意到原住民書寫者需要先被啟蒙；讓山海以及祖先的生活智慧，滲透到我們生命底層，成為我們思想、行動有機的部分[22]。

我認為從文學實踐上說，夏曼．藍波安的例子很好地答覆了我們的第二個問題。至於第一個問題，其實可以關連著全球化的議題來討論，或許我們可以在結論中再回過頭來處理。不過，在這裡可以補充的一點是：從文化、文學或語言的——而不是政治的角度來看，我不認為殖民和被殖民者之間可以有那麼清楚的對立界線。我曾從臺灣的平埔族歷史、語言和認同的一些觀察，發現「番語漢化」與「漢語番化」是可以同時發生的，而且也是民族、文化和語言交涉過程中自然的結果[23]。因而殖民和被殖民的緊張關係，似乎還可以從不同層次、或更微觀的角度，譬如跨族群婚姻等，進行細膩地分析。

五、結語：捍衛第一自然嗎？

原住民似乎有一種宿命，一直不斷地要去告訴別人自己是誰？不斷地要去說明自己的文化為什麼是那樣？在我父母親那一輩和我少年時代，我們被教育說自己文化是落後

22 同註十八，頁一四五—一四六。

23 孫大川，《從生番到熟漢——番語漢化與漢語番化的文學考察》（臺北：文化總會、臺灣歷史學會、行政院原住民族委員會主辦「臺灣歷史與文化國際研討會議：臺灣之再現、詮釋與認同」宣讀論文，未刊，二〇〇六年）。

的、野蠻的，後來才逐漸有一種聲音說你們的文化是美善的、有價值的，不應當將其拋棄，這便是為什麼當年在聽到賀石神父的話、讀到鹿野忠雄的文章時，自己是那麼樣感動的原因。逐漸的，我們有一批人認為我們必須捍衛自己的文化、自己的部落；有的人走上街頭，嘗試去建構原住民的「法政存在」，於是有了「原運」，有了憲法增修條文中原住民權益的保障，有了行政院原民會，有了原住民族教育法，有了原住民族基本法……。另外有的人認為應當要搶救自己的文化、傳承自己的語言，穩固原住民的「文化存在」。於是有了部落社區營造、族語認證，也有了「原住民民族學院」。還有人說不能只顧傳承，也應當有所開創，於是有了原住民文化園區、原舞者，也有了「原住民文學」……。

坦白說，上一個世紀的後半葉，對一個沒有文字、大半停留在部落社會的民族來說，我們從夾縫中經歷了一段民族斷續存亡的艱苦歲月。別人的感受我不知道，至少我個人，總覺得承受著遠超過自己能力範圍之外的工作壓力。記得一九九三年《山海文化》雙月刊創刊，我便衷心地期盼自己至少能撐到二〇〇〇年。二〇〇三年我們集結出版了四卷七冊的《臺灣原住民族漢語文學選集》，心頭的焦悶總算卸下了大半。我永遠記得二〇〇〇年清大中文系邀我開設「臺灣原住民漢語文學」、「臺灣原住民祭儀文學」

時的心情，我預感臺灣許多大學會很快地開設原住民文學的課程，果然，臺文系所的紛紛創設，為臺灣原住民文學的教學、研究和發展創造了空間。

說來令人難以置信，至少就我個人的經驗來看，這半個世紀原住民「文化」或「法政」的發展，其實是建立在一個模糊卻充滿美感的「部落想像」上，我懷疑它是對照西方的、後工業的、後殖民的東方折射。我們可以從梵谷、高更在大溪地的畫作中，捕捉到那來自原始生命的美感魅力。我將它稱做「第一自然」，是為簡便區分科技所打造的現代社會，也即是我所謂的「第二自然」。事實上，特別是從一九五〇年代以後，「部落」就已經快速地遠離「第一自然」，部落裡的人也開始大量向「第二自然」（都會）移動，奧崴尼．卡勒盛、夏曼．藍波安、瓦歷斯．諾幹、撒可努和其他千千萬萬的原住民都踏上了同樣的旅程，即使後來他們重返部落，情況已經有了相當大的改變。

那麼我們要捍衛什麼呢？已經「第二自然」化的部落嗎？如果這樣，我們將如何合理化我們的控訴？我們將如何突顯我們的價值？我們將如何銜接我們的祖靈？想像中的「第一自然」，就像「伊甸園」、「禮運大同」和「桃花源」一樣，成了一個可操作的「理想國」，並能引發動力。於是，「第一自然」成了原始的召喚，為我們的作家提供了認同的養分，提供了身心提煉的場所，也提供了文字森林裡戰鬥的策略。

然而，過去的五十年，部落雖然遭逢巨變，大致還是有跡可循。但，即將趕上來的年輕世代呢？他們一定更敏感於「第一自然」的虛構性。在網路平臺頗多創作的原住民作者嵐峰這樣表白：

有很多像我這樣的年輕人，對自己的部落，完全沒有印象及認同，相對地對既熟悉又陌生的部落產生了排斥感。這點很嚴重，既一無概況了解，那對文化來源能知多少呢？尋根，是一件美好的禮物，也應對文化的保存，有實際行動才能！[24]

年輕學者奉君山回應嵐峰的焦慮，坦率地指出：

在各種文化教養交雜之下，要去尋求純粹的原住民文化教養，本來就是遙不可及。（中略）無需諱言，面向未來的原住民文化圖景當中，即將接掌主導權的勢必是年輕的一輩，這一代人，同時也是因為在部落生活當中缺席、與族群文化脫節而飽受質疑的一輩。但是問題可能不在於年輕的一輩少了什麼？而是他們被取消了什麼？（中略）正是這樣為傳統感到憂心不已的嵐峰，用他的創作向我們揭露一件事實：卸卻文化使命感的光環之後（中略），他的書寫實踐當中鮮少透露出身為原住民的蛛絲馬跡，或者我們應該說，用單一的脈絡去檢集一個人的自我認同、關懷甚至日常生活，本來就是緣木求魚的事情。於是一種以焦慮為起點，抱持著問題感的原住民意識，便有可能在年輕一輩的身上造成斷裂的心理矛盾。一方面部落的將來（不論就政治、經濟、文化上而言），造就了曖昧的使命感；同時又因為傳統經驗的缺乏而無能無力擺脫既有的社會脈絡，從而讓文化使命感與日常生活產生斷裂。這樣一來，身為原住民的社會脈絡便在政治效應的企求以及傳統經驗的匱乏之間遭到夾殺，被取消了的就是年輕人心知肚明卻又無能為力的文化焦慮[25]。

奉君山的直言，觸及到我自推動原住民文學以來最深的擔憂。在我起草《山海文化》雙月刊創刊號的序〈山海世界〉時，曾反覆思考，明確反對母語主義，並分別針對

24 轉引奉君山，〈為什麼原住民文學？〉，未刊，頁八。
25 同註二十四，頁八。

「題材」和「身分」的問題提出我們的抉擇：為凸顯原住民的現實，我們主張以身分來界定原住民文學的範圍，並鼓勵具原住民身分的作者，去書寫「任何」題材[26]。為清楚起見，就在同一期我還發表了〈原住民文學的困境——黃昏或黎明〉，反覆申明反對「本質化」的身分認同[27]。當時的考慮，就是要避免發生奉君山所指出的那種尷尬。除此之外，我雖然充分了解文學無法自外於現實政治與權力的糾葛，但主張盡量避免過度熱中於權力的算計。關於這一點，奉君山有如下的評論：

從吳錦發所編《悲情的山林》之後，原住民文學曾經一度被定調為山林文學，這當中隱含的危機當然是很可以想像的：以題材為界定方式的「題材論」，難免圈限了原住民文學的書寫姿態，進而有鞏固刻板印象的隱憂。雖然後來孫大川提出以作家身分為基準的權宜之計，成功地建立起提倡多元書寫的論述模式，期望原住民文學不再停留在自傷身世的哀悼之中。但是早先包藏在「原住民文學」這一概念當中的原漢政治緊張，仍然以文化使命感的姿態延續著，形成了許多原住民作家共有的集體焦慮。當初吳錦發聲嘶力竭的道德性喊話，就這樣替原住民文學的書寫劃定了一條通往政治正確的軌道。於是有許多原住民作家過度意識到文化主體建構、替族群發聲這種政治效應，而將自己的書寫展現為一種文化姿態[28]。

回頭檢視當代原住民文學這將近二十年來的創作實踐，奉君山的觀察和批評，反映了一個新世代的需求和洞見。原住民第一代的創作梯隊，以「捍衛第一自然」的「部落想像」，打完了該打的仗。未來原住民文學的走向，應該在它新的歷史和社會的脈絡中，樹立新的典範——或許連典範也都可以免了。我完全同意奉君山主張將原住民文學從文化政略的思考轉向微觀視野當中，使它密密地與日常生活連接在一起。願意再重複提牟宗三先生的一句話：「我們這一代在觀念中受痛苦，讓他們下一代在具體中過生活。」

26 孫大川〈山海世界〉，刊於《山海文化》雙月刊創刊號（臺北：山海文化雜誌社，一九九三年），頁四—五。

27 同註二十六，頁九七—一〇五。

28 同註二十四，頁三。

謝世忠

〈《山海文化》雜誌創立與原住民文學的建構〉

現任國立臺灣大學人類學系兼任教授。在臺大人類系出沒三十八年，其中學生三年、專任教師三十二年、兼任教授三年。教書過程曾至哈佛大學、華盛頓大學、漢堡大學、海德堡大學、聖彼得堡大學，以及奧瑞岡大學進行一個月至一年不等的訪問研究。自二〇二〇年起專心擔任《原住民族文獻》季刊總編輯，該刊收錄多重文類，半學術半科普，或說半嚴肅半輕鬆，惟就是少見文學的文謅謅。

主要學術旨趣為族群理論，寫作範疇則包括中寮泰緬跨界傣族、北海道愛努族，以及臺灣原住民族等，累積超過二十本書冊出版及多篇學術研究論文。

本文出處：二〇〇四年十二月，《臺灣新文學發展重大事件學術研討會論文集》，臺南：國立臺灣文學館。

《山海文化》雜誌創立與原住民文學的建構

一、前言

對臺灣原住民而言，西元二〇〇四年的確深具意義。一九八四年冬日，在一向沉寂順從的山地世界裡，一群青年突然石破天驚地於平地的游移邊緣，成立了「臺灣原住民權利促進會」（謝世忠，一九八七a；一九八七b），該會開啟了當代原住民爭得主體發言位置的社會運動，迄今整整二十年，議題雖有變，基本精神依舊延續。

「精神延續」意指社會運動始終不斷，追求主位原住民的努力，已然成了代代相傳的重要社會化內涵。「議題有變」則係隨時間進程，社運屬性一直在適應發展，乃至有原權會為代表之族群政治運動熱潮過後的傳統與新傳統工藝美學再造的藝術文化運動（意指一九九〇年中葉短短數年間，突現出了上以百計物藝產品工作室與個人創作者之現象），筆者嘗稱之為原住民的全民文化運動（謝世忠，二〇〇〇年）。再者，復有一批原住民籍寫作者，或有學院學位，或憑自修出身，紛紛以接近人類學的形式，進行「田野」調查，在研討會和新興原住民學術刊物上，發類學術論文（賴清盛，二〇〇一年；

啟明．娃旦，二〇〇〇年；蔡光慧，二〇〇三年；吳雪月，二〇〇一年；悠蘭．多又，二〇〇〇年；郭東雄，二〇〇四年），試圖取得自我歷史文化的詮釋權。此一有別於前述族群政治和藝術文化運動的「躍進學術社會運動」，依筆者之見，係基於知識分子的「仿學焦慮」（modelling academic anxiety）。亦即，參與文字寫作者，以類仿學術的形制主題內容，亟力生產自我部族社群的研究性知識，紓解己身壓抑已久之陌生族群文化史的焦慮。

「仿學焦慮」是學術力量技藝（academic technology of power）（謝世忠，二〇〇四年）的展現背景，但它卻可能仿不成，報告成果難獲學院青睞而陷孤寂。因此，文字探索的另一條路——文學，就成了又一可能的開修大道。文學若有成，它即是接續或並置「族群政治」、「藝術文化」及「躍進學術」等三大方向的第四種當代原住民社會運動，吾人或可稱之為「文學建構運動」。

社會運動可以非傳統組織形式領導推動（如族群政治方向的「臺灣原住民（族）權利促進會」），可以技藝工法再現與創新的默契式相互浸染模式出現（如藝術文化方向的各創藝個人和工作室），也可以集體進入學院或制外習得科學語言方法的策略來達成（如躍進學術的各篇論文專著）；三類運動中的第一類型，最可能出現指標性的領袖個人和團體。文學運動比較接近此類，亦即有主導人，也有組織的運作。在筆者的觀察中，原住民文學建構運動最重要的主導人之一，就是現任（二〇〇四年）國立東華大學民族發展研究所所長兼民族語言與傳播學系系主任的孫大川先生，而作用中的組織即為他所召集創辦的《山海文化》雙月刊雜誌社。本文旨在探討該雜誌自一九九三年創刊迄今（二〇〇四年），十一年來在臺灣原住民文學建構過程上的意義。

二、前《山海》的曙光

原住民文學並非始自《山海》的創刊。《山海》作為一個正式組織，或許適合扮演號召、製作、或認定原住民籍文學作者湧現與作品出版的角色。然而，事實上在它之前，已有不少單打獨鬥之優秀人才已然在構築可能的場域，他們林林總總的成就，提示了未來正式推動組織的可能性，吾人因此可逕稱之為前《山海》的曙光。

只是，曙光之前，仍需醞釀。醞釀的肇始，源自一九八三年國立臺灣大學數位原住民學生手稿油印發送閱讀的《高山青》雜誌。《高山青》的短文，嚴格談起來，僅是文字筆練，而非文學。不過，由於文章的批判性與反思性，在原住民族史上，前所未見，因此很快地一方面促動了組織性原住民運動的出現（即一九八四年原權會的成立），另一方面，準文學家們也摩拳擦掌，不待多時，即將現身。

原權會自一九八三至一九八七年間，所出版的七期《原住民》會訊與一期《山外山》雜誌，是八〇年代末期重要的原住民政治社會論述文書。由於目標「族群政治」，所以仍是延續《高山青》模式的文字筆練。文字筆練雖不是文學，卻是原住民建立中（漢）文書寫信心的先鋒部隊，貢獻厥偉。

就在原權會成員積極練字的先前或同時，和該會友誼甚篤的布農族田雅各（拓拔斯．塔瑪匹瑪）、泰雅族柳翱（即後來的瓦歷斯．尤幹／瓦歷斯．諾幹）、排灣族莫那能，則分別有典型的文學創作（即所謂的詩、散文或小說）問世。他們的作品原多發於如《臺灣時報》、《民眾日報》等報紙副刊，原權會會訊或《臺灣文藝》雜誌等，後來則全被晨星出版社蒐羅出版於「臺灣原住民（文學）」系列各專書中。

「晨星」取名妙極，夜裡時的星光正如本節標題的曙光，神奇地帶引出原住民從文字筆練躍進文學建構的新時代。以「神奇」來形容晨星的原住民（文學）系列之籌畫，絕非誇張。自一九八七年系列編號第一期《悲情的山林——臺灣山地小說選》啟始，以迄今日，十七年裡，從未間斷地出版了五十三本原住民文學或文學專書，為臺灣現代文學史注入豐沛的新血脈。

早期晨星的幾本內容，仍以政治社會文字筆練為大宗，稍後則全轉成文學。文字筆練的場域另由一九八九年出刊的《原報》（一九九四年停刊）、一九九〇年發行的《獵人文化》（一九九一年停刊），及一九九五年和二〇〇〇年創刊的《南島時報》與《原聲報》接手，繼續討論原住民歷史與當下族群前途的議題。文學的部分隨著個別作者四處見文，再進入晨星成冊出版，一篇接一篇、一本連一本，形成光點氣候。其他非晨星系統的作者自印作品者有之（如一九九一年温奇的《南島詩稿：練習曲》與林志興的《族韻鄉情：檳榔詩稿（一）》，以及一九九二年温奇的《南島詩稿：梅雨仍舊不來的六月》等），新創品牌者亦不在少（如一九九一年孫大川的《久久酒一次》，以及阿道・巴辣夫在《自立副刊》和《臺灣時報》的多篇文章）。

眾聲響亮之後，終於有先見之士陸續提出「原住民文學」定位與發展的理論和方法論觀點，下表為主要的相關論說資訊。

表一：原住民文學定位與發展的理論和方法論觀點

當事人	論述時間	主題	場合
吳錦發	1989	〈論臺灣原住民現代文學〉	《民眾日報》副刊
楊渡	1989	〈讓原住民用母語寫詩——莫那能詩作的隨想〉	莫那能著《美麗的稻穗》，頁二〇〇—二〇八（附錄）
娃利斯·羅干	1990	〈敬泰雅爾——文學創作裡思考原住民文學的傳達〉	《民眾日報》3月14、15日副刊
瓦歷斯·尤幹	1990	〈原住民文學的創作——讀〈敬泰雅爾〉的幾點思考〉	《民眾日報》4月17、18日副刊
瓦歷斯·尤幹	1991	〈新的聲音·新的生命——談臺灣原住民文學的發展〉	《自立晚報》3月3日副刊
彭瑞金主持，與會者：田雅各、夏曼·藍波安、吳錦發、鄭炯明	1991	「傾聽原聲——臺灣原住民文學討論會」	高雄市串門藝苑

當事人	論述時間	主題	場合
孫大川	1992	〈原住民文化歷史與心靈世界的摹寫〉	《中外文學》二一卷七期，業一五三—一七八
孫大川演講，與會者：呂興昌、陳萬益、巫水福、王浩威、陳千武、胡台麗、浦忠成（巴蘇亞·博伊哲努）	1992	「黃昏文學的可能——試論原住民文學」座談會	國立清華大學月涵堂

晨星的書繼續上市，意見論述日漸增加，背景氣候已成。當時，自比利時趕回報到江湖不久的東吳大學哲學系講師卑南族人孫大川，亟力在主流文學學術場域上，搶攻「原住民文學」可能性議題的版面。如上表所示，臺大外文系的《中外文學》、清大中語系所主辦的演講，以及社會心理學文化變遷研究出書重鎮張老師月刊出版社等，均由他引入了原住民文學主題，奠下不久之後一份由孫先生主導創立之原住民論述場域刊物的發行。

三、《山海》的文學雄心與信心

一九九三年六月，以立法委員華加志為首任理事長的「中華民國台灣原住民族發展協會」成立，同時創立了《山海文化》雙月刊（Taiwan Indigenous Voice Bimonthly）。十一月間，《山海》創刊號出刊，協會理事長依例擔任發行人，總編輯孫大川，編輯委員包括孔吉文、丹耐夫・景若、林志興、拓拔斯・塔瑪匹瑪（田雅各）、阿道・巴辣夫、浦忠成（巴蘇亞・博伊哲努）、夏曼・藍波安（施努來）及高德義，全數是創刊往前推十年間湧現的文字筆練者、文字創作者或文學研究者。

既然是原住民族協會，其發行的刊物自然是「原住民的」。的確，雜誌封面刊名之下有五個內容主題，占首位者就是「原住民的」，另四個依序為「文學的」、「藝術的」、「文化的」、「世界的」；文學是為「原住民的」議題下之第一位，該刊之理想意圖從中即可確認。總編輯以〈山海世界〉一文作為創刊號的序，而該文首句正是「原住民文學……」，孫大川說（一九九三年a，頁四）：

> 它（原住民文學的逐漸茁壯）的重要性不只是因為它指出了一個以「山海」為背景

的文學傳統，更重要地是：我們終於能看到原住民作者，嘗試以主體的身分，訴說自己族群的經驗，舒展鬱積百年的創造活力。

長久以來，原住民卑微、苦難的經驗，使他們的文學筆觸……，更能觸及到生命的本質和人性的底層。……《山海文化》的創刊，就是預備為原住民搭建一個屬於自己的文化舞臺；在這個舞臺上，讓我們的同胞盡情揮灑自己的文學才華……。

確定了「文學」為一切論述之首，序文後段才接談包括書寫方式、文字使用、選擇題材及對話空間等問題。有了前《山海》曙光期的作家行列，孫大川方能信心飽滿地為《山海》立下「文學第一」的內容目標。

創刊號內容有「山海專題」、「山海評論」、「山海文學」、「山海藝術」、「山海文論」、「山海醫療」、「山海兩岸」、「國際原壇」、「歷史剪影」、「部落史」、「山海日誌」及「山海季節」等十二主題子項。日後各期間有增加如「特別企劃」、「永遠的部落」、「山海少年」、「山海文化」、「山海索引」、「山風海雨」、「山海人物」、「博聞小記」及「博物誌」等項目，其餘大致依創刊十二子項編輯。各項次中的「山海文學」與

「山海文論」直接關及「原住民文學」，前者雖然分量並不一致，卻有效地維持著期期不缺（除了最後一刊第二十五、二十六合期闕如之外）的完好紀錄，後者則只見於半數的期號中。下節會有進一步的說明。

第二期時總編輯以「編輯室手記」為明，記述當期的大要，第三期起改為「搭蘆灣手記」，一直至第十五期止。一九九七年華加志與孫大川擔任新成立之行政院原住民委員會主任和副主任委員，《山海》改組，發行人由立委高揚昇擔任，孫大川轉為總策劃，另請瞿海良負責總編。自第十六期起，瞿氏新以「編輯室手記」取代「搭蘆灣手記」。

第十八期增了社長，卻去掉總編輯。二十期之時，發行人改為浦忠成（巴蘇亞・博伊哲努）。二〇〇〇年春天孫大川卸任副主委，回到《山海》以總策劃身分重啟「搭蘆灣手記」，一直到該年年底的第二十五、二十六期合刊出版止。

綜合閱讀「搭蘆灣手記」和「編輯室手記」，約略可以看出《山海》初創與維繫過程中，對文學議題的殷殷期望。

二十六期中有八期「手記」內容，未對當期文學項目的文章作任何介紹，原因一方面可能係各期「主題」或「特別企劃」之當下情境需求非常凸顯，孫大川或其他執筆人（如瞿海良的兩期，另有幾期由執行編輯林宜妙撰寫，唯仍有數次「編輯室手記」未載寫作人名）必須花篇幅說明，其他欄項因此只能籠統帶過；另一方面也可能文學已成《山海》常態，期期投稿飽滿，品質保證，不必多以引介。後者乙點可由如下幾次提及文學刊文的「手記」中，得到印證。

> 伊苞的文章（按，即指〈田野記情〉（一））〔一九九五年：頁七八—八四〕）……，引起許多讀者迴響，我們一定嚴加「監督」、「追討」，逼使他們創作不斷……，說不定我們的原住民文學就因此滑向世界（孫大川，一九九五年，頁一）。

> 「山海文學」（中略）等各個專欄，依然維持了它們應該有的水準（孫大川，一九九四年，頁三）。

> 「山海文學」園地欣見幾位「初生之犢」的作品，文采生動、自然，頗為可觀，是讀者不可錯過的佳作（不著撰人，一九九八a，頁一）。

身為雜誌編輯，最高興的莫過於發掘新的寫手。來自賽夏族的伊替·達歐索就是令人激賞的一位新作者（不著撰人，一九九八年b，頁一）。

流連於「山海文學」動人的詩文（孫大川，二〇〇〇年a，頁一）。

從文學創作（中略），都有許多相當精彩的作品（孫大川，二〇〇〇年b，頁一）。

或許孫大川和他的工作夥伴們，早已看到了原住民的文學希望，因此有意無意的文字表述，均顯露了《山海》文學使命終究有人有文有將來。老手們從前《山海》曙光期，躍入《山海》當下的穩定期，前面幾期果然就看到拓拔斯·塔瑪匹瑪、夏曼·藍波安、温奇、阿道·巴辣夫及林志興等人鼎力相助。而新手也一個個冒頭報名，並且多能獲得肯定。「手記」前後翻閱，更能感受編輯領導人面對各個佳作文采的喜悅心情。

四、「文學」與「文論」概覽

二十六期二十三本（按，其中第二十一與二十二期合刊，第二十三與二十四期合刊，第二十五與二十六期合刊）的《山海文化》雙月刊，如上節所述，期期均有穩定的文學作品稿源。七年累積下來，著實有了不少文章。原住民文學如何界定，前《山海》曙光期已有討論，孫大川自己也有明確的看法。歸而納之，就是：其一，作者必須為原住民籍。其二，漢語文字與母語羅馬拼音文字的創作均可。其三，口傳文學的採集翻譯亦要納入。另外，孫氏曾表示，吾人應排除本質論和唯我獨尊意識，因此，不論何人，凡是與原住民往來密切的「家族相似」者，應也可納入範圍（一九九三年b，頁九七－一〇五）。

不過，從日後發展脈絡觀之，堅持原住民籍（至少要有一半血液）作者的第一項條件顯然最為關鍵。「山海文學」接受「家族相似」的文章，但它們只是在該欄項中出現，是為籠統「山海文學」的一部分，卻不算是「原住民文學」（按，《山海》所承辦的五項文學獎，均規範了原住民籍的報名資格，另外，《山海》與ＩＮＫ印刻出版有限公司於二〇〇三年合作出版的《臺灣原住民族漢語文學選集》，除《評論卷》之外，其餘《詩歌卷》、《散文卷》及《小說卷》，亦全數為原住民籍作家的作品，後節會再討論之）。

吳錦發曾於一九九二年的「傾聽原聲——臺灣原住民文學討論會」上，建議凡漢人寫作之關及原住民的文學作品均應稱為「山地文學」，原住民籍作者的創作才是「原住民文學」。孫大川對吳氏的觀點曾有所評論，如今，在其長期主持的《山海》範疇中，一方面將非原住民籍作者作品收進「山海文學」，另一方面又在各個「原住民文學」名下的場合中，只接受原住民籍作家作品，孫氏作法實為對吳錦發說法的一種改良，非原住民籍好朋友們與原住民可以互為「相似家族」，但原住民自己則又另成「純正家族」。

《山海》各期的「山海文學」的確是典型創作文學、母語文學及口傳文學三項都有。只是母語的部分多係散見於口傳文學的報導翻譯中，一般創作性作品尚未見以純母語全程者。而「山海文論」則是文學評論或研究的文章，文稿性質涉及學術專業，因此分量較少，其中有十三期甚至未有一文。茲將二十六期純母語之外的另二項（即典型創作與口傳）文學（依詩歌、散文、小說、劇本、口傳文學順序）與文論資訊，分別以六表列後。

表二：一般漢語創作文學詩歌作品總表

文類	作者	篇名	年代	期／頁數
詩歌	温奇（排灣族）	〈拳與淚〉	1993	1:84
		〈退出〉	1993	1:84
	阿道．巴辣夫（阿美族）	〈彌伊禮信的頭一天〉	1993	1:85-87
	董恕明（卑南族）	〈魚等待，飄出一朵微笑的雲〉	1993	1:88
		〈鬥魚撞上了女人中的女人〉	1993	1:88
	温奇	〈歸途〉	1994	2:81
		〈梅雨仍舊不來的六月〉	1994	2:82
		〈心象〉	1994	2:83
		〈夜過花東縱谷〉	1994	2:84
	瞿海良	〈山地花〉	1994	2:85
	林志興（卑南族）	〈失敗的心〉	1994	2:86
		〈瀕滅的傳統〉	1994	2:87

類別	作者	篇名	年份	期數:頁碼
詩歌	胡仰山	〈四月十四日冬過檳榔戲為絕句一首贈海若〉	1994	2:88-89
	温奇	〈落花〉	1994	3:54
		〈意志的黃昏〉	1994	3:55
		〈城中的歲月〉	1994	3:56
		〈《綠卡》觀後〉	1994	3:57
	董恕明	〈跌倒——追尋我之於我的意義〉	1994	3:58
		〈觀花落偶感〉	1994	3:59
		〈偶得〉	1994	3:60
	瞿海良	〈頭顱〉	1994	4:56-57
	温奇	〈讀書〉	1994	4:58
	温奇	〈青竹絲〉	1994	4:59
		〈黃昏景象〉	1994	4:60
		〈火車之旅〉	1994	4:61
	撒古流（排灣族）	〈呼吸的森林〉	1994	5:96

文類	作者	篇名	年代	期／頁數
詩歌	謝木生	〈蛇戀〉	1994	5:97
		〈十三行悲歌〉	1994	5:98
		〈黥面〉	1994	5:99
	瞿海良	〈砂卡礑溪〉	1994	5:100
		〈聽歌〉	1994	5:101
	温奇	〈遺產〉	1994	6:74
		〈拉鍊之歌〉	1994	6:75
	雲丹索南・安奇	〈青嘎神歌〉	1994	7:82-83
		〈白度卓瑪〉	1995	8:72-73
	巴勒達斯・卡狼（魯凱族）	〈百合花之一〉	1995	8:74
		〈百合花之二〉	1995	8:75
		〈百合花之三〉	1995	8:76
		〈夜梟〉	1995	8:77
	海樹兒（布農族）	〈森林〉	1995	10:68
		〈母親〉	1995	10:69

詩歌	温奇	〈小時候的腳〉	1995	10:70
		〈時間〉	1995	10:70
		〈雲〉	1995	10:71
	潘煊（平埔族）	〈探訪我原居的埔地〉	1995	10:72
		〈阿嬷的名〉	1995	10:73
	瞿海良	〈如果死後，就不寂寞了〉	1996	11:60-61
	温奇	〈Vuvu 來的時候〉	1996	11:62
		〈部落的日子〉	1996	11:63
		〈雕〉	1996	12:115
		〈誰在乎〉	1996	12:116
		〈如果〉	1996	12:118
	都順．瓦旦（太魯閣族）	〈十一月十二日．玻璃框．相片〉	1996	13:102-103
	瞿海良	〈考古卑南溪〉	1996	15:40-41
	麥樹（布農族）	〈麥樹之歌〉	1998	18:64
	席．傑勒吉藍（達悟族）	〈歸〉	1998	19:78

文類	作者	篇名	年代	期／頁數
詩歌	都順．瓦旦	〈那個女孩〉	1999	20:55
	鍾喬	〈巡迴表演的最後一站〉	1999	20:56
		〈天涯之祭〉	1999	20:56
	張哲民（阿美族）	〈花——我的愛人〉	2000	21/22:106
	安聖惠（魯凱族）	〈秋波〉	2000	21/22:108
		〈縱情知名的附屬〉	2000	21/22:109
	謝來光（達悟族）	〈海的漣漪〉	2000	21/22:109
	撒可努譯（排灣族）	〈祭司卡瓦達的祭詞〉	2000	21/22:109
	伐楚古（排灣族）	〈回應撒可努〉	2000	21/22:110
		〈戲袍〉	2000	21/22:111
	撒可努	〈出征〉	2000	21/22:113
		〈我的天空〉	2000	21/22:114
	都順．瓦旦	〈隔壁的阿公〉	2000	23/24:80

表三：一般漢語創作文學散文作品總表

文類	作者	篇名	年代	期／頁數
散文	陸雅林（卑南族）	〈餘跡〉	1993	1:56
	拓拔斯（布農族）	〈略談布農的笛娜〉	1994	4:52
	黃貴潮（阿美族）	〈母親頌〉	1994	4:53
	希滿棒（達悟族）	〈我的伊娜〉	1994	4:54
	悠蘭．多又（泰雅族）	〈我的「姆幹」雅雅〉	1994	4:55
	依故（賽夏族）	〈父親的故事——那一場大火〉	1994	5:107-112
	董恕明	〈一朵花的喃喃自語——尋找文學的天堂〉	1994	6:76-77
		〈偶感〉	1994	6:78
	夏曼．藍波安	〈我的第一棵樹〉	1994	6:79-80
	撒戈呢．達如查龍（排灣族）	〈外婆的祈禱詞〉	1994	7:81
	伊苞（排灣族）	〈田野記情（一）〉	1995	8:78-84

文類	作者	篇名	年代	期／頁數
散文	伊苞	〈田野記情（二）——小米月〉	1995	9:67-71
	撒可努	〈老人家〉	1996	9:72-73
	董恕明	〈瘋與不瘋之間〉	1996	13:104-105
	馬紹・阿紀（泰雅族）	〈囓食綠藻的〉	1996	13:106-107
	夏曼・藍波安	〈無怨……也無悔〉	1997	16:54-60
	尤稀・達袞（太魯閣族）	〈英倫四年——我的留學心路歷程〉	1997	16:61-70
	黃國超	〈在祖先的土地上流浪〉	1997	16:71-77
	陳秋月（泰雅族）	〈國際太太俱樂部——臺灣原住民〉	1997	17:91-93
	里慕伊・阿紀（泰雅族）	〈老頑童與他的王國〉	1997	17:94-95
	烏尼・姜立子（排灣族）	〈獵人本色〉	1998	18:65-67
	董恕明	〈非病中手札〉	1998	18:68-69
	賴發明（泰雅族）	〈第一次——自然、Yaya、我〉	1998	18:70-71
	簡鴻謨	〈山之組曲〉	1998	18:72-74
	夏本・奇伯愛雅	〈水源頭釣到白斑魚〉	1998	18:73-74
	伊替・達歐索（賽夏族）	〈山、杉——二十年〉	1998	19:75-77

散文	賴梅珍（泰雅族）	〈文化巡禮——我回部落生命力〉	1999	19:75-77
	黑帶・巴彥（泰雅族）	〈老人的生活智慧〉	1999	20:39-46
	伊替・達歐索	〈消失的地平線——部落〉	1999	20:47-50
	董恕明	〈樹的話〉	1999	20:51-54
	撒可努	〈獵人父親〉	2000	21/22:-115
		〈夢〉	2000	21/22:-116
	吳玉婷	〈山的隨筆〉	2000	21/22:-117-118
	黑帶・巴彥	〈祖父的夢想〉	2000	21/22:-119-121
	撒可努	〈工地小孩〉	2000	23/24:-66-67
		〈沒有媽的小孩〉	2000	23/24:-70-71
	夏本・奇伯愛雅	〈蘆葦莖驅鬼〉	2000	23/24:-68-69
	張哲明	〈皮膚白，穿什麼都漂亮嗎？〉	2000	23/24:-72
	董恕明	〈嬌客〉	2000	23/24:-73-74
	撒可努	〈給我糖吃嘛！〉	2000	23/24:-75-77
		〈vuvu 的說話〉	2000	23/24:-66-67

文類	作者	篇名	年代	期／頁數
散文	伊苞	〈最後的祭師〉	2000	23/24:-78-79
	謝來光	〈誰送的 Li bang bang（飛魚）〉	2000	23/24:-80-83

表四：一般漢語創作文學小說作品總表

文類	作者	篇名	年代	期／頁數
小說	拓拔斯．塔瑪匹瑪（布農族）	〈等待貓頭鷹的日子〉	1993	1:57-60
	夏曼．藍波安	〈黑潮の親子舟〉	1993	1:65-67
	田納溪（泰雅族）	〈大霸風雲〉（上）	1994	2:52-62
		〈大霸風雲〉（下）	1994	3:43-52
	林勝賢	〈山海之歌——念「馬卡道」〉	1994	6:81-87
	田納溪	〈赤裸山脈〉（上）	1994	11:64-72
		〈赤裸山脈〉（下）	1994	12:107-114
	霍斯陸曼．伐伐（布農族）	〈失手的戰士〉	1994	14:48-57
	沙力浪（布農族）	〈款待〉	2000	23/24:64-65

表五：一般漢語創作文學劇本作品總表

文類	作者	篇名	年代	期／頁數
劇本	蔡逸君、劉宇均、夏曼·藍波安、夏曼·夫阿原（達悟族）	〈島上的人〉（上）	1993	1:68-83
		〈島上的人〉（下）	1994	2:63-79

表六：口傳文學作品總表

文類	作者	篇名	年代	期／頁數
口傳文學	洪明發（布農族）口述，洪文和（布農族）翻譯，陳善瑜採錄。	〈兩個太陽〉	1994	2:80
		〈狗〉	1994	2:105
		〈穿山甲和猴子〉	1994	3:53
		〈ㄍㄞ ㄅㄧˊ ˙ㄗ〉	1994	3:65
	夏本·奇伯愛雅	〈山藥怪人〉	1994	5:102-106
	江貴生（達悟族）受訪，優將（達悟族）翻譯整理。	〈江貴生（Syanjatavey）小船落成禮歌〉	1994	5:111-119
	曾建次（卑南族）	〈卑南族神話傳說中的人與自然——兼及原住民之文化調適〉	1994	6:88-99

文類	作者	篇名	年代	期／頁數
口傳文學	陳榮福（卑南族）記錄，曾思奇譯註整理。	〈猴祭歌〉	1994	7:84-88
	孫貴花（卑南族）口述，孫大川採錄。	〈榕樹〉	1994	7:89
	洪文和口述，林安之採錄。	〈人間和地府〉	1994	7:89-90
		〈猴〉	1994	7:92
		〈百步蛇〉	1994	7:90-91
		〈豬〉	1994	7:91
		〈貪婪的人〉	1994	7:91
		〈好勝的夫妻〉	1994	7:92-93
		〈兩小無猜〉	1994	7:93
		〈老鷹〉	1994	7:93
		〈狗的傳奇〉	1994	7:94
	優將記錄。	〈朗島村招魚祭晚上說明〉（上）	1995	9:58-66
		〈朗島村招魚祭晚上說明〉（下）	1995	10:52-67

口傳文學	孫貴花口述，孫大川採錄。	〈兩兄弟〉	1996	12:119
		〈祖孫〉	1996	12:120
		〈好朋友〉	1996	12:122
		〈山羊〉	1996	12:122
	莊萬福（卑南族）口述，孫大川採錄。	〈拉魯奧〉	1996	12:120-122

表七：「山海文論」文章總表

文類	作者	篇名	年代	期／頁數
山海文論	孫大川（卑南族）	〈原住民文學的困境——黃昏或黎明〉	1993	1:97-105
	浦忠成（鄒族）	〈找回聲音．握緊筆桿——兼記民間出版原住民作品情況〉	1993	1:106-109
	王浩威	〈地方文學與地方認同——以花蓮文學為例〉	1994	2:90-102
	廖咸浩	〈誰怕邊緣？——和原住民朋友談文學／文化創造〉	1994	2:103-105

文類	作者	篇名	年代	期／頁數
山海文論	傅大為	〈返鄉的文字獵人——另一種邊緣戰鬥〉	1994	3:62-64
	下村作次郎著，年秀玲（排灣族）與張旭宜譯。	〈臺灣原住民文學緒論〉	1995	8:85-99
	陳萬益	〈原住民的世界——楊牧、黃春明與陳列散文的觀點〉	1995	10:74-77
	朱雙一	〈「原」汁「原」味的呈現——略論田雅各的小說創作〉	1998	18:75-78
	陳敬介	〈冷海中燃燒的生命——試讀《冷海情深》〉	1999	20:142-149
	董恕明	〈邊緣之聲——九〇年代臺灣原住民女作家阿鴆研究〉	2000	21/22:195-211
	簡銘宏	〈傾聽大海的聲音——論田雅各《蘭嶼行醫記》的人道關懷〉	2000	23/24:164-172
	謝世忠	〈看重「死亡」，積極「活出」——評孫大川著《山海世界：臺灣原住民心靈世界的摹寫》〉	2000	25/26:191-192
	謝世忠	〈因果的悲劇與再生的時代——評孫大川著《夾縫中的族群建構：臺灣原住民的語言、文化與政治》〉	2000	25/26:193-195

按表統計（有上下篇者以兩篇計），詩歌六十九篇，散文四十七篇，小說九篇，劇本二篇，口傳文學二十五篇，文論十三篇，總計一百六十一篇。以作者族群背景觀之，「一般創作」有泰雅八人，排灣七人，達悟（雅美）六人，布農五人，阿美三人，卑南三人，魯凱二人、賽夏二人，太魯閣二人、平埔一人，另有漢人九人。原住民各族群中，獨缺鄒族、邵族和噶瑪蘭族投稿者；「文論」的十三篇，有三位原住民作者（卑南二人、鄒族一人），一位日本人，其餘皆為漢人。

數字顯示泰雅、排灣、達悟、布農等族有許多作家。以出產密度來看，排灣族的溫奇刊登了二十一篇居冠，卑南族的董恕明有十一篇次之，其他如排灣族撒可努九篇、達悟族夏曼・藍波安五篇，亦屬多產。

前《山海》曙光期的作家除了夏曼和温奇之外，布農族拓拔斯・塔瑪匹瑪、達悟族夏本・奇伯愛雅，及卑南族林志興各貢獻二篇，阿道・巴辣夫也有一篇，多少表示了對《山海》的支持。比較奇特的是，著作最豐、得獎最多的泰雅族瓦歷斯・諾幹似從未考慮過在《山海》投登文章，他在外《山海》場域獨樹品牌，成就非凡。另外，孫大川總編輯雖寫過大量典雅、力道雙俱的散文，卻也未見曾在自己的刊物上發表。或許兩位均以「山海文學」為青少新手練筆之處，不便以資深身分進人影響。然相反地，部分老手如溫奇、夏曼及拓拔斯等人就不介意，兩邊迥異的態度，頗值進一步探究。

總而言之，《山海》二十六期二十三本的確引來了不少原住民創作寫手（共有三十九位），他們或只有少部分成了十三篇「文論」中各文學理論或評論家選的對象（按，十三篇中多次提到的作家有莫那能、瓦歷斯．尤幹、夏曼．藍波安、夏本．奇伯愛雅、拓拔斯．塔瑪匹瑪、孫大川、娃利斯．羅干、利格拉樂．阿𡠄等。這份名單事實上主要仍是《山海》曙光時期已被重視的作家群，後文會再細數此一現象），但個別的表現依是亮麗。這批舊新作家是為《山海》「正統的」（按，全在每期的「山海文學」欄項內刊稿）文學尖兵，他們與由雜誌社主辦或承辦之幾次文學獎而得獎的「另類的」文學好手，共譜了嫡系《山海》原住民文學建構的浩然組曲。

五、文學大獎一次又一次

《山海文化》雙月刊在二〇〇〇年十月第二十五、二十六期出刊後，就沒再發行新的一期。一九九三至二〇〇〇年的七年間，刊物出版之外，雜誌社先是舉辦了「第一屆山海文學獎」（一九九五年），再與中華汽車原住民文教基金會辦了「第一屆中華汽車原住民文學獎（二〇〇〇年）。二〇〇〇年之後雙月刊雖不再出，然雜誌社依續承辦各項活動，其中即包括了「第二屆中華汽車原住民文學獎」（二〇〇一年），與聯合報共同合作的「原住民報導文學獎」（二〇〇二年）、以及「二〇〇三臺灣原住民族短篇小說獎」（二〇〇三年）（按，《山海》規劃於二〇〇三年推出「臺灣原住民族文學獎」，唯因故未能執行，改以小規模的短篇小說獎代之）等重要的文學作品徵稿競賽。

五次成功辦妥之文學獎的得獎人及其作品，可見以下諸表的整理。

表八：第一屆山海文學獎得獎資訊

得獎人	族群	作品	類屬
蔡金智	太魯閣	〈花痕〉	小說
宋明義	泰雅	〈童貞〉	小說
里慕伊．阿紀	泰雅	〈山野笛聲〉	散文
百子．雅細優古	鄒	〈兒時記事〉	散文
達嗨．閔奇暖	布農	〈重拾自信心——布農殘障庇護中心〉	散文

得獎人	族群	作品	類屬
友哈你	布農	〈苦海樹〉	詩歌
沙一安	達悟	〈沙惡渡〉	詩歌
巴勒達斯・卡狼	魯凱	〈KiNuLam 部落史〉	傳統文學部落史
黃東秋	阿美	〈阿美族的年齡輩分組織——我們是踏實的工作尖兵〉	母語創作詩歌
歐密・納黑武	阿美	〈傳說〉	母語創作詩歌

表九：第一屆中華汽車原住民文學獎得獎資訊

得獎人	族群	作品	類屬
林二郎	卑南	〈薑路〉	小說
林俊明	阿美	〈輓歌〉	小說
里慕伊・阿紀	泰雅	〈小公主〉	小說
霍斯陸曼・伐伐	布農	〈死因〉	小說
林建昌	阿美	〈米努蓋・海洋〉	小說

伊苞	排灣	〈慕娃凱〉	小說
根阿盛	魯凱	〈雷女〉	小說
李永松	泰雅	〈雪山子民〉	小說
撒可努	排灣	〈走風的人〉	散文
乜寇·索克魯曼	布農	〈一九九九年五月七日，生命拐了個彎〉	散文
伐楚古	排灣	〈紅點〉	散文
碧斯蔚·梓佑	泰雅	〈尋找我的歌〉	散文
劉武香梅	鄒	〈木屐〉	散文
趙啟明	泰雅	〈Mama 生病了〉	散文
田哲益	布農	〈懷念矮靈〉	詩歌
根阿盛	賽夏	〈矮人祭〉	詩歌
旮日羿·吉宏	泰雅	〈巴托蘭記事〉	詩歌
蔣美英	泰雅	〈相遇的祭節〉	詩歌
趙聰義	布農	〈笛娜的話〉	詩歌
陳德正	泰雅	〈神話二〇〇〇〉	詩歌

表十：第二屆中華汽車原住民文學獎得獎資訊

得獎人	族群	作品	類屬
根阿盛	賽夏	〈朝山〉	小說
根健	賽夏	〈獵人〉	小說
曾修媚	泰雅	〈懷湘〉	小說
林二郎	卑南	〈女巫〉	小說
林俊明	阿美	〈漂流木〉	小說
乜寇．索克魯曼	布農	〈風兒不再來〉	小說
伍聖馨	布農	〈剖〉	小說
王新民	布農	〈Hu! Bunun〉	散文
劉武香梅	鄒	〈親愛的Aki，請您不要生氣〉	散文
曾麗芬	泰雅	〈回向塔馬荷〉	散文
陳康妮	泰雅	〈回家〉	散文
施秀靜	達悟	〈定格的記憶〉	散文
劉美蕊	布農	〈月兒，今夜請照亮我們的路〉	散文
伍聖馨	布農	〈戰在霧社〉	詩歌

董恕明	卑南	〈童話〉	詩歌
趙聰義	布農	〈走風的人〉	詩歌
李國雄	魯凱	〈啊咦 VuVu Bersang 哪裡去了你〉	詩歌
乜寇·索克魯曼	布農	〈繼續活著——Miqomisang〉	詩歌
高進發	泰雅	〈赤足走過三十三年的遷徙歲月〉	報導文學
周明傑	排灣	〈比悠瑪——網上展風采〉	報導文學
鄭信得	鄒	〈塔山下永遠的部落〉	報導文學
陳逸君	布農	〈平埔邊城過山番〉	報導文學
浦忠勇	鄒	〈受壓迫者劇場〉	報導文學

表十一：二〇〇二年原住民報導文學獎得獎資訊

得獎人	族群	作品
林二郎	卑南	〈山地眷村〉
啟明·拉瓦	泰雅	〈說故事的人〉
高進發	泰雅	〈八年部落行〉

表十二：二〇〇三年臺灣原住民短篇小說獎得獎資訊

得獎人	族群	作品
陳康妮	泰雅	〈漫長的等待〉
乜寇．索克魯曼	布農	〈衝突〉
林阿民	卑南	〈與姆母的那一天〉
陳新華	阿美	〈Akila 傳奇〉
施拉橫	達悟	〈魚槍〉
艾忠智	賽德克	〈比紹〉

五次的文學獎項，獲獎者計有泰雅十二人、布農十人、阿美五人、排灣和鄒各四人、卑南和達悟各三人、賽夏和魯凱各二人、賽德克和太魯閣各有一人。《山海文化》雙月刊二十六期二十三本的「山海文學」不見鄒族作者，如今在文學中補齊了。唯二從未見投稿者，就是較晚近政府所承認的邵族和噶瑪蘭族。邵和噶瑪蘭族人未正名前即具原住民身分，但均長期被劃歸為「平埔族」的範疇，在所有《山海》系統的原住民文學作家中，就只見一位非該二族系的平埔作者。此一現象是否顯示泛平埔已然失去「原住

民」實質的生命經驗，以致激不起族群思維底下的文學細胞，值得進一步觀察。

文學獎不乏得獎常勝軍，其中里慕伊．阿紀獲獎三次、林二郎（巴代）三次、林俊明二次、根阿盛三次、乜寇．索克魯曼四次、啟明．拉瓦二次、趙聰義二次、伍聖馨二次、高進發二次，這些作者在文爭筆賽中，充分展現實力，典禮場上又紛吐動人心聲，隱然已成了原住民儲備有成的專業作家群。

六、《山海》系統的原住民文學

《山海文化》雜誌社一九九三年成立迄今（二〇〇四年）已有十一年，雙月刊一直發行至二〇〇〇年的第二十五／二十六合期。前節所述之五次文學獎的前二次（即「第一屆山海文學獎」和「第一屆中華汽車原住民文學獎」），係在刊物仍出刊的時期舉辦，因此所有得獎文章均得以在雜誌刊載（山海文學獎文章見《山海》一九九六年第十二期，中華汽車原住民文學獎見二〇〇〇年第二十五／二十六合期）。它們和「山海文學」欄項歷來的作品合而成為雙月刊文學作者。至於第二屆中華汽車原住民文學獎、報導文學獎，及短篇小說獎各獲獎作品，除了極少數曾刊載於獎項合辦單位平面媒體副刊之外，由於雜誌未再出刊，致使多數仍在雙月刊之外久候。

前文提到，《山海》初創的理想是一般創作文學、口傳文學及母語文學三者並重歡迎。然事實上創作部分投稿刊載比率幾乎獨大，而母語部分則形同闕如。為彌補不足，「第一屆山海文學獎」特別設置「傳統文學類傳統文學組」和「傳統文學類部落史組」，以及「母語創作散文組」和「母語創作類詩歌組」，希望以獎金、獎品號召有能之士寫出經典。但結果仍是報名有限，品質待提升，僅給獎三位，均只是佳作（第一名至第三名都從缺）。

作為另一血統、歷史、文化主體的原住民，有其不同於漢人的語言和口傳知識。界定或提倡原住民文學，不可能忽略母語和口傳。然而，將此二者文字化或「文學化」，顯然工程艱難或市場蕭瑟。此一先天結構的問題，以及雜誌暫停出刊之後，各次獎項得獎作品出版無望的憂心，當為孫大川其工作夥伴們的兩大痛處。或許祖靈顯佑，經由大家努力開拓，不多時，果其然找到了門道。

二〇〇二至二〇〇三年之際，新自然主義股份有限公司在孫大川總策劃之下，出版了十冊原住民各族的神話與傳說，印刷精美，內容老少咸宜，迄今已再刷多次（書評可參謝世忠，二〇〇三年a，頁一二九—一三六）。該套書雖不是《山海》的出版，但孫先生和《山海》同仁提供相當的助力，使得口傳文學久久難以出名的鬱氣，經由套書的成功問世，得以寬然紓解（不過，口傳文學和母語文學就這麼唯一套書，《山海》自身如何加強它們的發展，基本上依是「尚無妙計可施」）。

二〇〇三年的喜事至此還有後續。該年孫大川和《山海》另尋得ＩＮＫ印刻出版有限公司，合作出版了《臺灣原住民族漢語文學選集》。選集分成《詩歌卷》、《散文卷》（上）（下）、《小說卷》及《評論卷》（上）（下）四種（各卷評論請參謝世忠，二〇〇三年，頁一三一—一四〇；二〇〇四年c；二〇〇四年d）。其中《詩歌卷》收錄十六位作者的五十七篇作品，《散文卷》十七人五十一篇，《小說卷》十三人三十二篇，《評論卷》十六人二十一篇。統計這全數一六一篇之中受青睞被選入《選集》的作品，在《山海文化》雙月刊刊出者有十七，五次文學獎獲獎作品有十四。換句話說，孫大川在四類七大冊原住民族漢語文學選集中，從「正統的」《山海》文章和「另類的」獎項作品共選了三十一篇，占選集總量一六一篇的百之之十九．二五，尚不足五分之一。想像之中，入選者應是品質「比較好的」，所以，顯然有五分之四強的「比較好的」文章都在《山海》之外。《山海》多年來無人能出其右地募得各族群作家嘔心作品，它成了泛原住民同胞們筆練之處（按，「正統的」加上「另類的」，共召喚了八十六（（三十九＋四十七））位原住民作者，其中包括泰雅二十人、布農五人、排灣十一人、達悟九人、阿美八人、卑南六人、魯凱四人、賽夏四人、鄒四人、太魯閣一人、賽德克一人、平埔一人。作品總數為一百二十三（（一六一＋六十二））篇）。只是孫大川的標準更高，他一方面包容各家文字，等待好手凸出，另一方面又從嚴檢索，在外《山海》之域找來大批文章，以補《山海》嫡系作品內容之不足。

ＩＮＫ印刻選集的出版，使得多篇《山海文化》雙月刊停刊之後的各獎項得獎作品，有機會被選入刊載，大大減少了好文章無處出版的焦慮。同時，納入一百三十篇（總量的一六一篇減掉《山海》的三十一篇）前、外或非《山海》的文章，亦有將之一次統歸為「泛山海」範圍的態勢，它是一類似「借將」的過程。自此，「正統的」《山海》、「另類的」《山海》，以及「借將的」《山海》得以集中，原住民文學的建構才名言俱實地基地在《山海》。

七、結語——後《山海》、「文論」看待，及人多勢不眾

《山海文化》雙月刊出刊的七年間（一九九三—二〇〇〇年），除了兩次的文學獎之外，雜誌社及其所屬的中華民國台灣原住民族文化發展協會亦主辦、承辦或協辦了「臺灣原住民政策與社會發展研討會」（一九九三年）、「原住民文化會議」（一九九四年）、「『山海世界』文化講座系列」（一九九四年起始）、「第一屆原住民文化工作者培訓營」（一九九四年）、「臺灣原住民文化藝術傳承與發展系列座談」（一九九五年）、「原住民與臺灣的體育文化座談會」（一九九五年）、「回歸正義的起點——臺灣高砂義勇隊歷史回顧」（一九九八年）、「第四屆原住民文化工作者培訓營——原住民藝術工作者培訓」（一九九九年）、「Semenayata ——臺灣原住民詩歌之夜」（二〇〇〇年）、「原住民編採人才專業研習營」（二〇〇〇年），及「第三屆臺北藝術節：歌謠百年臺灣原住民音祭」等，多項原住民族歷史文化詮釋實踐或推廣的活動。

二〇〇〇年迄今四年的停刊期，雜誌社依舊忙碌。除了三次文學獎和新自然主義與 INK 印刻的兩組套書，以及刻正籌辦中的「二〇〇四臺灣原住民族散文獎」徵稿計畫之外，亦辦理了「原住民文學的對話」（二〇〇一年）、「臺灣原住民作家與內蒙古文學

交流」（二〇〇一年），與下村作次郎和土田滋兩先生共同主編日譯本《臺灣原住民文學選》（二〇〇二年），接辦《Ho Hai Yan 臺灣原 Young》的編輯出版，及「向自己挑戰：基路馬安 Kilumaan 與海洋的對話」等活動，工作多采多姿。

前言曾提及當代臺灣原住民社會運動有四大主軸方向：族群政治、藝術文化、躍進學術及文學創作。《山海》在四方面均有付出，前三範疇從雙月刊和上舉活動中即可看出，讀者可自行參研，此處不再多論。就文學議題而言，它無疑是四大運動類屬之冠，總編輯／總策劃及其工作同仁對之付出最超量的心力。

心力付出了，「山海文學」作品總量加上五次獎項獲獎數（如前統計原住民籍作家共生產出了兩百二十三篇），的確驚人。然文學評論學界又如何看待它們呢？表一曾羅列前《山海》曙光期原住民文學地位討論的著作，表七亦整理了一份雙月刊各期「山海文論」的文章。事實上，在《山海》之外的論述場域，及《山海》二〇〇一年承辦的「原住民文學的對話」活動現場上，陸續有不少「文論」屬性的文章發表，沿著前曙光期的脈絡，不斷定位檢視原住民文章。吾人或可總稱之為外《山海》與後《山海》（即指雙月刊停刊之後）的文論著作。下表是一簡單的整理。

表十三．外《山海》與後《山海》原住民文學評論著作一欄表

序號	作者	篇名	場域
1	浦忠成（巴蘇亞．博伊哲努）	〈臺灣原住民文學概述〉	《文學臺灣》一九九六年第二十期
2		〈原住民文學發展的幾回轉折——由日據時期以迄現在的觀察〉	「臺灣原住民文學研討座談會」（一九九八年）
3		《原住民的神話與文學》	臺原出版社（一九九九年）
4		〈原住民文學的類型與趨向〉	《應用語文學報》一九九九年創刊號
5		〈原住民族需要的文學〉	「原住民文學的對話」研討會（二〇〇一年）
6	廖咸浩	〈「漢」夜未可懼，何不持炬遊？——原住民的新文化論述〉	「文化、認同、社會變遷：戰後五十年臺灣文學國際學術研討會」
7	彭小妍	〈族群書寫與民族／國家——論原住民文學〉	《當代》一九九四年第九十八期

序號	作者	篇名	場域
8	陳昭英	〈文學的原住民與原住民的文學——從「異己」到「主體」〉	「百年來中國文學學術研討會」（一九九六年）
9	吳家君	〈臺灣原住民文學研究〉	國立中山大學中國文學研究所碩士論文
10	彭瑞金	〈驅除迷霧找回祖靈——臺灣原住民文學問題初探〉	「臺灣原住民文學座談研討會」（一九九八年）
11	楊照	〈文化的交會與交錯——臺灣的原住民文學與人類學研究〉	《夢與灰燼——戰後文學史散論二集》（一九九八年）
12	張玉珍	〈從「控訴」、「自省」到「重建」——試論臺灣原住民（現代）文學的幾個關鍵問題〉	《第一屆全國研究生論文研討混論文集》（一九九五年）
13	瓦歷斯·諾幹	〈臺灣原住民文學的去殖民——臺灣原住民文學與社會的初步觀察〉	「臺灣原住民文學座談研討會」（一九九八年）
14	瓦歷斯·諾幹	〈從臺灣原住民文學反思生態文化〉	「第一屆國際生態論述研討會」（二〇〇〇年）
15	瓦歷斯·諾幹	〈反思原住民文學的後殖性與離散〉	「語言文學之應用國際學術研討會」（二〇〇〇年）
16	董恕明	〈微風的力量·大地的菁華——試論八、九〇年代臺灣原住民詩歌中重建主體的樣態〉	「臺灣當代史書寫研討會」（二〇〇一年）

17	董恕明	〈邊緣主體的建構——臺灣當代原住民文學研究〉	東海大學中國文學研究所博士論文
18	許俊雅	〈山林的悲歌——布農族田雅各的小說《最後的獵人》〉	「臺灣原住民文學研討座談會」（一九九八年）
19	歐宗智	〈走出文化失落的困境——重讀田雅各《最後的獵人》〉	《書評》一九九八年第三十二期
20	宋澤萊	〈布農族贈予臺灣最寶貴的禮物——論田雅各（拓拔斯．塔瑪匹瑪）小說的角度價值〉	《臺灣新文學》一九九七年第九期
21	王秀吟、蘇蕙婷	〈訪田雅各〉	《臺灣新文學》一九九六年第五期
22	魏貽君	〈反記憶．敘述與少數論述——原住民文學初探：以布農族小說家田雅各的小說〈侏儒族〉為例〉	《文學臺灣》一九九三年第八期
23	石弘毅	〈田雅各與《最後的獵人》所呈現的意象〉	《書評雜誌》第四十五期
24	魏貽君	〈找尋認同的戰鬥位置——以瓦歷斯．諾幹的故事為例〉	「臺灣原住民文學研討座談會」（一九九八年）
25	彭鈺惠	〈《戴墨鏡的飛鼠》讀後〉	「原住民文學的對話」研討會（二〇〇一年）
26	林正三	〈孫大川與臺灣原住民文藝復興運動〉	《臺灣原住民族漢語文學選集》《評論卷（下）》（二〇〇三年）

序號	作者	篇名	場域
27	王應棠	〈語言、生命經驗與文學創作──試論奧崴尼從《雲豹的傳人》到《野百合之歌》的心路歷程〉	「原住民文學的對話」研討會（二〇〇一年）
28	楊翠	〈認同與記憶──以阿媽的創作試探原住民女性書寫〉	「臺灣原住民文學研討座談會」（一九九八年）
29	林建民	〈夏曼．藍波安《黑色的翅膀》寫作技巧析論〉	「原住民文學的對話」研討會（二〇〇一年）
30	劉明亮	〈延伸族群文化的生命力──《山豬．飛鼠．撒可努》主題探究〉	「原住民文學的對話」研討會（二〇〇一年）
31	楊曉菁	〈玉山精靈之書──《黥面》析論〉	「原住民文學的對話」研討會（二〇〇一年）
32	洪倩芬	〈在絕望中找到希望，在悲情中獲得喜悅──我讀莫那能《美麗的稻穗》〉	「原住民文學的對話」研討會（二〇〇一年）
33	簡嘉男	〈錚刀鳴槍，泰雅之聲──試論游霸士．撓給赫《天狗部落之歌》一書〉	「原住民文學的對話」研討會（二〇〇一年）
34	黃淑芬	〈歌詠泰雅勇士──《天狗部落之歌》〉	「臺灣原住民文學研討座談會」（一九九八年）
35	黃鈴華	〈原住民族與臺灣文學〉	「臺灣原住民文學研討座談會」（一九九八年）

後《山海》與外《山海》之臺灣原住民文學評論至少有如上的三十五篇，再加上雙月刊自己刊出的十三篇，總計四十八篇。《山海文化》發刊的十一個年頭間，臺灣各論述場域有如此之多探討原住民文學的文章發表，足見原住民文學作為四大社會運動之一，形式上已然成功地引起學術界關注。只是，一切眞如此樂觀嗎？答案是「不然」！

四十八篇文學評論或許都是深度文章，文論價值非凡。只是它們絕大多數都是以拓拔斯．塔瑪匹瑪（田雅各）（如表十三#18、#19、#20、#21、#22、#23，及表七的朱雙一、簡銘宏）、瓦歷斯．諾幹（#24、#25）、夏曼．藍波安（#29，及表七的陳敬介）、莫那能（#32）、阿𡠄（#28，及表七的董恕明）、撒可努（#30）、游霸士．撓給赫（田敏忠）（#33、#34），及孫大川（#26，及表七的謝世忠兩文）等人及其作品為專論對象，即使是泛論原住民文學，也是上述作家作品當作分析內容的主角。這些代表性作是誰？除了孫大川、撒可努、游霸士和阿𡠄之外，拓拔斯、瓦歷斯、夏曼及莫那能等幾位，就是前《山海》曙光期的第一代創作者。換句話說，經過《山海》十一年的努力，今天原住民文學的標竿作家作品，仍是前《山海》系統的「正脈」。至於愈來愈受到注目者之撒可努、游霸士及阿𡠄等人，其中後兩位與《山海》之「山海文學」和各次獎賽幾無關係。簡單來說，在文學評論家的意識和潛意識判準下，《山海》多年努力不懈募徵文字之士，好像只造就了一個撒可努。

自前《山海》，經《山海》，到後《山海》，原住民文學應是蔚成洪流，只是百餘冒頭作家作品，屬嫡系《山海》「正統」與「另類」管道栽培而出者，似多仍孤寂刻字，不上檯面（也許，我們或可先承認有一「臺灣原住民文學」存在，然而，看看現實，接近百位作者以及超過兩百創作，有《山海》時，大家爭得現身，而四年來《山海》不再有，衆人衆文就立即消隱。那麼，但見依賴的「臺灣原住民文學」果眞實體存在？）連密集投稿最力，作品品質特佳的排灣温奇與卑南董恕明二人，亦無緣被文論專家們相中（按，溫、董二人之詩作是衆原住民籍作家作品中最缺少「原住民味道」者。它們大多就是「純文學」。或許文學評論者只對有「原住民味道」（如生命中的族群經驗）的作家作品才能生成感動）。而以《山海》整體為專論對象的文學評論，依是難覓。孫大川最後自己也不得不找五分之四非《山海》或外《山海》的作家作品，以「借將的」山海，來充實ＩＮＫ印刻選集的內容。《山海》系統原住民文學作者人已足多，勢卻仍舊小衆，因此吾人或亦可稱之「人多勢不衆」。殘酷一點地說，即無《山海》的十一年，前《山海》曙光期已成名的數位作家，仍是不斷創作，原住民文學也會因他（它）們而存在。那麼，直接挑過《山海》，前《山海》與後《山海》依樣可連結成一氣候（問題是，永遠就這麼幾名個位數，讀者能接受他們就是「原住民文學」？）。結論因此難道是，《山海》對原住民文學無大貢獻？筆者當然無法同意。「小衆」並不代表就沒意義，《山海》所包容和提拔的衆人衆作，正是洪流基底，她（他）（它）們獲得了鼓勵，咸信會不斷往上探路。《山海》開了扇希望之窗，這是原住民文學史上的功德大事，只是多數文論作者時間不夠用，從未試著以《山海》百篇文章來寫就評論（筆者以為，要進行時代文學的評論，勢必要全數作品篇篇論及，方為公允，也才能掌握脈動，評例可參謝世忠，二〇〇三b，二〇〇四年a；二〇〇四年b；二〇〇四年c；二〇〇四年d）。我們尊敬自前《山海》時期努力至今的前輩作家，感動孫大川教授及其同仁們的勇氣與慈悲，也支持各族甫出線的作者們再接再厲，更呼籲總是在替人打分數的文論專家多闢眼界，立即從微觀的《山海》入手，對臺灣原住民文學的建構，提出具全面關照效果的詮釋觀點。

參考資料

不著撰人　一九九八年a，〈編輯室手記〉，《山海文化》十八期，頁一。一九九八年b，〈編輯室手記〉，《山海文化》十九期，頁一，臺北：山海文化雜誌社。

吳雪月　二〇〇一年，〈花蓮市阿美族野菜市場的形成與變遷〉，在《阿美族歷史與文化研討會論文集》，花蓮縣原住民健康暨文化研究會編，頁一九九－二一〇，花蓮：花蓮縣原住民健康暨文化研究會。

吳錦發　一九八七年，《悲情的山林——臺灣山地小說選》，臺北：晨星。

林志興　一九九一年，《族韻鄉情：檳榔詩稿（一）》，作者自印。

林清盛　二〇〇一年，〈太巴塱 Sikawasay 的歷史軌跡〉，在《阿美族歷史與文化研討會論文集》，花蓮：花蓮縣原住民人健康暨文化研究會。

孫大川　一九九一年，《久久酒一次》。臺北：張老師文化。一九九三年a，〈山海世界〉，《山海文化》一期，頁四－五。一九九三年b，〈原住民文學的困境——黃昏或黎明〉，《山海文化》一期，頁九七－一〇五。一九九四年，〈搭蘆灣手記〉，《山海文化》六期，頁一。一九九五年，〈搭蘆灣手記〉，《山海文化》九期，頁一。二〇〇〇年a，〈搭蘆灣手記〉，《山海文化》二十一、二十二合期，頁一。二〇〇〇年b，〈搭蘆灣手記〉，《山海文化》二十三、二十四合期，頁一。

啟明·娃旦　二〇〇〇年，〈神話、認同與權力——關於泰雅亞族賽考列克族群 Pinsebukan 始祖起源傳說地點的討論〉，《懷念族老馬紹·莫那——廖守臣老師紀念學術研討會》，花蓮縣原住民健康暨文化研究會編，頁一〇一－一二四，花蓮：花蓮縣原住民健康暨文化研究會。

悠蘭·多又　二〇〇〇年，〈傳承、變奏、或斷裂？——以當代泰雅族女性編織現象為例〉，在《懷念族老馬紹·莫那——廖守臣老師紀念學術研討會》，花蓮縣原住民健康暨文化研究會編，頁一八五－一九九，花蓮：花蓮縣原住民健康暨文化研究會。

郭東雄　二〇〇四年，〈臺灣排灣族行路文化研究〉，《原住民教育季刊》三十四期，頁四七－八〇。

温奇　一九九一年，《南島詩稿：練習曲》，作者自印。一九九二年，《南島詩稿：梅雨仍舊不來的六月》，作者自印。

蔡光慧　二〇〇三年，〈排灣排外與帝國邊疆土之放逐〉，《原住民教育季刊》三十期，頁三七－五四，臺東：國立臺東大學原住民教育研究中心。

謝世忠　一九八七年a，《認同的汙名——臺灣原住民的族群變遷》，臺北：自立。一九八七年b，〈原住民運動生成與發展理論的建立——以北美與臺灣為例的初步探討〉，《民族學研究所集刊》六十四期，頁一三九－一七七，臺北：中央研究院民族學研究所。二〇〇〇年，〈傳統與新傳統的現身——當代原住民的工藝體現〉，《宜蘭文獻》四十四期，頁七－四〇。二〇〇三年a，〈古老故事的再生與新時代原住民文化——《臺灣原住民的神話與傳說》套書評論〉，《原住民教育季刊》二十九期，頁一一九－一三六，臺東：國立臺東大學原住民教育研究中心。二〇〇三年b，《如古香如今痛 疼疼原生命——《臺灣原住民族漢語文學選集》論評之一《詩歌卷》〉，《原住民教育季刊》第三十二期，頁一三七－一四〇，臺東：國立臺東大學原住民教育研究中心。二〇〇四年a，〈結構與關係之外——在臺滇緬軍眷移民社區的「東南亞族群生態學」，收於《國族論述——中國與北東南亞的場域》，頁三九七－四一二，臺北：臺灣大學。二〇〇四年b，〈原味民族誌甘甘濃濃——《臺灣原住民族漢語文學選集》論評之二《散文卷》〉，《原住民教育季刊》三十三期，頁一三一－一四〇，臺東：國立臺東大學原住民教育研究中心，臺東：國立臺東大學原住民教育研究中心。二〇〇四年c，〈妳(你)我她(他)的故事——《臺灣原住民族漢語文學選集》論評之三《小說卷》〉，《原住民教育季刊》三十五期，頁一三一－一三六，臺東：國立臺東大學原住民教育研究中心。二〇〇四年d，〈眷愛與忽略——《臺灣原住民族漢語文學選集》論評之四《評論卷》〉，《原住民教育季刊》三十四期(當時尚在印刷中)，臺東：國立臺東大學原住民教育研究中心。

劉智濬

〈田雅各如何被接受？〉

國立成功大學臺灣文學博士，現任中臺科技大學通識教育中心教授。長期以來對臺灣文學、原住民文學、原住民歌謠、臺灣電影等領域深感興趣；曾於《音樂與音響》、《新觀念雜誌》撰寫專欄，在中廣主持《福爾摩莎之歌》，教育電臺主持《來自山海的歌聲》；曾任王宏恩專輯偕同製作（《獵人》）與共同作詞者（《走風的人》等），以及謝永泉專輯製作顧問（《akokey 親愛的你好嗎——謝永泉 Iraraley 之歌》）。

本文出處：二〇一五年十二月，《臺灣原住民族研究學報》五卷四期，頁二一—四二，臺北：臺灣原住民族研究學會。

田雅各如何被接受？

一、前言：漢字的獵人、獵物、禮物與分享

一九八一年，還在醫學院就讀的田雅各（拓拔斯・塔瑪匹瑪），就以自己族名為題的小說〈拓拔斯・塔瑪匹瑪〉獲得南杏文學獎小說獎第二名（第一名從缺），當時還要再過兩年，也就是一九八三年，以臺大原住民青年為主體的地下刊物《高山青》才創刊。一九八四年，從「黨外編聯會少數民族委員會」蛻變而來的「臺灣原住民權利促進會」成立，正式揭開原運序幕；換言之，田雅各這篇小說將正要勃興的原住民意識與文學創作藝術性結合起來，顯得如此早熟。一九八七年，田雅各出版第一本小說集《最後的獵人》，〈自序〉這樣寫道：

開始認識漢字至今，不論是被輸入或自己獵取的文字裡，發現中國由許多民族漸漸融合而成，併吞歸化邊疆民族而壯大，但這些擁有美麗土地的可愛民族失去生命似的，他們少見於中國文史上，我看到的只是南蠻北荒，或詩人、作家歌詠邊疆風

光之美與土地肥沃，於是出兵討伐，給後代的印象如此罷了。我確信他們也具有比漢人更好的社會制度、更浪漫的愛情、更英勇的武士等等。

寫作的最終目的，仍是想藉文字使不同血統、文化的社會彼此認識，以便達到相處融洽的地步，二來以自己粗淺的著作，引出先住民對創作產生興趣。

田雅各將自己形容為漢字獵人的同時，也暗示自己可能是漢字的獵物（「被輸入」），除了臺灣「先住民」，漢字的獵物還包括那些被形容為蠻夷、被討伐、被中國文史吞噬的中國邊疆民族，而他們的制度、愛情與武士，比使用漢字的中國人更好、更浪漫、更英勇；這個既是漢字獵人、又是漢字獵物的狩獵民族（布農族）的後代，寫作目的則是讓不同血統與文化的社會彼此認識、融洽相處，並引出其他原住民的創作興趣；這樣說來，他的寫作便是用於異族相知、同族勉勵的禮物了；過去布農族人狩獵歸來，舉行「malastapan」儀式，細數獵物項目，漢人通常譯作「報戰功」，其實本意是「分享」，所有獵物都是族人彼此共享的禮物。將田雅各的寫作歷程與寫作目結合，便得出「狩獵的分享」的涵義。這篇簡短的〈自序〉，相隔將近三十年後的今天重讀，依然充滿多義性的詮釋可能。

二、文學政治／典範／認同轉換的表徵

回到一九八一年，擔任南杏文學獎評審的葉石濤與時任《臺灣時報》副刊主編的吳錦發閒聊時，提到這篇「很奇特的小說」，寫過幾篇「以山地部落為背景」的小說的吳錦發，讀了〈拓拔斯．塔瑪匹瑪〉後，腦海裡湧現出「這才是真正的臺灣文學」的「奇怪念頭」，一九八三年刊載於《臺灣時報》副刊上，連載首日即獲李喬立即的回應（吳錦發，一九八七年，頁一一—一〇）。次年一九八四，這篇小說同時入選由李喬選編的爾雅版「七十二年短篇小說選」與彭瑞金主編的前衛版「一九八三臺灣小說選」；李喬以「嶄新小說」、「特異小說」形容〈拓拔斯．塔瑪匹瑪〉，稱許田雅各最夠資格稱為「本土作家」，將使臺灣文學基礎更為厚實堅固（一九八四年，頁二五八）；彭瑞金也說這是「真正的山地文學」，是戰後三十多年來臺灣文學最珍貴的文獻之一，以圓熟的寫作技巧，從世界性少數種族共同命運的焦點，透視臺灣山地族人的未來（一九八四年，頁

一二）。

一九八六年，「田雅各作品〈最後的獵人〉討論會」上，鍾肇政從臺灣小說未來發展應該更具多元化、更多種風貌的角度，坦言田雅各的作品給他「強烈而怪異的感覺，覺得這才是真正的臺灣小說」，並形容他的「山地小說」有如「群山峻嶺中的高峰，重要而凸出」，也指出田雅各以蘊含深遠的反諷筆法、透過老人、獵人、巫師的智慧話語，表達對外來文明與漢人價值的不滿；李喬則認為，文學藝術必須更具本土性格，才能有至高無上的成就；吳錦發則強調，原住民文學加入之後，臺灣文學才能變成比較周延的文學（謝芳郁，一九八六年，頁四—一八）。

一九八七年九月，晨星出版田雅各第一本、也是一九八〇年代原運展開後第一本原住民小說集《最後的獵人》，吳錦發在序文〈山靈的歌聲〉開頭寫道（《最後的獵人》，一九八七年，頁二—三）：

當我第一次看到一篇由原住民同胞自己寫出的小說，而且寫得如此獨特優美時，我便發現了寶藏一般感到雀躍起來，甚且，腦海裡竟湧出一個奇怪的念頭：「這才是真正的臺灣文學吧！」

吳錦發認為，田雅各的小說之所以迷人，乃是因為它具有以下特質：

(1)他所運用的小說文字有種奇妙的韻味。因為特殊的原住民文化經驗，使得他對音律、顏色有特別敏銳的感受；其次，田雅各小說雖然是用「中文」寫作的，但是仔細分析起來，「句型」卻常常不是標準的「中文式」。田雅各曾透露：他寫小說，是先在腦中用「布農語」寫好，再「腦譯」成中文寫出來的。原來田雅各小說之所以給人「奇妙獨特」的感覺，乃是因為他用南島語系「布農語」思考，再用「中文」的形式呈現出來，把「南島語系」和「漢語系」的句法做奇妙 的融合，恐怕是臺灣作家從未有過的「創試」。

(2)他的小說表現出豐厚的族群和生活性。田雅各小說各項特質中最迷人的正是這種獨特的族群性格；這種特性，表現在充滿幽默自嘲的 對白中，也表現於細膩的布農人生活習俗的描繪。

(3)田雅各小說有著深刻文化思考，特別是站在原住民的立場，對平地漢人文化入侵山地，造成強勢文化對弱勢文化侵略的種種憂思與抗議，收在這本集子裡的大部分小說，都反應出這方面的思考。

吳錦發的分析，不僅點出田雅各小說特質，也顯現他面對「臺灣文學」場域全新浮現之「異質他者」的敏銳分辨能力。序文結尾，更表達了他對臺灣文學產生「質變」、

「終而成為一種新而自主的文學」，以及田雅各能為「臺灣——我們共同擁有的美麗母土，寫出更有尊嚴、更具前瞻性的作品來」的期待。

從一九八一至一九八七年，田雅各從發表〈拓拔斯．塔瑪匹瑪〉到出版小說集《最後的獵人》，獲得葉石濤、鍾肇政、李喬、彭瑞金、吳錦發等重要臺灣文學作家、評論者的高度讚美與肯認，他們的評語總合起來就是：這是既嶄新、奇特又本土的「真正的臺灣文學」！這段時間，美麗島事件已過，政治解嚴將至，黨外運動早已風起，原運走上街頭，黨國教育與戒嚴體制形塑的大中國思維開始鬆動，正視真實生活條件的臺灣本土意識逐漸成為主流；田雅各及其作品的出現，而今看來，允為臺灣當日文學政治、文學典範、文學認同之轉換的表徵。

三、弱小民族文學，漢人文學的救贖

我們還可以把背景放得更大一些，從而看出這個表徵如何被期待，之後又如何衍生更多的詮釋涵義，包括從田雅各出現之前的鄉土文學論戰，到原住民文學成熟發展的千禧年之後，葉石濤、宋澤萊、吳錦發等人對田雅各以及原住民文學的期待與詮釋。

一九八一年以南杏文學獎評審身分對田雅各〈拓拔斯．塔瑪匹瑪〉留下深刻印象、進而推薦給吳錦發的葉石濤，在此之前實已看到「原住種族」在建構新的臺灣國族認同中的重要性；一九七七年，鄉土文學論戰爆發，葉石濤發表〈臺灣鄉土文學史導論〉，強調「臺灣鄉土文學」係由「臺灣人」所寫、以「臺灣為中心」、「站在臺灣的立場」、具有「臺灣意識」的文學（尉天驄，一九八七年，頁七一－七三）；葉石濤特別在「臺灣人」這個詞彙後面，以括弧方式註明係指「居住在臺灣的漢民族及原住種族」，至少此時葉石濤已經把「原住種族」放進「臺灣人」的整體概念裡。一九八七年，解嚴前夕，葉石濤完成《臺灣文學史綱》，序文強調臺灣一向是「漢番雜居」的移民社會（葉石濤，一九八七年，頁一－二），然而整部《臺灣文學史綱》尚無原住民文學的存在。《臺灣文學史綱》序文與〈臺灣鄉土文學史導論〉的主要差異在於，將含括漢民族及原住種族的「臺灣人」認知模式，改為移民社會結構之下的「漢番雜居」。

一九八一年一月，詹宏志發表〈兩種文學心靈〉，認為臺灣文學終將淪為中國文學的「邊疆文學」（詹宏志，一九八六年，頁四五），宋澤萊旋即在同年七月《臺灣文藝》第七十三期發表〈文學十日談〉提出反駁，總結臺灣文學的價值在於「擺脫弱小民族的桎梏」與「提供了即將邁向自主的第三世界國家一種寶貴的範例」（一九八六年，頁二五一—五三）；一九八二年，宋澤萊在〈臺灣文學論〉裡提出臺灣文學「反殖民傳統」的說法（一九八二年，頁六三）；一九八八年，進一步提出臺灣民族文學論，強調臺灣文化主體性以及以「臺灣民族文化」涵攝「山地文化、福佬文化、客家文化、外省文化」的論點，「山地文化」成為「臺灣民族文化」的重要支柱（一九八八年，頁一二三）；凡此關於臺灣文學定位的探討，從「第三世界文學」、「反殖民文學」到「臺灣民族文學」，呈現了一九八〇年代宋澤萊臺灣文學定位思維的演變，也是葉石濤、彭瑞金更早提出此類概念的整合。一九九七年，宋澤萊討論田雅各小說，形容田雅各的寫作「很像原住民的織布技巧」，是傳統手工藝的延伸，雕出民族的風貌，形成一部民族史，同時強調其作品加寬了臺灣鄉土文學在原住民方面的道路，是第二波鄉土文學運動鮮明的旗幟（一九九七年，頁二五二—七二）。

一九八七年，吳錦發編選《悲情的山林——臺灣山地小說選》，收錄十一篇作品，原住民作家僅有田雅各、陳英雄兩位，「山地」一詞指涉這些作品內容與主題的「發生空間」，一個同時向原漢作家開放的領域；序文〈悲情的山林〉說明編選動機，源自求學時期到山地部落進行社會調查，通過真實體驗，擺脫「吳鳳式」刻板印象，進而產生贖罪心情與自省認知，遂有此書誕生。贖罪與自省，是一九八〇年代原住民文化復振運動展開之後，漢人反應模式之一，這種自省往往帶著把原住民視為「同胞」的心理因素，與將原住民文化統合於臺灣民族文化框架之下的思維有相通之處。

一九八九年，吳錦發首度標舉「原住民文學」之名，為一九八〇年代中期以來臺灣出現第一批以漢語創作的原住民作家的現象提出詮釋，認為這與世界原住民復興運動的勃興、臺灣黨外民主運動的升高、覺醒原住民知青的街頭運動，以及原住民社會內部各項議題逐漸攤開有關；這個典型社會反應論的詮釋觀點，後來廣為研究者引用，成為漢人對原住民文學論述的重要起點；吳錦發同時界定原住民文學與臺灣文學的關係，「原住民文學作為臺灣文學的一支，其重要性是毋庸置疑的，我甚至殷切地期待，臺灣文學再加入原住民文學之後，久而久之，能產生『質變』，使它能從中國文學龐大的陰影中，瀲底脫身而出，剪斷臍帶，成為道道地地的『中心文學』……。」

從一九八七年〈悲情的山林〉、〈山靈的歌聲〉到一九八九年〈論臺灣原住民現代文學〉，吳錦發面對原住民文學時，其贖罪、自省、期待文化復振以至臺灣文學因此得以成為自主文學的觀點，展現了思考途徑的轉換與連結，然而自我的自省與對他者的納編之間存在的矛盾，卻也如此清楚可辨。

一九九一年「文學臺灣雜誌社」舉辦「傾聽原聲：臺灣原住民文學討論會」，葉石濤最後總結時，為原住民文學作出的定義凸顯了兩個立場：其一，漢原之間存在血緣與文化歷史的基本差異。其二，原住民文學以「最具特異性」、「抗爭手段」、「弱小民族」等特質隸屬於臺灣文學「裡面」（彭瑞金，一九九二年）。所強調之弱者的抗爭，實乃其臺灣文學史觀的延伸，然而這個異中求同的定義，在原住民作家瓦歷斯．諾幹看來，不過是原住民文學開始進入臺灣公共論述而被議題化，透過「被壓迫」與「族群自覺」的肌裡初步確立原住民文學被「納編」（in corporation）進臺灣文學的血緣關係之中（二〇〇〇年）；換言之，此一定義不脫漢人中心觀點（蕭阿勤，一九九九年）。

解嚴後，一九九三年底，葉石濤提出「多種族風貌的臺灣文學」見解，強調臺灣是一個多種族國家，尤其應該注重南島語族山地原住民與平埔族後裔具有族群個性的文學，反對漢人中原文學凌駕其他族群之上，如此方能產生符合臺灣社會自由、民主、多元化的文學型態，並期望平埔族中將有作家出現，「創造異於漢人作家的獨特族群思考方式的文學作品」，閩客漢人作家也應「認知過去歷史的事實，承認自己血液中多少流著平埔族人血的緣由」（葉石濤，一九九四年）；葉石濤往往將多種族概念與本土化連結，認為兩者將是二十一世紀臺灣文學關鍵性課題。

從一九七〇年代鄉土文學論戰提出「臺灣意識」，到一九九〇年代在四大族群／多元文化論述基礎上建構多種族臺灣文學理論，葉石濤原住民論述的演變，正是「臺灣意識」內涵演變的縮影；然而，從「異質」觀點將原住民文化形容為「臺灣文化最富於異色的一部分」（葉石濤，一九九四年，頁一五五－一五六），還是突顯了他以漢人為中心的文學史觀。二〇〇二年六月，葉石濤應邀在日本東京大學文學部演講，提出「臺灣文學的未來，將由原住民作家們一肩挑起」的見解，直言漢人作家已經無路可走，盡寫些都會的事情，彷彿是一個沒有原野、沒有山、沒有森林、沒有小溪的世界，都是刻劃人類的潛意識與精神分析，這樣的小說真的有趣嗎？應該還存在其他的世界吧！對葉石濤而言，此時的原住民文學已非十年前那個被壓迫的弱小民族文學，反而成了臺灣漢人文學的救贖。然而，葉石濤所期待的有著原野、山脈、森林、小溪的文學世界，對比於真實世界裡原住民及其文學的地位，終究還是一個超越現實的烏托邦想像。從一九八一年有感於田雅各的〈拓拔斯．塔瑪匹瑪〉是「很奇特的小說」，到二〇〇二年期許「臺灣文學的未來，將由原住民作家們一肩挑起」，葉石濤的觀點其實存在著演變中的聯繫性。

一九九三年，亦即葉石濤在「傾聽原聲：臺灣原住民文學討論會」上為原住民文學作出總結式定義之後第二年，魏貽君發表具有反思性的〈反記憶．敘述與少數論述——

原住民文學初探：以布農族小說家田雅各的小說〈侏儒族〉為例〉，援引霍米．巴巴（Homi K. Bhabha）「聯屬模式」架構，重新思考原住民文學在臺灣文學中的定位問題，強調「文化差異的目的乃是拒絕整體論」，原住民文學不能在統一性整體論的規約下被納編在臺灣文學之中，應視原住民文學為「特區」，與臺灣文學的關係是水平「聯屬」，而非垂直「納編」，藉此「主體聯屬模式」，臺灣文學的範疇邊界自然不斷地再創造、再定義、再生產、再編成和再聯組。此文同時以田雅各小說〈侏儒族〉為例，思考原住民文學作為原住民族批判性發音的可能策略，認為原住民口傳文學可以做為阻止國家機器施予原住民族歷史記憶之「制度化遺忘」的「反記憶」檔案，〈侏儒族〉即是將部落老人的口傳文學溶寫為現代文學形式的代表作，充分運用「當地人視域」的批判性發音策略，展現原住民文學係以「特區」形式作為臺灣文學之「文化生活的地域性形式」。

四、另一種表徵：文字獵人與百朗

一九九七年，傅大為發表〈百朗森林裡的文字獵人——試讀臺灣原住民的漢文書寫〉，「文字獵人」這個修辭，脫胎自田雅各《最後的獵人》〈自序〉裡形容自己運用漢字寫作時所說的「獵取文字」（二〇〇三年），何以使用帶有某種特殊意味的「百朗」一詞？論文開始便有如此曲折的解釋：

「百朗」一詞，是臺灣原住民或泰雅語的「漢音」字，意為漢人或平地人，取音於鶴佬話中的「壞人」，在原住民的漢文書寫中時而會用這個字。全文之中筆者一概以「百朗文化」來稱呼所謂的「漢文化」，但筆者仍保留了「漢文」來稱呼所謂的漢文，也許有種不協調感，特解釋如後。百朗文化的權利中心拒絕使用原住民的漢文自稱「原住民」，卻在大漢沙文主義之外沾沾自喜於自稱「漢文」、「漢文化」。本文雖然漢文書寫，但也拒絕那種沾沾自喜，更因在討論原住民的漢文書寫，為了敬重原住民的「百朗」稱呼，故全文一概使用百朗文或文化。話說回來，就自己血緣及社會位置均非原住民，故在討論漢文書寫之時，仍使用「漢文」一詞。我並不浪漫地去掩蓋自己的身分，也暴露出我的某種「漢文」意識，因為我發現自己若使用「百朗文」會有點勉強。總之，上述那種「不協調」其實是我自己書寫主體的特殊位置所致。本文不站在所謂「漢文化立場」發言，但也沒有資格站在原住民文化立場發言，換言之，那種「不協調」在我目前的情境中是必然的。但私衷希望這種刻意的不協調，對本文的漢文書寫本身，也能產生某種顛覆的作用。

用比較不拗口的話來理解：「百朗文化」係以原住民觀點稱呼「漢文化」，藉此凸顯「大漢沙文主義」；「漢文」一詞則是中性稱呼，指涉包括原住民作家在內的漢文書寫；作者認為這兩個名詞的「不協調」，來自他「自己書寫主體的特殊位置」：既不站在「漢文化立場」發言，也沒有資格站在「原住民文化立場」發言。

傅文首先探問：在「百朗書寫文化」中，原住民能否成為書寫與歷史的主體？並借用田雅各小說〈最後的獵人〉篇名，認為原住民男性作家以「最後的獵人」的姿態獵取漢文字，完成在百朗書寫文化中的「獵人小說」；然而這樣的狩獵，既是介入百朗書寫文化的特殊形式，也可能是永恆的邊緣游擊戰，受過百朗書寫文化洗禮的原住民知識分子，是獵人的子孫，也是在都市叢林中奮鬥卻掉入陷阱的獸。接著，以泰雅族多奧與阿棟編寫之《泰雅爾族神話傳說》所附加的漢文翻譯為例，強調在原住民語與漢文的「文法與概念」之間的互相借用、妥協、衝刺過程中，泰雅文法獵取了漢文概念，錯置於翻譯之間，進而介入、寄生、繁殖於百朗書寫文化裡，產生諷刺、挑戰、顛覆、誘惑效果。這個概念，後來孫大川演繹為「漢語番化」，凸顯原住民作家使用漢語、進而造成漢語混雜化的書寫主體性與能動性。

然而，此文主要用意不止於此，曾對田雅各作品發出讚嘆的吳錦發，也是傅大為商榷的對象。吳錦發在《最後的獵人》序文〈山靈的歌聲〉中，曾如此形容田雅各小說文字的「奇妙的韻味」：「他的小說使人讀起來，感覺就像聆聽一首山靈的歌聲，抒情而緩慢的調子直沁人心，使人讀罷仍沉浸在那種既神祕又淒美的氣氛之中，久久不能自已。」

傅大為認為，田雅各《最後的獵人》係以操弄漢文的方式進行原住民書寫，吳錦發對田雅各文字「奇妙韻味」的反應，正好說明田雅各介入百朗書寫文化策略的成功。其次，關於吳錦發所說，田雅各的創作係以布農語思考，再以漢語書寫的「腦譯」方式進行，傅大為則認為，不如說是田雅各先選擇一些布農族的概念與感覺，透過漢文迷彩的偽裝，去介入、寄生於百朗書寫文化中，其真正目的在於偽裝成本來就不真的漢文，去擠破、顛覆漢文字的框框；換言之，這是一種策略性，原住民文化若要保持某種「反宰制」的自主性或主體性，需要不斷提出這樣積極而主動的策略。

田雅各的漢語創作，是否如傅大為所說，是有意操弄漢文，刻意進行漢文迷彩偽裝，進行對百朗書寫文化／漢文字的介入、寄生、擠破、顛覆？如果屬實，那田雅各在《最後的獵人》〈自序〉中對中國「併吞歸化邊疆民族而壯大」的批判，以及「想藉文字使不同血統、文化的社會彼此認識，以便達到相處融洽的地步」的寫作目的，豈非另一種更富心機的操弄與迷彩偽裝？這樣的推測顯然不易成立，或許傅大為真正感到不舒服的，是吳錦發對田雅各文字「奇妙韻味」那種過度浪漫、實則非常百朗沙文的反應吧！惟其如此，才能理解他在論文起首那段文字中所揭示的，既不站在「漢文化立場」，也沒有資格站在「原住民文化立場」的微妙發言位置所從何來；所謂「不站在漢文化立場」，也可以理解是「不想站在百朗沙文中心立場」的隱語，如傅大為所說，「百朗」一詞，是臺灣原住民語的「漢音字」，意為漢人或平地人，取音於鶴佬話（河洛語／閩南話）中的「壞人」。傅大為選用「百朗」一詞，也許有其區隔「我族／漢人」內部差異的用意；事實上，原住民對不同漢人往往有不同稱呼，「百朗／壞人」通常不用於外省漢人身上，面對河洛漢人甚至還有更難聽的稱呼，例如南投布農族即以放屁的聲響「boo」來稱呼河洛漢人，據說那是很久以前漢人買辦在布農族長者面前放任括約肌隨意排氣的無禮行為，觸犯了布農族狩獵與晉見長者的禁忌所致。這種透過「壞人」或「屁」的稱呼而展現的鮮明好惡，實與河洛漢人是最早與原住民接觸的墾殖者有關，當時的劇烈衝突刻寫在彼此「生番」與「壞人／屁」的相對稱呼上。

二〇〇八年，孫大川發表〈從生番到熟漢——番語漢化與漢語番化的文學考察〉，論文初始即整段引用傅大為那段關於為何使用「百朗書寫文化」與「漢文」兩種名詞的解釋，並構許「這是當時最具有反省力的『漢人』，所秉持的立場和發言」，因為他接受了「百朗」此一「番語漢化」的詞彙。然而，孫大川也意有所指地寫道：

> 「熟漢」在臺灣文學的系譜中，戶口雖然不多，但從鍾理和到張詠捷，始終有一個不絕如縷的血脈相連。近年來，由於強調臺灣的主體性，雖然引出一窩令人作嘔的政客，到處「mihomisang」、「malimali」、「ngaiho」，並言不由衷地宣示自己有某某族的血統；……我認為更結構性的因素，在於臺灣的「熟漢」意識，長期停留在投機的現實政治和狹窄的族群洞窟層次，完全沒有提升到文化自覺的高度。

孫大川談的雖是政客，卻讓筆者感受到從吳錦發《最後的獵人》序文〈山靈的歌聲〉一路震盪過來的漣漪：從田雅各到吳錦發，到傅大為，再到孫大川，我們看到與「田雅各—葉石濤—吳錦發—李喬、彭瑞金、宋澤萊」這個脈絡不同的波紋傳送路線，田雅各的作品則是那顆最初穿過湖面的巨石。

五、中國國族主義框架下的詮釋

中國學者朱雙一關於田雅各及臺灣原住民文學的論述極為豐富；一九九五年，發表〈九〇年代以來高山族「山地文學」的發展〉，以「『自然世界觀』的衍化」、「從自卑到自豪」與「向人性和生命的深層挖掘」三個層次探討「山地文學」的內涵，認為高山族作家表現的自然世界觀，實為一種特殊審美感受，是山地文學的藝術特色，最能具現「原汁原味」，並以田雅各〈最後的獵人〉、〈拓拔斯・塔瑪匹瑪〉、〈安魂之夜〉等作品詮釋此種人與自然相依相契、和諧共存的自然世界觀。其次，高山族作家因此從自然世界觀而獲得生命活力的泉源，擺脫族群自卑，在確立主體身分的基礎上，向人性和生命做更深層的挖掘。用以說明這種「從自卑到自豪」歷程的，則是田雅各的〈馬難明白了〉與〈巫師的末日〉，至於擺脫自卑到挖掘人性之間，朱雙一則導入一九九〇年代臺灣認同政治的「多元文化」議題，認為從人性挖掘、文化扎根到多元文化的建立，可以使臺灣山地文學具有如孫大川所說「世界史的幅度」，其視野將不侷限於臺灣，「彼岸甚至廣泛的第三世界少數民族的處境、經驗及其豐富的文化資產，都是他們關心、探討的主題」（朱雙一，二〇〇六年）。這三個層次的分析，從自然世界觀的特殊審美感受，到與第三世界少數民族處境的連結，都可以在臺灣到一九九〇年代中期的既有論述中找到對應。

接著，朱雙一引述孫大川對漢族中心主義的反思，認為在此向度上，臺灣山地文學乃至世界上各少數民族文學獲得了最重要的價值和最深層的意義。文末，朱雙一提出邏輯上頗為怪異的結論：臺灣山地文學「消解或減弱了某些人利用它為其鼓吹分離主義論調服務的企圖」，加強了臺灣少數民族「安身立命」的基礎，為今後的發展開闢了廣闊的前景。綜觀全文，朱雙一雖將高山族「山地文學」連結到「廣泛的第三世界少數民族文學」的價值高度，還是無法不與所謂「分離主義」對話。衡諸當時臺灣文學界的原住民論述，所謂利用山地文學鼓吹分離主義的「某些人」的論調，不外乎吳錦發一九八九年〈論臺灣原住民現代文學〉、葉石濤一九九一年的原住民文學定義以及一九九三年〈開拓多種族風貌的臺灣文學〉等文所持，「原住民文學是臺灣文學裡面，最具特異性的文學」之類的主張。朱雙一的暗示筆法，反而凸顯當代以漢語書寫的臺灣原住民文學，不僅是臺灣內部的政治認同籌碼，也是兩岸國族論述競逐的場域。

二〇〇一年，朱雙一發表〈從政治抗爭到文化扎根——臺灣「原住民文學」的創作演變〉，除了改用「臺灣原住民文學」一詞，基本觀點多延續前作（二〇〇六年）；此文將一九八〇年代以來臺灣原住民文學創作，歸納為政治抗爭與文化扎根兩個既聯繫又區隔的脈絡，田雅各的作品則兼具這兩個面向。朱雙一形容〈拓拔斯．塔瑪匹瑪〉「揭開正宗原住民文學創作序幕」，抗爭與吶喊成為原住民文學的出發點；另一方面，再次強調田雅各〈安魂之夜〉與〈最後的獵人〉展現了「自然世界觀」，並轉化為一種非本族人難以深切體會的特殊感受、氣質和審美情調，溶解於作家的描景抒情之中，成為最能體現其「原汁原味」的所在。唯其結論再度強調「中國文化是漢族和各少數民族文化數千年來互動、交流、融合的結果」，延續前文對「分離主義」的間接批評。

以上兩篇期刊專論之間，朱雙一於一九九八年在《山海文化》雙月刊發表〈「原」汁「原」味的呈現——略論田雅各的小說創作〉，二〇〇二年專著《戰後臺灣新世代文學論》第七章〈弱勢族群的呼聲〉中，田雅各小說的自然世界觀、審美世界觀與民族自尊的書寫，依然是論述焦點（朱雙一，二〇〇二年）。二〇一〇年，《臺灣文學創作思潮簡史》出版，「第七章：二十世紀八〇年代以來鄉土文學的延續和演變」之「第三節：族群議題的文學介入」，朱雙一恢復「高山族」、「臺灣少數民族文學」等詞彙的使用，對於田雅各等原住民作家的詮釋，除了前述論點，還有兩點值得留意：其一，將「臺灣少數民族文學」歸為臺灣鄉土文學中「一個特異又道地的成分」。其二，認為這些作家處理了「『小我』（本族）與『大我』（整個中華民族）的辯證關係」，從而使其文化扎根於民族沃土之中（朱雙一，二〇一〇年，頁二八八）。到這裡，連加上括號的臺灣「原住民文學」也消失了。

六、雙重殖民／後殖民情境下的「腦譯」

回到田雅各究竟在何種發言位置上進行文學創作的本質性問題，亦即吳錦發《最後的獵人》序文〈山靈的歌聲〉中，關於田雅各寫作時「先在腦中用『布農語』寫好，再『腦譯』成中文寫出來」的說法，這成了一則持續被論及的臺灣原住民文學書寫的公案。

一九九一年，日籍學者岡崎郁子與田雅各在高雄見面，在座者包括吳錦發。試看岡崎郁子對此議題的紀錄，基本上，田雅各部分地推翻了「腦譯」之說（岡崎郁子，一九九六年，頁二七七）：

據吳錦發說，拓拔斯自從開始寫作，首先腦子裡會浮上順著布農語語法的文章，然後反覆把它譯成北京話成為文字的作業。所以從所謂標準北京話的結構來看，就會出現讓人感到不順暢的表現。最初，好像每寫一篇就由吳錦發稍加潤飾，但訂正得合於漢族的思考，就會失去原有的獨特的芳香，所以就不加修改了。

問了拓拔斯本人，他說：「不，差不多都以也許是不標準的北京話思考著寫的。要費心的是會話部分，為了要把會話寫得生動活潑，就把部落的人們，尤其老人說的布農語獨特的卻正在消失的表現想起來，辛苦地摸索怎麼寫才能成為北京話。」

依岡崎郁子紀錄可知，田雅各用以思考的是「也許是不標準的北京話」，而他真正想要轉譯的，是部落老人布農語「獨特的卻正在消失的表現」；一方面，他自己的思考語言確實是北京話，但「也許不標準」；一方面，他的確以代言者／翻譯者的角色，試圖將部落老人布農語中的獨特表現方式寫成北京話，這部分的腦譯的確存在，但是透過老人與田雅各在共同的部落生活空間與文化經驗脈絡中完成。吳錦發的「腦譯」之說，並非全然不存在，可能的情況是，田雅各其實依照對岡崎郁子同樣的說法向吳錦發敘述，但是吳錦發接收訊息進而執筆紀錄時，經過（可能無意識）選擇性重組，變成是田雅各自己寫作時有此「腦譯」程序。岡崎郁子以下這段文字或能解釋吳錦發的選擇性重組為何產生（一九九六年，頁二九九）：「換言之，為要強調先住民作家誕生，臚列出不會有的事實來宣傳，這才是真相吧。對拓拔斯來說，不用加上『先住民作家』，他已具有作為純文學作家的力量。」

筆者以為，「為要強調先住民作家誕生」應是吳錦發的初始動機，亦即前文所述，那是秉持「臺灣文學是獨立於中國文學之外」的本土論者對原住民文學期待的投射。至於是否「臚列出不會有的事實來宣傳」，則須更嚴謹的考證，畢竟這是關乎道德的裁斷。其次，岡崎郁子強調田雅各的文學性已經足以成家，原住民身分的強調誠屬多餘，等於回應了吳錦發那種強調背後的期待。

關於「腦譯」的問題，劉亮雅在《遲來的後殖民：再論解嚴以來的臺灣小說》中，從後殖民書寫與反思殖民現代性（colonial modernity）的角度解讀原住民書寫時，也做了討論。劉亮雅認為，瓦歷斯．諾幹、夏曼．藍波安、孫大川及田雅各等人的作品，都可以視為自我另類民族誌（auto- ethnography），意即漢化的原住民知識分子回到部落重新學習自己的歷史文化，回應主流霸權，折衝於部落與都市之間。田雅各小說集《最後的獵人》與《情人與妓女》描寫的，正是原住民社會在殖民現代性下的危機與回應，他的〈拓拔斯．塔瑪匹瑪〉、〈最後的獵人〉和〈安魂之夜〉三篇小說，既是自我另類民族誌小說（auto-ethnographic fiction），也具有現代小說的反諷與自覺，面對文化危機，敘述者以部落為文化復振的中心，同時與現代性重新協商，折衝於原住民與漢人兩種不同的語言、文化與世界觀之間，因此也涉及文化翻譯的問題。在專論田雅各的章節中，對於「腦譯」問題，則借用霍米．巴巴有關文化翻譯中不可譯性（untranslatabity）的理論，分析田雅各小說中的自我另類民族誌表達與文化翻譯。劉亮雅認為，田雅各使用漢語，將原住民語言與文化變成外來元素，藉此強調原住民的主體性與差異性，而這些透過漢語再現的外來元素，實則由小說中的自我另類民族誌元素所構成（例如〈最後的獵人〉、〈安魂之夜〉中對狩獵與安魂儀式的刻劃）。從語言策略的角度來看，田雅各將布農語翻譯成不標準的中文來書寫，形成新的原住民語，通過小說人物互相敘說的故事、傳奇神話，形成複雜敘事聲音的一流現代小說，因而贏得葉石濤、李喬與吳錦發的讚揚。總結來說，在原住民傳統文化與現代性之間，原住民知識分子存在著雙重視野、苦惱與認同（劉亮雅，二〇一四年）。換言之，這是霍米．巴巴強調殖民與後殖民之間的混雜性，亦即「第三空間」理論的運用，田雅各正是處於殖民與後殖民之間門檻位置（liminal state）上，中介（in between）的文化翻譯者，他透過漢語／漢文再現原住民語言與文化時，既凸顯了原住民的主體性與差異性，也將這些語言與文化變成了外來元素，於是田雅各成了原住民文化在殖民與後殖民、傳統與現代之間不可譯性條件下的文化翻譯者。

如同傅大為認為田雅各是在「操弄漢文」，劉亮雅也強調田雅各的「語言策略」，但是岡崎郁子拜訪田雅各故鄉南投人和部落時，對其家族語言運用的敘述，或許可以提供不同的理解途徑：岡崎郁子對於田雅各擔任牧師的祖父拓拔斯說了一口流利的日語，留下「不只是正確，還有高尚的格調」的印象。拜訪次晨，岡崎郁子夫婦受邀一同前往布農教會禮拜時，驚訝地發現，布農語翻譯的聖經中，「上帝」這個詞語竟然是日語（一九九六年，頁三〇一—三〇四）。岡崎郁子還確認了他們家族成員之間會話使用的語言（一九九六年，頁三〇六）：

> 他們家族的會話，當然說的是布農語，可是年輕的拓拔斯的弟妹們不用說，包括祖父在內全家人都能以北京話交談。我認為這對於要思索作家拓拔斯的思考語言，是一件極為重要的事情。

我們很容易看出，在雙重殖民／後殖民情境下，這個家族三代同時使用布農語、日語、北京話三種語言，而且隨時轉換；可以這樣理解，文化翻譯與語言翻譯，本來就是他們日常生活的一部分，田雅各因為用北京話寫作，因此變得格外醒目，缺乏這種經驗，或者說，免於此種磨難的漢人作家學者，反而覺得這是不尋常的事。

七、結語：一個田雅各，各自表述

在岡崎郁子的訪談中，田雅各對報刊以「人道主義」當作刊頭來報導他赴蘭嶼行醫的新聞，表達了不同的看法（一九九六年，頁三三二）：

從上任到蘭嶼的第二年，報紙和雜誌就開始報導我的事情。「原住民醫師基於人道主義，擔任蘭嶼雅美族的醫療」，差不多都是這種內容，並且寫得我簡直就是個清廉高尚的人似的，但對我來說：人道主義是狗屁罷了。其實不是那樣的，從臺灣整個社會來看，只不過是把被社會割棄的弱小的雅美族，當做我自己的布農族的事情來攫住而已。因為我們都同為原住民。

與其說田雅各是人道主義者，不如說當時的社會期待一個有如史懷哲的臺灣醫生出現，對報刊而言，這個醫生的眼光注視著被富裕社會遺忘的偏遠邊鄉，而且是可以凸顯人道主義關懷的弱勢民族居住的蘭嶼；但是對田雅各來說，蘭嶼島上的雅美族／達悟族跟自己的布農族一樣，都是被社會割棄的弱小者，「因為我們都同為原住民」。一九八一年田雅各以〈拓拔斯．塔瑪匹瑪〉獲得文壇矚目以來，他被接受的過程何嘗不是如此？他作為禮物與他族、我族分享的文學創作，也在各種隱含了認同政治的文學詮釋過程中，映射出光譜般的多元期待視野與內在需求。

一九九八年《蘭嶼行醫記》之後，田雅各再無作品發表。一個月前（二〇一五年十一月），筆者輾轉得到他的電話，與他聯繫，他婉拒我多年後的再次拜訪，並強調也婉拒了所有人的拜訪，只簡單說一點話，大意是：「我遵循你們孔子說的五十知天命，幾年前退休了。現在，我在部落也不說話，我是老人了，年輕人不會想聽老人說話的，我也不跟外界來往，謝謝你的問候！」

除了覺得他把近二十年來的所有心路歷程非常堅定的掩埋了之外，延遲了一段時間之後，才意會到他再度獵取了漢人的文字，「你們孔子說的五十知天命」，我終究是「你們」之中的一個「你」。然而，為何在部落也不說話？我想起那個十一歲離開部落、在埔里清晨醒來卻聽不見雞叫聲與搗米聲而感到孤單的布農小男孩（岡崎郁子，一九九六年，頁三〇九－三一〇）——現在的他，選擇寂靜無聲的姿態，每週幾天在部落裡看診，不再言說。

附錄：田雅各被接受歷程年表

※以本文論及的資料為主

年分	事件
1981	・田雅各小說〈拓拔斯·塔瑪匹瑪〉獲得南杏文學獎小說獎第二名，引起葉石濤注視。
1983	・田雅各〈拓拔斯·塔瑪匹瑪〉刊載於吳錦發主編《臺灣時報》副刊，連載首日即獲李喬回應。
1984	・〈拓拔斯·塔瑪匹瑪〉入選爾雅「七十二年度小說選」（李喬選編），與前衛「一九八三臺灣小說選」（彭瑞金編）。
1985	・田雅各小說〈最後的獵人〉刊登於吳錦發主編的《臺灣時報》副刊。
1986	・田雅各獲得吳濁流文學獎。 ・《文學界》舉辦「田雅各作品〈最後的獵人〉討論會」。
1987	・吳錦發編選《悲情的山林——臺灣山地小說選》，收錄田雅各作品。 ・田雅各出版小說集《最後的獵人》，吳錦發寫作序文〈山靈的歌聲〉，提及「腦譯」之說。
1989	・吳錦發發表〈論臺灣原住民現代文學〉於《民眾日報》副刊，首度標舉「原住民文學」之名，界定原住民文學與臺灣文學的關係。

1991	・田雅各獲得賴和文學獎。 ・「文學臺灣雜誌社」舉辦「傾聽原聲：臺灣原住民文學討論會」，葉石濤為原住民文學作出總結式定義。 ・日籍學者岡崎郁子與田雅各見面，田雅各部分地推翻「腦譯」之說。
1992	・岡崎郁子發表〈非漢族の臺灣文學——拓拔斯〉（日本《吉備國際大學研究紀要》第二期），後收錄於岡崎郁子著，葉迪、鄭清文、涂翠花譯，《臺灣文學——異端的系譜》（前衛，一九九七）。
1993	・葉石濤提出「多種族風貌的臺灣文學」見解。 ・魏貽君發表〈反記憶．敘述與少數論述——原住民文學初探：以布農族小說家田雅各的小說〈侏儒族〉為例〉，援引 Homi Bhabha「聯屬模式」架構，認為原住民文學應視為臺灣文學中的「特區」。
1995	・中國學者朱雙一發表〈二十世紀九〇年代以來高山族「山地文學」的發展〉，以田雅各作品為例，探討臺灣「山地文學」內涵，引述孫大川對漢族中心主義的反思，批判「某些人」利用山地文學鼓吹分離主義。
1997	・宋澤萊發表〈布農族贈予臺灣最寶貴的禮物——論田雅各（拓拔斯．塔瑪匹瑪）小說的高度價值〉，形容其作是「第二波鄉土文學運動鮮明的旗幟」。 ・傅大為發表〈百朗森林裡的文字獵人——試讀臺灣原住民的漢文書寫〉，《當代》雜誌，借用田雅各「獵取文字」、「最後獵人」等概念。 ・岡崎郁子《臺灣文學——異端的系譜》中譯本出版社。

年分	事件
1998	・瓦歷斯．諾幹發表〈關於臺灣原住民族現代文學的幾點思考〉，反思原住民文學被「納編」進臺灣文學之中。 ・田雅各出版《蘭嶼行醫記》，迄今無新作。
1999	・蕭阿勤發表〈一九八〇年代以來臺灣文化民族主義的發展：以「臺灣（民族）文學」為主的分析〉。
2008	・孫大川發表〈從生番到熟漢——番語漢化與漢語番化的文學考察〉，引用傅大為「百朗書寫文化」概念。
2015	・劉亮雅出版《遲來的後殖民：再論解嚴以來的臺灣小說》，專節討論田雅各小說中的自我另類民族誌表達與文化翻譯，引述吳錦發、傅大為相關論述。

參考資料

瓦歷斯．諾幹　一九九八年五月，〈關於臺灣原住民族現代文學的幾點思考〉，發表於哥倫比亞大學「第一屆臺灣文學研討會」，紐約：哥倫比亞大學。二〇〇〇年，〈關於臺灣原住民族現代文學的幾點思考〉收於周英雄、劉紀惠編，《書寫臺灣：後殖民、後現代與文學史》，頁一〇一－一一九。臺北：麥田。

田雅各　一九八七年，《最後的獵人》，臺中：晨星。一九九二年，《情人與妓女》，臺中：晨星。一九九八年，《蘭嶼行醫記》，臺中：晨星。

朱雙一　一九九五年，〈九〇年代以來高山族「山地文學」的發展〉《臺灣研究》一期，頁八一－八七。二〇〇六年，〈二十世紀九〇年代以來高山族「山地文學」的發展〉，曾思奇編，收於《臺灣少數民族研究論叢》五卷，頁一五七－一七一。中國北京：民族。二〇〇一年，〈從政治抗爭到文化紮根——臺灣「原住民文學」的創作演變〉，《廈門大學學報》哲學社會科學版二期，頁一三五－一四一。二〇〇六年，〈從政治抗爭到文化紮根——臺灣「原住民文學」的創作演變〉，曾思奇編，收於《臺灣少數民族研究論叢第V卷》，頁一四二－一五六。中國北京：民族。一九九八年，〈「原」汁「原」味的呈現——略論田雅各的小說創作〉《山海文化》十八期，頁七五－七八，臺北：山海文化雜誌社。二〇〇二年，《戰後臺灣新世代文學論》，臺北：揚智。二〇一〇年，《臺灣文學創作思潮簡史》，北京：九州。

吳錦發　一九八七年，〈山靈的歌聲——序田雅各小說集《最後的獵人》〉，收於《最後的獵人》，頁一—一〇，臺中：晨星。一九八七年，《悲情的山林——臺灣山地小說選》。臺中：晨星。一九八九年七月廿一—廿六日，〈論臺灣原住民現代文學〉，《民眾日報》。

李喬（編）　一九八四，《七十二年短篇小說選》，臺北：爾雅。

宋澤萊　一九八二年，〈臺灣文學論〉，《暖流》一卷四期，頁六三。一九八六年，《誰怕宋澤萊？——人權文學論集》。臺北：前衛。一九八八年，《臺灣人的自我追尋》，臺北：前衛。一九九七年，〈布農族贈予臺灣最寶貴的禮物——論田雅各（拓拔斯．塔瑪匹瑪）小說的高度價值〉，《臺灣新文學》九期，頁二五二—二七一。

孫大川　二〇〇八年一二月，〈從生番到熟漢——番語漢化與漢語番化的文學考察〉，《臺灣原住民族研究季刊》一卷四期，頁一七五—一九六。

彭瑞金　一九八四年，彭瑞金編，《一九八三臺灣小說選》，臺北：前衛。一九九二年，〈傾聽原聲——臺灣原住民文學討論會〉，《文學臺灣》四期，頁四—一八。

傅大為　二〇〇三年，〈百朗森林裡的文字獵人——試讀臺灣原住民的漢文書寫〉，孫大川編，收於《臺灣原住民族漢語文學選集．評論卷上》，頁二〇九—二四六，臺北：印刻。

葉石濤　一九七七年，〈臺灣鄉土文學史導論〉，《夏潮》一四期，頁六八—七五。一九七八年，〈臺灣鄉土文學史導論〉，收於尉天聰編，《鄉土文學討論集》，頁七一—七三，臺北：遠流。

一九八七年，《臺灣文學史綱》，高雄：文學界雜誌社。一九九三年十一月一日，〈記清大「臺灣研究室」成立〉，《臺灣新聞報》。一九九三年，〈開拓多種族風貌的臺灣文學〉，《臺灣研究通訊》一期，頁八。一九九四年，〈開拓多種族風貌的臺灣文學〉，《展望臺灣文學》，頁一九－二六。臺北：九歌。一九九四年，《展望臺灣文學》，臺北：九歌。二〇〇二年，〈我的臺灣文學六十年〉，《文學臺灣》四四期，頁四二－五七。

詹宏志　一九八六年，《兩種文學心靈》，臺北：皇冠。

謝芳郁　一九八六年，〈田雅各作品〈最後的獵人〉討論會〉，《文學界》十八期，頁四－一八。

劉亮雅　二〇一四年，《遲來的後殖民：再論解嚴以來的臺灣小說》，臺北：國立臺灣大學出版中心。

蕭阿勤　一九九九年，〈一九八〇年代以來臺灣文化民族主義的發展：以「臺灣（民族）文學」為主的分析〉，《臺灣社會學研究》三期，頁一－五一。

魏貽君　一九九三年，〈反記憶．敘述與少數論述——原住民文學初探：以布農族小說家田雅各的小說〈侏儒族〉為例〉，《文學臺灣》八期，頁二〇七－二三〇。

岡崎郁子　一九九六年，葉笛、鄭清文、涂翠花譯，《臺灣文學——異端的系譜》，頁九三－一四七，臺北：前衛。

黃季平

〈臺灣原住民族「舊．新文學」的唯一作家陳英雄〉

國立政治大學民族學博士，現任政大民族學系副教授兼原住民族研究中心主任。研究領域為民族學、民族文學、民俗學、民族與觀光、世界民族誌、無形文化資產等研究。

著有《蒙古民間文學》、《拉阿魯哇族部落歷史》、《續修臺北市志．社會志．宗教與禮俗篇》、論文〈以ＧＩＳ地圖去解析彝族的民族構成〉、〈臺灣原住民族「舊．新文學」的唯一作家陳英雄〉、〈彝族文學史的建構過程〉、〈創世史詩梅葛的記憶——楚雄彝族歌謠的傳統與再現〉等。

本文出處：二〇〇七年十二月，《民族學報》二十六期，頁一—二二，臺北：國立政治大學民族學系。

臺灣原住民族「舊．新文學」的唯一作家陳英雄

一、前言

原住民族新文學，在臺灣新文學史的八〇年代起取得不容忽視的地位，這是目前大家所津津樂道的事。可是不能簡單地認為「原住民族新文學是在臺灣新文學史之後一甲子崛起」這樣單純。

臺灣新文學的性質是寫作語言的選擇與對文學主體的認知兩者同步進行的。而原住民族新文學則是兩階段發展，在六十年代選用新文學語言，到八〇年代才準確把持文學主體意識。這中間的兩個十年代，便是一個用新語言寫舊文學的過渡年代。這個過渡年代，便是臺灣原住民族的「舊．新文學」，而陳英雄是它的唯一作家。

本文即以陳英雄文學為對象，試著從文學史的角度來定位其先驅地位及理解原住民文學發展的途徑。

二、臺灣原住民族新文學裡的舊與新

（一）原住民族文學在國家文學史的位置

目前世界上將近兩百個國家裡，超過三分之二的國家是多民族國家。在多民族國家內呈現的民族關係是「多民族 vs.少數民族」的局面，也就是「主流 vs.非主流」的局面，民族關係反應在文學上便是「多民族文學 vs.少數民族文學」。林修澈將「多民族國家的文學」，根據「語言——民族——國家」關係，做出六種文學模式的分類。原住民文學在臺灣文學裡的定位，是屬於第二種模式「主體民族 vs.原住民」，也就是「文學民族 vs.非文學民族」[1]。

1 林修澈教授依「文學民族」、「非文學民族」、「似文學民族」三種類型，分成下列六種國家文學的組成模式：（一）由一個居主體的「文學民族」和一群「非文學民族」共同組成的國家。（二）「非文學民族」就是原住民，形成「主體民族 vs.原住民」的局面。（三）國家內，除去主體的「文學民族」和一群「非文學民族」之外，再加入一群「似文學民族」的模式。（四）國家內出現幾個勢力的「文學民族」，呈現多元並榮、互爭光采的局面。（五）在多民族國家內，各民族共同使用一種語言創作。（六）國家由單一民族組成，但卻使用兩種語言創作。見林修澈，〈民族文學 vs.國家文學〉，收於林松源主編，《首屆臺灣民間文學學術討論會論文集》（員林：臺灣省磺溪文化學會，一九九七年），頁三五八－三五九。

「非文學民族」的命名，乃在於一般認知的文學」即是「書面文學」，也稱為「作家文學」。許多原住民與少數民族因為沒有書面傳統而被認為是「非文學民族」。雖然這是忽略或抹煞「口傳文學」（民間文學）的存在，但卻是一般文學史認知的傳統。

屬於「主體民族 vs. 原住民族」模式的國家，例如：紐西蘭、美國[2]，其國家文學史的撰寫，原住民族文學的部分，通常是在整本書的第一章和最後一章出現。第一章是要讓原來有這塊土地的主人發聲，這種聲音很薄弱，只是民間文學的呢喃，隨後主體民族及其主流文學登場，原住民族及其文學便銷聲匿跡。一直要到當代文學做完精彩演出之後，原住民族才又躍上文學史的舞臺。因為經過現代化薰陶與訓練，他們變成了文明人，可以利用主流語言寫出自己在大社會的情感。序幕與落幕的出現，正可以勾勒出原住民族文學在國家文學史的地位——用現在流行的文學史撰寫模式。

臺灣欠缺多民族國家概念，原住民族文學連上述邊緣地位都付諸闕如。葉石濤《臺灣文學史綱》的序幕，為推崇沈光文，還特別引用季麒光一段話：「從來臺灣無人也，斯庵來而有人矣；臺灣無文也，斯庵來而始有文也[3]。」如果從「文學＝作家文學」的認知出發，如此說法，也有其道理。可是，持續「文學＝作家文學」的觀點，到了落幕，仍然無隻字片語掠過當代原住民族的作家文學，便可見強調八〇年代文學是邁向更多元化途徑的葉石濤，並沒有越過都會的土牛溝，聽到一種微弱卻清新的原聲[4]。

（二）陳英雄做為「新．舊文學」與「新．新文學」的邊界

臺灣新文學的性質，是文學對於現代社會的反應。如何去反應甚至改造現代社會，是大家的共識。至於使用什麼語言，則有相當的爭議。揚棄文言文及其舊文學風格，是大家一致的奮鬥目標，但是用來何種取代語言？則有爭議。臺語、日本語、現代漢語都

---

2 紐西蘭案例見虞建華，《新西蘭文學史》（上海：外語教育出版社，一九九四年），美國案例見 Elliot T. Emory 編，《哥倫比亞美國文學史》（成都：四川辭書出版，一九九四年），兩章節說明參照林修澈〈民族文學 vs. 國家文學〉，頁三五九－三六一。

3 葉石濤，《臺灣文學史綱》（高雄：文學界雜誌，一九九一年），頁三。

4 早於葉石濤，白少帆等，《現代臺灣文學史》（瀋陽：遼寧大學出版社，一九八七年）便注意到這一點。這是中國多年來普遍有多民族國家概念，並將之灌注到文學史的通行作法。全書共有三十五章，在第三十四章安排「臺灣少數民族文學」，這個少數民族包括原住民族的作家田雅各、莫那能，和蒙古族的席慕蓉。

在考慮之列。

臺語因為文字欠完備或欠流通，並且受到兩朝政府的打壓，近百年來迄今（二〇〇七年）仍難成氣候。日本語具有優勢條件，是學校教育語言也是接納世界文學的有利語言，因此產生相當多優秀作品。可是日本語在戰後受到強力壓制，戛然中斷。現代漢語，具有最優勢條件；首先，它似乎是文言文的遞變，具有嫡子的身價。其次，相對於日本語，它與臺語及客家語相接近，容易學習。其三，我們如果將臺灣新文學視為殖民地下的抵抗文學，則它便可以用來作為抵抗語言，成為抵抗文學最穩固的基礎。最後，它是民國時代唯一可以通行的語言，是無可選擇的語言，所以一甲子以來的作品幾乎都是用現代漢語寫成。

原住民族的作家文學，濫觴於日本時代，成形於一九八〇年代。民族語言與日本語俱無重要地位，現代漢語也是無可選擇的當然。民族語言的文字化在聖經翻譯的實踐上可以看到，這是大宗。至於用在純文學的創作，似乎沒有。日本語寫作有日記（黃貴潮）、有散文（伊波太郎）、偶有歌詞（陸森寶、高一生）。

寫作語言的選擇，原住民族新文學和臺灣新文學是小異而大同，但是對於文學主體的認知上，卻有其差異。臺灣新文學開創伊始，選用新文學語言與把持文學主體意識，是同步進行的。但是原住民族新文學，在六〇年代選用新文學語言，到八〇年代才準確把持文學主體意識，這中間的兩個十年，便是一個用新語言寫舊文學的過渡年代。

林修澈認為六〇年代的原住民族作家文學，在寫作語言與文學題材上都具有現代性，可以列入新文學裡，但是又欠缺文學主體意識，不能算是完全新文學，於是稱它為「舊．新文學」，用來區別八〇年代崛起的「新．新文學」，即完全新文學[5]。作為「舊．新文學」的代表人物，也是唯一的作家，是排灣族警察陳英雄。

陳英雄應該是最早的原住民純文學創作的作家，一九七一年出版他的作品集《域外夢痕》[6]，這本書可以說是臺灣文學史上原住民族文學的第一本個人作品集。儘管作者受到時代的限制，完全接受當時大社會同化政策的主流價值觀，其作品未能顯示出原住民的自覺意識，但這本作品替我們填補原住民族「舊．新文學」這個位置的空白，成

---

5 「舊．新文學」與「新．新文學」二詞是林修澈授「民族文學研究」課程（一九九二年）所強調的概念。為了凸顯其重要性，六年後，林修澈教授「原住民文學專題」課程（一九九八年）還設法聯繫陳英雄到課堂現身說法，當時阿媽還帶著小孩特地從臺中遠道而來，她說也曾試圖聯絡陳英雄，多次未能成功。

6 陳英雄，《域外夢痕》，人人文庫（臺北：臺灣商務印書館，一九七一年），頁一八五。

為串連原住民族文學史脈絡的重要關鍵。

我閱讀陳英雄的文章是在一九九二年林修澈教授「民族文學研究」的課程裡，我們必須閱讀《域外夢痕》，在課堂上還花了好多時間討論這本書與作者。最令我們好奇的是作者在創作過程中，是否體認他是個排灣族？他的作品和我們認識的八〇年代的原住民作家作品完全不同，只能想像一個被主流文化影響的原住民作家的創作，應該就是眼前所見的作品。

隔了六年，一九九八年，林修澈教授開設「原住民文學專題」講座課邀他演講，由我負責聯繫工作。輾轉打聽，才知道作家已經從臺東縣大武鄉搬到臺北市定居。那通聯繫上的電話似乎喚起陳英雄封閉已久的文學熱情，打電話的我，可以感受到在電話那頭的作家忐忑不安又興奮異常的心情。

演講當天，我們終於見到作家本人，微胖的身材帶著爽朗的笑聲，黝黑的皮膚，是排灣族傳統的體質特徵，和想像中的樣子相距不遠。這場演講的聽眾是修習「原住民文學專題」課程的學生，我們每次上課都得做好作業才能聽演講，這個作業就是閱讀作家作品後提出感想與問題，彙整成書面稿後，要交給作家本人。當我們把這些感想與問題交給陳英雄時，看出他深受感動[7]。作家的演講很認真，我們對他的認識因此多一點。我們感傷歲月催人，他在書中描寫的時代已過去了，而他還留在書裡。

之後，隨著政大原住民族研究中心（ＡＬＣＤ）承接許多原住民事務工作，我們跟陳英雄的接觸也頻繁起來。雖然他在原住民文學史能占有一席之地，但在現實生活中，他就像大部分經濟條件弱勢的原住民一樣，需要爭取工作、等待機會。為了更了解作家，二〇〇四年九月，我又有一次深入的專訪，我想完成作家個人生命史的撰寫，或許可以讓我們更貼近作家與他的作品。

做為「舊．新文學」的作家陳英雄，在寫作當時便得到鍾肇政的提攜。鍾肇政在一九六五年主編《本省籍作家作品選集》便收錄唯一的原住民作家陳英雄。三、四十年過後，帶著文學史式的回顧關懷似乎多見於日本學者。他們在一九九六至九七年分別發出這樣的感想，岡崎郁子表示：

7　一九九八年到政大民族系演講對陳英雄而言是一件重要的大事，二〇〇四年八月我向陳英雄訪談時，看到他把這份講義收藏在他那不太厚的作品資料夾中。

直到現在雖然由漢族作家描寫過先住民的風俗習慣和山地的情況，但先住民自己寫的文學作品，在拓拔斯之前，只有排灣族陳英雄，而陳英雄最近二十年沒有發表作品，可以說拓拔斯出現是新鮮的衝擊[8]。

下村作次郎表示：

一九七一年由臺灣商務印書館出版其《域外夢痕》（人人文庫，七月）。該書在臺灣文學史上，可說是臺灣原住民文學最初的個人作品集。但陳英雄現今已不再寫作了。就書寫者而言，說他是當時唯一的原住民作家也不為過。在此情況下，臺灣文學界出現了彗星一般的莫那能與田雅各兩位作家[9]。

以上書寫都標示著「新．舊」交替的過程，「新」的原住民文學產生，值得期待。在那之前還有一個似乎不重要的「舊」文學存在。然而沒有「舊」就無法產生「新」，在新文學的角度，他的地位當然不能與拓拔斯、莫那能、夏曼．藍波安等人相比較，但從文學史的角度來看，我們願意多一點筆墨來書寫他，替原住民族文學史留下更多的材料。

三、陳英雄的生涯：警察與文學

陳英雄，排灣族名為谷灣．打鹿勒。一九四一年一月二十日出生在臺東縣大武鄉大竹村，是家中的第三子。因父親早逝，家境生活不好，臺東中學初中部畢業後就無法升學。他當過養鴨工人、捆工、隨車小弟等雜務的工作，後來在舅舅幫忙與督促下，一九六一年考取臺灣警察專科學校警員班，受訓一年後，被派到花蓮縣富里鄉永豐村，成為正式警察。一九六三年入伍，在軍中響應毋忘在莒運動，自願再留役一年，那年春天被派到林口美軍電臺工作，可能對語言有點天分，五個月後退伍，他已經可以說一口流利的美語。一九六七年退伍，回到花蓮繼續從事警察工作。一九六九年因為美語流利，被派到外事警員班受訓後，轉在松山國際機場服務三年。一九七一年又轉回花蓮工

8 岡崎郁子著，葉迪譯，〈拓拔斯——非漢族的臺灣文學〉，收編於《從文學讀臺灣》（臺北：前衛，一九九六年），頁二九四。

9 下村作次郎著，邱振瑞譯，〈六、臺灣原住民文學序論〉收編於《從文學讀臺灣》（臺北：前衛，一九九七年），頁二五〇。

作十年，一九八一年終於調回故鄉臺東，一九九〇年（四十九歲），自願提早退休，結束二十九年的警察生涯。

他一生中最美好的黃金歲月是這近三十年的警察生活，雖然有兩次不愉快的婚姻，但是文學創作與職業成就的榮耀，也屬於這段時間的回憶。退休後的陳英雄，生活並不如意，做過飯店領班、保全人員、警衛、「菲傭張老師」[10]等等工作，由於各方面的因素不配合，工作非常不穩定。目前僅靠打打零工與微薄的退休金生活。

（二）警察生涯

在原住民社會裡，警察與護士是兩種最熱門的工作，因為收入穩定，生活有保障，甚至代表一種社經地位，是非常好的職業選擇。陳英雄因緣際會成為警察，生命從此進入另一個境界。

陳英雄二十九年的警察生涯可以分成四個階段來說明。第一階段是陽春警察時期（一九六一－一九六九年）。六十年代的臺灣，在戒嚴統治下，民風純樸，社會安定，剛成為警察的陳英雄，生活單純，沒什麼煩惱，生性活潑開朗的他，喜歡交朋友，警察工作需要面對人群，很適合他。第二階段是外事警察時期（一九六九－一九七三年），無師自通地學會美語，流利的美語，讓他有機會成為外事警察。外事警察就是管理外國人的警察，所以經過一些外事工作訓練後，他轉到臺北松山國際機場工作，這是警界裡人人想爭取的好工作，不但薪水增加兩、三倍，而且工作安全又輕鬆。可惜好景不長，當國際機場轉到桃園中正機場正式啟用時，陳英雄因為沒有高中學歷而無法繼續擔任外事警察的工作，於是轉調回花蓮，這是第三階段沉潛時期（一九七三－一九八〇年），花蓮是陳英雄熟悉的場域，先後在玉里鎮觀音山派出所與花蓮市保安隊工作。第四階段是成就時期（一九八一－一九九一年），終於，陳英雄調回臺東家鄉服務，先在成功分局，最後回到故鄉大武森永派出所，直到退休。這段時期是陳英雄最感驕傲的時期，森永派出所位於南迴公路的要衝，是臺東縣的大門，這裡的警察最重要的工作就是攔車路檢，阻止通緝犯偷渡。陳英雄回憶，因為長官的鼓勵，工作特別賣力，抓到不少通緝

10　因為他的英語口語能力不錯，在引進菲律籍勞工的年代裡，他被雇用當菲律賓籍勞工的心理輔導員。從警界退休後，這是他最喜歡的一份工作，可惜後來政策改變，換成越南籍勞工，這份工作因此又告吹了。

犯，獲得「逃犯剋星」的名號，最後當上森永派出所的巡佐兼主管，這是他的警察事業最高峰，也成為他個人津津樂道的美事。

做為一個警察，陳英雄是快樂的。他沒有好背景與高學歷，但是樂天知命，只要有人鼓勵，他可以赴湯蹈火，在所不惜。在平地人的社會裡，他適應得很好，有點小聰明，有一點玩世不恭，喜歡和人相處，應該是個稱職的警察。

(二) 文學生涯

一九六二年，陳英雄遇到文學生涯的啟蒙者盧克彰先生[11]，在其影響下，業餘地開始從事文學創作工作。第一篇散文〈山村〉發表在《聯合報》副刊上，這篇文章讓陳英雄有創作的成就感，是鼓勵他再繼續寫作的動力。

觀察陳英雄創作的時間，最尖峰的時期是在一九六二年到一九七〇年間，這段時間是他的警察生涯的陽春時期，或許是工作較輕鬆，或許是寫作能賺取稿費，改善經濟環境，總之，他開始陸續在報刊雜誌上發表文章。一九七一年《新文藝月刊》的編輯將他發表的作品結集成冊出版《域外夢痕》一書，之後他又斷斷續續地發表一些作品，一九九〇年退休前，他在《警光雜誌》發表〈森永警網密，通緝犯難逃〉一文，這是作家認為自己離開文學與警界的最後一篇文章。

他回憶自己的寫作生涯，這是一條不好走的路，學歷、知識都不足的他，能拿筆創作，非常不容易。每寫一篇文章，總是絞盡腦汁才能完成，若非遇到文學生命的兩位貴人：盧克彰教他寫作，鍾肇政鼓勵他寫作，他應該只是個平凡的小警員。鍾肇政也曾提到這段文學因緣，當時根本沒有原住民從事文學創作，鍾肇政發現陳英雄是排灣族，「文筆不錯，寫的小說也清新可喜，便積極去函聯絡，建立不錯的通信友誼，多方鼓勵他努力，並在《臺灣文藝》上發表了他的若干作品[12]。」可惜，陳英雄的文學創作並未持續發展，鍾肇政提到，「自然，我也可以想像到，處在這樣一個社會，年輕人求安定

11 當年盧克彰因《票據法》被當成通輯犯逃往花蓮被陳英雄捉到，陳英雄認為盧克彰不像壞人，故放走。盧克彰隱匿花蓮山區時期，陳英雄時常接濟，因此促成這段文學友誼（二〇〇四年九月九日陳英雄專訪口述稿）。

12 鍾肇政〈山地文學的嘗試——談「高山組曲」的寫作經過〉，收於胡民祥主編，《臺灣文學入門選》（臺北：前衛，一九八六年），頁二三〇。

之為第一要義，是無可如何的現實。因而他似乎也有著難以為繼的憾恨[13]。」這段話頗能代表陳英雄的處境，若沒有實質的回饋，作家很容易被現實生活吞沒。

一九九一年後，陳英雄曾再提筆兩次，一篇是參加第一屆「山胞」藝術季文藝創作比賽的作品〈難兄難弟〉，由排灣族神話改編的文學創作。另一篇是向國家文化藝術基金會申請補助的長篇小說《咆哮大地》[14]。從陳英雄的角度來思考，文學的價值應該是要有價的滿足生活需求，這是最現實的問題。作家曾經提到他最初的寫作動機。

第一次遇見盧克彰，他在工寮埋首寫字，我很好奇，別人都在山上耕地，這個人怎麼沒事坐在這裡。於是我問他：「先生，你在寫什麼？」他說：「我在寫小說。」「別人都在工作，你不工作怎麼生活？」「寫小說可以賺錢啊！」「真的嗎？」盧克彰拿一些稿子給我看，他說小說寫完後，寄給報章雜誌發表後，就有稿費可以拿。當時我覺得這樣子真得能賺錢，那真得蠻好的[15]。

陳英雄開始對寫作產生期盼，也付諸行動，對一個二十一歲單純的原住民而言，原來不用耕地流汗也能賺錢，當時一千字稿費五十元，對一個月薪五百八十五元的警察來說，無疑是一種賺取外快的好方式，他也想嘗試看看，於是開始塗塗寫寫完成第一篇作品〈山村〉。這篇描寫永豐村村莊的文章，陳英雄寫了四千字，拿給盧克彰看，據說刪到只剩一千二百個字，因為只有初中程度的陳英雄，除了文句通順問題外，錯別字很多，這種修改過程一直維繫十多年，他才開始自己獨立寫作[16]。

這樣跌跌撞撞的寫作過程，也讓陳英雄寫出一些趣味來，《聯合副刊》、《中央副刊》、《新文藝月刊》，是他作品最常發表的園地，終於集結成《域外夢痕》出書，當時應該是作家創作生涯的最高峰。後來陳英雄轉調外事警察，薪水變得優渥，寫作量開始降低，可能天生條件不足，文藝創作並非他的專職，缺少了創作動機，自然而然就疏離寫作。短暫的十年，在配合當時的文學環境，陳英雄留下的驚鴻一瞥，讓原住民族新文學提前誕生。

---

13 同註十二。

14 《咆哮大地》是國家文化藝術基金會補助陳英雄創作的作品，已經完成，本文刊登時尚未出版。

15 二〇〇四年九月九日陳英雄專訪口述稿。

16 一九九八年五月十五日「原住民文學專題」課程陳英雄演講錄音稿。

四、爬向文學界：陳英雄文學分析

我們整理陳英雄創作年表，根據他的作品來分析他的寫作風格與特色。到目前為止，陳英雄的作品共有二十四篇，以一九七三年做為斷限，在這之前的作品屬於他創作巔峰時期，共有二十篇作品，我們根據內容，區分成三類：第一類是純文學作品（散文與小說），第二類是根據神話改寫創作的作品，第三類是報導性質的雜文。

表一：陳英雄創作年表

篇數	發表時間	作品	文類	出版刊物	分類
1	1962.4.15	〈山村〉	散文	《聯合副刊》	1
2	1962.4.30	〈蟬〉	散文	《聯合副刊》	1
3	1962.6.1	〈旋風酋長〉	小說	《幼獅文藝》	1
4	1962.6.20	〈覺醒〉	小說	《警民報導》	1
5	1965.5.10	〈沐春記〉	小說	《散文》	1

6	1965.6.8	〈排灣族之戀〉	小說	《域外夢痕》	1
7	1967.2.5	〈高山情溫〉	小說	《新文藝月刊》	1
8	1967.4	〈域外夢痕〉	小說	《域外夢痕》	1
9	1967.11.26	〈排灣族人的婚姻習俗〉	報導文學	《中央副刊》	3
10	1967.12.1	〈激流救人十三勇士〉	報導文學	《警光雜誌》	3
11	1967.12.20	〈排灣族人的信仰與喪禮〉	報導文學	《中央副刊》	3
12	1968.2.20	〈瑪寧乍斐勒〉	報導文學	《中央副刊》	3
13	1968.3.9	〈陀螺〉	小說	《中央副刊》	1
14	1968.7.1	〈雛鳥淚〉	小說	《臺灣文藝》	1
15	1968.9.1	〈巴朗酋長〉	神話改寫	《新文藝月刊》	2
16	1969.7.28	〈太陽公主〉	神話改寫	《域外夢痕》	2
17	1970.4.1	〈迎親記〉	神話改寫	《文藝月刊》	2
18	1970.4.1	〈地底村〉	神話改寫	《域外夢痕》	2
19	1971.6.1	〈寒夜蕭蕭〉	小說	《新文藝月刊》	1
20	1973.6.1	〈戰神〉	小說	《新文藝月刊》	1

21	1989.4.1	〈警察生涯歷險多〉	報導文學	《警光雜誌》	3
22	1990.1.1	〈森永警網密，通緝犯難逃〉	報導文學	《警光雜誌》	3
23	1993.6.1	〈難兄難弟〉	神話改寫	《文建會專刊》	2
24	2002.9	〈咆哮大地〉	小說	國家文化藝術基金會補助，未刊稿	1

※本表依據陳英雄提供資料整理而成

（一）新文學作品的創作

第一類純文學作品篇數最多，按創作時間排列，包括：〈山村〉、〈蟬〉、〈旋風酋長〉、〈覺醒〉、〈沐春記〉、〈排灣族之戀〉、〈高山情溫〉、〈域外夢痕〉、〈陀螺〉、〈雛鳥淚〉、〈寒夜蕭蕭〉、〈戰神〉、〈咆嘯大地〉共十三篇。除了〈覺醒〉與〈沐春記〉兩篇作品和原住民無關，其餘十一篇都是以原住民生活文化做為背景基調，用散文或小說的體裁呈現。

〈山村〉、〈蟬〉兩篇以散文的面貌出現，〈山村〉描寫永豐村阿美族人的村莊生活，用心著墨在景色與風俗習慣的描寫。〈蟬〉是作者回憶排灣族童年的捕蟬記趣。兩篇創作簡單清新，又是描寫原住民傳統生活文化，在當時的確讓人有耳目一新的感覺。

小說作品有九篇，〈旋風酋長〉以倒述的手法回憶排灣族的英雄人物格辣辣武酋長的一生。〈排灣族之戀〉是作者青澀的初戀故事，女主角被逼婚後選擇到修道院當修女，非常傳統老套的故事情節安排。〈高山情溫〉是描寫改朝換代後，國民黨軍人愛民助民的事蹟，強調軍民一家，原住民同胞都能感受到國家的恩澤。〈域外夢痕〉是平地人與排灣族男人同時愛上排灣族女人的三角悲劇。〈陀螺〉、〈雛鳥淚〉是兩篇較短的小說，以第三人稱方式描述排灣族的傳統習慣。〈寒夜蕭蕭〉與〈戰神〉是兩篇較長的小說，〈寒夜蕭蕭〉約有一萬六千字，故事內容是世仇家族的男女雙方相戀，再加上女方愛慕者的攪和，形成一個沒有結局的悲劇。可以說是〈旋風酋長〉加上〈域外夢痕〉的情節再擴大版。〈戰神〉約有兩萬五千字，情節內容可說是排灣族的霧社事件，講述排族英雄對抗日本人的戰爭故事。

和原住民無關的兩篇作品是〈覺醒〉與〈沐春記〉。〈覺醒〉是個匪諜自首的故事，不知道能不能算是一篇「反共小說」，按照王德威的說法，反共小說的結論——控訴

「匪」禍，宣揚反攻[17]，那麼這篇作品應該可以算是跟上了反共小說的潮流。諷刺的是陳英雄的身分是原住民，在這裡可以觀察到當時的教育成果與社會風氣。〈沐春記〉是蔣公視察工程，與憲兵陳英雄的一段對話，屬典型的感念蔣公恩澤的一篇散文。但是我相信作家寫作這篇文章的心理狀況，是絕對的謙卑與感動。在超過四十年後的今天，作家仍然流露出當年的景仰情懷。這是「蔣總統時代」的警察專業與文學相結合的反共文學作品，寫來平凡、平實，對他同時代的讀者來說，閱讀起來頗富時代感的親切。

整體討論陳英雄在一九七三年以前的文學創作，以文學創作技巧來看，林韻梅認為：「一方面是對小說表現形式還局限於傳統說故事方式，人物較為平板，另一方面則困於時代環境、工作性質、無法做突破性的思考所致[18]。」以作家風格來說，吳家君的看法是，「並未有強烈的原住民自覺、族群意識[19]。」彭瑞金的評論，則比較嚴苛：

陳英雄的小說顯然犯了極嚴重的誤解，他放棄了原住民文化的價值觀，而全盤接受漢文化的價值，從而看到自己族群的一些異象——可以討好、滿足漢民族好奇的原住民民情風俗表象，他不是有使命感的原住民文化使者[20]。

是的。但在同化風潮之下，他正好反時代的精神，用今日反同化的觀點，陳英雄應受撻伐，但以時代差異的角度，也可以說他是同化風格的唯一作家，有其時代性。我們可以這麼說，一個排灣族作家，用平地人眼睛，呈現平地人想像的或想看的排灣族文化。所以我們在他作品裡處處可見是異國情調的風情，作者的筆法（如在描繪景物或述事時）讓人意識不到這是原住民的創作，能感受他的身分只有在他提及一些部落名，或在對話中所自然流露的專有（母語）詞彙、祭儀或生活方式的描述時，那些是「不可避免的」而釋放出的原住民情感。

他的成就就是五〇、六〇年代國民黨成功培育出來的忠誠的原住民警察，他有著平地人眼中所應具備的優點，卻也因此模糊掉對自己文化的認知。他的創作保留著自己的

17 王德威，〈一種逝去的文學——反共小說新論〉，收編於《如何現代，怎樣文學？》（臺北：麥田，一九九八年），頁一四八。
18 林韻梅，〈陳英雄《域外夢痕》評述〉，《東臺灣研究》三期，頁二〇〇。
19 吳家君，〈臺灣原住民文學研究〉（高雄：國立中山大學中文所碩士論文，一九九七年），頁一五〇。
20 彭瑞金，〈狩獵者拓拔斯〉，《瞄準臺灣作家》（高雄：派色文化，一九九二年），頁三二八。

傳統文化，矛盾的是心中卻又想著「使自由中國文藝的光輝，能藉著我的禿筆，照耀到文化落後的山地裡去[21]」或是「排灣族是一熱情和平而合群的民族，由於文化較落後，民族情感不能適當宣洩，因此，他們將所有的喜好集於歌舞[22]」。處在當時的臺灣社會環境，陳英雄有這樣的觀念也就成為是很自然的現象。遺憾的是他不認為他所處的社會有什麼不對；不該深責的是他為什麼沒有我們現在流行的與鼓吹的原住民意識。

（二）民間文學的脫胎與報導雜文

第二類是根據神話改寫創作的作品，只有〈巴朗酋長〉、〈太陽公主〉、〈迎親記〉、〈地底村〉四篇，這四篇故事被收入在《域外夢痕》一書，全書一百八十五頁中，這神話就占了九十五頁，比例為一半，可見分量不輕。這些神話故事的口述者是作者的母親，作家將這些原始的素材經過文學的轉換，在故事中呈現排灣族的文化，例如排灣族對貴族階級的重視、起源的傳說，或哈斯術（宗教巫術）在傳說中的重要等等，這些作品保存了不可磨滅的時代價值，這應該就是民族文學該由本族人創作的意義。

第三類是報導性質的雜文，有〈排灣族人的婚姻習俗〉、〈激流救人十三勇士〉、

〈排灣族人的信仰與喪禮〉、〈瑪寧乍斐勒〉四篇，除了〈激流救人十三勇士〉是作者在花蓮市保安隊的真實事件報導，其餘三篇是傳統排灣族文化的介紹。〈排灣族人的婚姻習俗〉、〈排灣族人的信仰與葬禮〉這二篇是比較偏向民族誌的撰寫報告，作者文筆通順，成為很好的民族誌材料。

一九七三年以後的四篇作品，〈警察生涯歷險多〉、〈森永警網密，通緝犯難逃〉兩篇是警察生涯的紀錄。〈難兄難弟〉延續神話創作的方式，根據排灣族傳說故事來創作，是一篇生動有趣的故事。轉變較大的嘗試是〈咆哮大地〉，這是一篇長篇小說，可惜尚未出版。

21 陳英雄，《域外夢痕》，頁一八四。

22 同上註，頁一六三。

五、原鄉竟是異域：認同的轉換

作家的作品裡使用第一人稱筆法的文章有〈排灣族之戀〉、〈旋風酋長〉，〈巴朗酋長〉、〈覺醒〉、〈域外夢痕〉、〈森永警網密，通緝犯難逃〉等六篇[23]。前三篇很明白表示「我」的身分是排灣族，有兩篇似乎在暗示「我」是一個與本場域不相干的外來者，所以是外族，也就是平地人。只有一篇〈域外夢痕〉很清楚是以平地人身分來到山地。在〈覺醒〉，作家寫著：

五十年年底，我由花蓮市區調這裡——永豐派出所。永豐是個山地小村落，人口並不複雜，住民多半是阿美族以及小部分客家人，山裡還住一些開墾生活的退除役軍人。我的管區靠近富里，都是客家人。

主角潘傑便是「我」管區內的住戶。小說尾端終於知道他因為參加二二八事件，十五年來不斷逃亡，最後定居永豐，但是仍然過著驚慌的日子，因為與「我」的相處，才決心自首。小說的「我」是一個盡職愛民的警察，而他應該是 Hok-ló 人。

在〈森永警網密，通緝犯難逃〉，作家寫著：

民國七十四年年底，我拎著簡單的行囊，向濃霧瀰漫中的森永派出所報到！

（中略）

「駕駛先生，到了森永請告訴我一聲。」一上臺汽班車，我提醒開車的中年人，免得我在濃霧裡錯過站。

「放心——森永站是一定停車受檢的。」

「謝謝！」聽他這麼說，我斂心了。

果然，當班車一上了阿朗衛橋的時候，遠處就看到了閃爍在濃霧裡的紅色揮棒，刺耳的哨音也間歇地傳入我的耳中！

（中略）

入夜以後，南迴公路上塞滿了來往的車輛。當那一道道雪亮的車燈交錯在蜿蜒的

23　前五篇收入《域外夢痕》小說集，最後一篇見《警光雜誌》四〇五期。

山路上時，有如一道道美麗的彩虹在染織森永之夜瑰麗的幻夢！而車輛吃力地爬升發出的怒吼，好像在為森永之夜奏出交響樂，不但不吵人，反而變成一曲曲催人入夢的催眠曲！

啊！夢樣的森永之夜……[24]

永豐與森永其實都在作家出生地不算太遠的地方，至於〈域外夢痕〉的土坂村更近，可以說是鄰村了。但是作家在小說裡把它當作「域外」來處理，「我」被設定為一個從遙遠地方派來上任的平地人，「四十三年初秋，我參加山地行政考，錄取後被分發到土坂村做幹事。土坂村……，一般人都視為畏途。」「我背上行囊，懷著忐忑的心情，前去到職[25]。」

「我」被村長的女兒喜歡，卻招惹排灣族青年的嫉恨，展開一場愛情的三角糾紛、平地與山地的兩極推拉。文章如何下筆看個人神通，嚮往平地是執筆當時的時尚，小說寫來也頗生動。作家也偏愛這一篇，所以選為小說集的書名。我們也從這裡認識陳英雄，事實上，也相當能反應全面平地化的時代精神。如果有所不妥，那便是與目前流行的尊重多民族多文化的現代風潮大相逕庭。

從文學角度穿越三十年來看，這篇小說的不足在於深度。作家的能力可以在主流社會與原住民族兩種觀點之間反覆、反省、反映，卻沒有善用這種專長。他的寫法，與一般作家來描寫當時的原住民族社會的寫法，可以說沒有兩樣。撰寫本文的現在，我也當面問作家本人，他表示心中的劣等感確實很難克服。

六、由舊轉新的掙扎：長篇小說《咆哮大地》

《咆哮大地》是停筆多年之後重新執筆的十六萬字著作，也是作家唯一的長篇小說，值得投注相當的眼光。該書是史詩的格局，描寫多娃竹谷社酋長家族四代的事

24 陳英雄，〈森永警網密，通緝犯難逃〉，《警光雜誌》四〇五期，頁三八—四〇。

25 陳英雄，《旋風酋長——原住民的故事》（臺北：臺灣商務印書館，二〇〇三年），頁一四七。

跡[26]，縱貫清、日、民三朝，穿插抗日與太平洋戰爭等兩大戰爭，原味十足，氣勢磅礴，彷彿是鍾肇政寫「臺灣人三部曲」。

作家一如過去，寫作的舞臺在從小生長的故鄉，寫作的對象是本民族的排灣族，全書以「排灣族粗獷倔強如大武山，抗日情緒水不停流如大竹高溪」為基調，寫在「楔子」，又再次強調在「尾聲」。

大武山是排灣族的聖山，用來作為排灣族的象徵是自然的，但是大竹高溪卻不如此崇高，它只是作者家鄉的母親之河。把大武山和大竹高溪結合在一起，正顯示出作者的感情，他的作品只寫排灣族不及他族，他筆下的土地只有家鄉方圓五個村（大竹村、多良村、大溪村、土坂村、台坂村，不過五村分屬三個鄉），偶有超越，也只是在富里[27]，是他服務的地方。相反地，他居住最久的地方是臺北，但是臺北從沒有出現在他的筆下，如果有，只有《咆哮大地》最後一句的「二〇〇三年四月二十七日脫稿於臺北市國家圖書館二七研究小間」這種標誌寫作地點的字樣。同樣的，渡過後兩蔣時代二十年，他仍然原封保有當年的感覺，不因時代變化而轉移。從這樣的性格，我們來看，「故鄉、排灣族、蔣總統、警察」便是他思維的軸線，並且貫穿他所有的作品，當然也濃縮在《咆哮大地》裡。

多娃竹谷社歷經三國政府，它抗日本國卻不抗清也不抗民國，抗得很勉強。作家寫道：

部拉魯彥逝世不久，甲午戰爭結束，中日簽訂不平等的《馬關條約》，清廷將臺澎群島割讓給日本，原住民的生活天地，好像陷落了長夜一般，前後痛苦地熬過了五十一年被奴役的悽慘歲月！

日本人侵臺以前，族人與居住平地的閩南人或客家人，一直持續著良好的互動關係。族人的民生必需品，例如鹽巴、肥皂……等之看似簡單卻非常重要的東西，都仰賴平地朋友以物易物的方式供應。而平地朋友們對喜愛的鹿角、鹿茸等山產，也都可以從原住民的手裡換得的。然而，自從日本人據臺以後，這些原始而自然的交

26　第二代酋長的事跡，應該就是從〈域外夢痕〉裡的基亞那武酋長脫胎而來。
27　富里的永豐派出所。見陳英雄，〈覺醒〉，《旋風酋長》，頁二九—三六。

易馬上遭到禁止。

向來自由自在縱橫山林慣了的排灣族人，一旦受到了外力的限制而那不能做，這不可做的時候，心裡的不平與抱怨是很難讓人想像的！但是，驕傲的日本人根本想不到這一點。他們總認為日本人都很優秀、聰明，那些他們認為沒開化的原住民們，卻是一群愚笨的「番人」！根本不值得讓「高尚」的日本人去關心，因此，傲慢、偏見就變成了日本人在原住民同胞心目中的深刻印象[28]！

太平洋戰爭打得激烈，日本國亟需兵源，警察與學校用各種方法，軟硬兼施使人當志願兵，但是不會用「前近代」的方式去任意拉夫，小說裡的第三代酋長在大武街上被當街拉夫，一去不回。彷彿是聽老兵談他當兵的故事，拉得很中國，用電影做比喻，彷彿是看劉家昌的《梅花》，而不是看侯孝賢的《悲情城市》，一樣的國度，兩般的烽火。作家寫道：

然而，當中華民國的救星，民族巨人蔣中正委員長發出了「一寸山河一寸血，十萬青年十萬事」的偉大號召後，全國最優秀的青年學生紛紛請纓加入戰局，使我們的錦繡河山迅速光復，頑強的日本軍閥迅速敗北。另外一方面，被他們占領的許多島嶼也在美軍更強大的火力支援下，一塊塊地失陷，丟掉了[29]！

由於日本節節敗退，兵源匱乏，就到處拉夫，小說寫著：

嘉淖就是在這樣的情形下被捉去當日本兵的！

那天，他帶著一些獸皮到大武街上交換日用品。當他正在跟德順進行交易的時候，被一班日本兵把他們捉住，不分青紅皂白就往卡車上一送，就和其他同胞們關進了「臺灣訓練所」，日本人祗施予簡單的兩週訓練，例如服從皇軍，步槍射擊以及

28 陳英雄，《咆哮大地》手稿，頁九一—九二。

29 同上註，頁一八二。

禮節訓練等等，再被送上開往南洋的運輸艦，迷迷糊糊地踏上了菲律賓群島的一處小島上，開始作戰[30]。

作家所認知的中國，當然，那個中國他從未親臨履足，卻是蔣總統時代營造出來的鮮明意象，對於當時忠貞的警察而言，沒有不深信不疑的道理。可是臺灣是作家世代生息的土地，他從小聽過很多的排灣神話，難道沒有聽到鄉鄉村村有人參加高砂義勇隊的事跡？對待日本國與中華民國的行政，出現兩套標準的評量，並且過於僵硬，流於政治宣示，而錯失可以去對比細膩描寫的機會。

日本時代及民國時代都對原住民族施行改姓名制度。日本時代比較溫和，統治三十年後才推動，在蕃界多用勸導，在軍隊裡才是澈底執行，應該是稱呼上的方便。民國時代則從其光復伊始，就全面施行。不管手段強弱緩急，改姓名本質不變，但是作家採用兩種態度來描寫，對於日本代是這樣批判的：

嘉淖被捕後，日本人替他取了一個東洋味十足的日本名字，叫做什麼「大山一郎」的，他們咬不準嘉淖這兩個字的發音，所以才替他取名「大山一郎」。其實，根本上，日本人本來就看不起臺灣人，更河況嘉淖是一個「番人」青年，給他日本名字是他的造化，他前世修來的福氣[31]！

對於民國時代卻又改用另一種標準去包容：

政府為便於施政及實施上的方便，及委派多有國語基礎人員擔任村幹事，為所有的原住民們「賜姓與賜名」，不過有些遺憾的是，由於缺乏事前的調查整理工作，致使許多兄弟姊妹不同的笑話發生。例如陳明清一家來說，他的妹妹姓高，他的哥哥卻姓蕭。另一家蘇愛玉女士的哥哥姓蔡，也是笑話一樁，而且，一直到現在，這些行政疏失仍未改善，將錯就錯也有五十幾年了！

30 同前註，頁一八三。

31 陳英雄，《咆哮大地》手稿，頁一八四。

居住在平地行政區域的原住民們被冠以「平地山胞」的符號，居住山地的原住民們想當然爾就叫「山地山胞」，這就是光復初期的荒謬制度。善良的原住民同胞們則逆來順受，從未聽說過有人反對這個渾號[32]！

作家甚至如此歌頌著民國時代的遷村：

臺東縣警察局也在大武分局下，設置「高溪派會所」，為的是便於執行警察權，做好本地保安工作。

這個時候，大竹村已經從狼煙婀娜的山上遷移下來，每天面對著層層疊疊的海浪生活，人們浸淫在澎湃壯闊的海浪拍岸的聲音中，渡過新鮮好玩的新生活！

這些自認為大地兒女的排灣族人們，就是如此容易與環境合而為一。

同時，為因應中華民國政府的施政，全體村民也很認真地學習國語。果然，三、五個月後的某天，有的村民竟然能夠以簡單的國語與海防部隊的官兵們打招呼問好！這種新鮮有趣的經驗，促使他們更認真地學習國語，把學齡兒童全部送到了設立派出所北鄰的大竹國民學校上課去了。

這裡沒有猜忌，也看不到日本人凶惡的嘴，靜謐的空氣中，充斥著和平與安詳[33]！

他用相當多的篇幅來描寫民族祭典，春祭、豐年祭、出草祭、五年祭，不但寫得很詳細，而且重複寫，寫到把愛情擠到邊邊，讓排灣族只剩下祭與戰。作家把自己從小熟悉的祭典精細地寫出來，甚至不惜將祭詞用雙語對照，連頁照錄，有多少祭典便有多少祭詞，以至於不再有餘力去刻畫人物、鋪陳劇情，其實是有害全篇的藝術性。說是民族誌，卻不夠科學嚴謹，穿插一些虛構；說是文學，卻又不是為劇情人物的需要而穿插，

32 同前註，頁二三二。

33 同前註，頁二三二—二三三。

喧賓奪主，描寫過實，真是得不償失。

作家現在孑然一身，經常換工作，每換一個工作，都會打電話到我們的政大原住民族中心來，有時是單純地報近況，有時順便拉生意。他雖然潦倒在臺北，忘不掉的，卻仍是他的警察生涯，是他的蔣總統時代，是他的排灣族，是他的故鄉，這些都濃縮在他的《咆哮大地》裡。

《咆哮大地》的寫作只完成初稿，凌亂之處當然不少，多娃竹谷社所統領的大武山下排灣族部落，有八個、十八個、二十八個等三個數字[34]。大竹村第一任村長有時是第二代酋長谷灣，有時是第三代酋長嘉淖[35]。一個重要的角色，第二代酋長妻子的名字，先是嘉莎，後來成莎婉。當然，這些在草稿裡都還不算是大問題，倒是有兩大缺失，需得更換或修潤：首先，是第三部第五章，第三代酋長嘉淖從南洋回來，迎接光復新時代的來臨，卻突然插入一段完全不相關的情節，突然冒出獵人法賽，用去幾萬字的篇幅去說他死於愛情的故事。面對這個似曾相似的故事，在細查之下，發現作家完全照搬自己的〈寒夜蕭聲〉[36]。其次，是第五部第三章及第四章，敘述陳少龍童年及考入警察學校，到當警察時抓走私、逮捕漏網者的事跡[37]，顯然是以自己身世為原型去撰寫，只是這個陳少龍又不像是第四代酋長愛喜的成年，是突兀加入的另段故事。或許，作家把陳少龍當作愛喜的成年，其實也唯有如此，全書才能連貫，只是書稿的現況是斷章而已。

我們可以這樣了解，本書寫作受到國家文化藝術基金會補助，作家急於期限內交卷，最後難免於潦草，這缺失現在都有充裕時間可以修改。只是若不動到全書的基本架構，若不對人物做性格的深度刻劃，本書恐怕只是把作家過去作品裡的情節與人物發出總動員令而已[38]。

---

34 陳英雄，《咆哮大地》手稿，頁一七〇、頁一七九。

35 同前註，頁一九八、頁二三一。

36 同前註，頁二〇三—二三〇。

37 其中關於「漏網之魚一段」，也是從〈森永警網密，通緝犯難逃〉抄引過來，見《警光雜誌》四〇五期，頁四三—四四。

38 單以名字為例，也多重複出現。嘉莎，也出現在〈太陽公主〉和〈迎親記〉，收入陳英雄，《旋風酋長——原住民的故事》，頁六五—九四，頁九五—一二四；再度出現在陳英雄，〈戰神〉，《文藝月刊》（一九七三年六月），頁四二—六七。大山一郎，出現在〈戰神〉，不過那時是壞人日本警察，在本書轉為好人排灣族酋長。林排長，出現在〈高山情溫〉，收入陳英雄，《旋風酋長——原住民的故事》，頁九—二二，事實上〈高山情溫〉也是全都錄，收入陳英雄，《咆哮大地》手稿，頁二三三—二四八。

七、結語

原住民族新文學引起重視始於八〇年代，可是那已經是「完全發展」的形態。往前追溯二十年，陳英雄的出現才是原住民族新文學的開始。原住民族新文學是經歷「舊．新文學與「新．新文學」兩個階段。

陳英雄是「舊．新文學」的唯一作家，孤獨之餘，也更凸顯他的重要性。原住民族的民族運動過程，與整體臺灣民族運動之間，有同步、有慢調，文學發展的差異便是其中的慢調。事實上，臺灣新文學發展也是在被壓制之中，在意識不完全覺醒的狀態下舉步維艱前進的。陳英雄接受到這種不完全的概念，又在原住民族更重的壓迫下，走上他的文學路。

透過文學史來了解他，定位他，比起直接閱讀他的作品，更能了解到他作為先驅的重要性。因為有他，新文學才生出「舊」與「新」兩個性質差異極大而邊界清楚的時代，所以是「舊．新文學」時代的唯一作家。因為唯一，使得文學史分出一個時期，單憑這一點，就足以證明他的重要。他的藝術成就遠比不上田雅各、莫那能等等，但是後者是一群作家風起雲湧，而陳英雄則踽踽獨行，二十年內全無先行者，後無繼踵者，這個現象反映出原住民文學環境的險惡，也更襯托出陳英雄的難能可貴。

參考資料

王德威　一九九八年，〈一種逝去的文——反共小說新論〉，《如何現代，怎樣文學？》，臺北：麥田。
白少帆等　一九八七年，《現代臺灣文學史》，瀋陽：遼寧大學。
吳家君　一九九七年，〈臺灣原住民文學研究〉（碩士論文），高雄：國立中山大學中文所。
林修澈　一九九七年，〈民族文學 vs 國家文學〉，林松源主編，收於《首屆臺灣民間文學學術討論會論文集》，彰化員林：臺灣省磺溪文化學會。
林韻梅　一九九八年，〈陳英雄《域外夢痕》評述〉，《東臺灣研究》三期，頁二〇〇。
陳英雄　一九七一年，《域外夢痕》，臺北：臺灣商務（人人文庫）。一九九〇年，〈森永警網密，通緝犯難逃〉，《警光雜誌》四〇五期，頁三八—四〇。二〇〇三年，《旋風酋長——原住民的故事》，臺北：臺灣商務印書館。二〇〇三年，《咆哮大地》手稿。
彭瑞金　一九九二年，〈狩獵者拓拔斯〉，收編於《瞄準臺灣作家》，高雄：派色文化。
葉石濤　一九九一年，《臺灣文學史綱》，高雄：文學界雜誌。
盧建華　一九九四年，《新西蘭文學史》，上海：外語教育。
鍾肇政　一九八六年，〈山地文學的嘗試——談「高山組曲」的寫作經過〉，收於胡民祥主編，《臺灣文學入門選》，臺北：前衛

下村作次郎　一九九七年，邱振瑞譯，〈六、臺灣原住民文學序論〉，收於《從文學讀臺灣》，臺北：前衛。

岡崎郁子　一九九六年，葉迪譯，〈拓拔斯——非漢族的臺灣文學〉，收於《臺灣文學——異端的系譜》，臺北：前衛。

Elliot T. Emory　一九八八〔一九九四〕年，朱通伯譯，《哥倫比亞美國文學史》，成都：四川辭書。

黃惠禎

〈陳英雄與盧克彰的文學關係〉

國立政治大學中國文學博士，現任國立聯合大學臺灣語文與傳播學系教授、國家電影及視聽文化中心第一屆廣播資產鑑定委員會委員、臺灣文學學會監事、楊逵文教協會監事。曾任聯合大學人文與社會學院院長、臺灣語文與傳播學系主任、臺灣文學學會常務理事、楊逵文教協會理事長、臺灣李喬文學協會常務監事等。

著作有學術專書《楊逵及其作品研究》、《左翼批判精神的鍛接：四〇年代楊逵文學與思想的歷史研究》、《戰後初期楊逵與中國的對話》。目前致力於天狗部落口述傳統之蒐集與整理。

本文出處：二〇一九年十月，《臺灣文學研究學報》二九期，頁一八七－二一七，臺南：國立臺灣文學館。

陳英雄與盧克彰的文學關係

一、前言

一九六二年四月十五日，排灣族人陳英雄（族名：Kowan Talall）[1]以描寫阿美族部落的散文〈山村〉[2]躍上臺灣文壇，成為戰後臺灣發表漢語文學的第一位原住民作者。一九六五年十月，短篇小說〈旋風酋長〉[3]獲選編入《本省籍作家作品選集》，主編鍾肇政在〈編輯的話〉中加以介紹：

這兒要特別提出來報告的，是收在本輯裡的一篇作品〈旋風酋長〉，作者陳英雄，筆名鷹娣，是臺東縣的排灣族同胞。迄至目前為止，高山同胞中的作家似乎以陳君為第一人，因此使我們覺得特別值得重視。猶憶日治時期，日人稱高山同胞為「蕃人」，他們住的地區則稱為「蕃地」、「蕃界」，受教育則在「蕃童教育所」，教師為佩長劍蓄小鬍子的警官。他們受著類乎野人的看待，所受教育少到幾乎沒有。曾幾何時，他們的年輕的一輩已有人能運用優美的文字，組織人生而表現之，在文壇上占一席地，這是多麼令人驚異，令人感奮的事實！寄語陳君，您的使命是非常重大的，希望不要滿足於目前的成就，更努力地讀，更努力地寫，相信不祇你的族人們，就是整個中國每一個同胞們都在對您萬分期待著[4]。

文中洋溢著樂見原住民以漢字書寫進入文壇的興奮之情，並展現對於陳英雄個人的高度期待。除此之外，〈旋風酋長〉前有鍾肇政的評語：「作者係山地排灣族人，為高山同胞

1 陳英雄《域外夢痕》（臺北：臺灣商務印書館，一九七一年）、《旋風酋長：原住民的故事》（臺北：臺灣商務印書館，二〇〇三年四月二版）與《排灣祭司：谷娃娜》（臺中：晨星，二〇一六年）三本作品集中，都以「谷灣・打鹿勒」作為族名的漢字音譯；《太陽神的子民》（臺中：晨星，二〇一〇年）中則用「谷灣・打鹿」。為求一致，在此以羅馬拼音標示其族名。

2 陳英雄，〈山村〉，《聯合報》聯合副刊六版（一九六二年四月十五日）。

3 〈旋風酋長〉以筆名「鷹娣」發表於《幼獅文藝》二十一卷二期，頁二五—二七。收入《域外夢痕》時，發表時間誤記為「五一、六、一」（一九六二年六月一日）。陳英雄，《域外夢痕》，頁四六。

4 鍾肇政，〈編輯的話〉，鍾肇政主編，《本省籍作家作品選集》第九輯（臺北縣永和鎮：文壇社，一九六五年），頁三。

第一個作家，其成就彌足珍貴[5]！」這些都顯示陳英雄身為第一位原住民作家，在原住民文學方面有其先驅性的意義，因此成為鍾肇政心目中一九六〇年代本省籍代表作家之一。

一九七一年七月，陳英雄將重要作品結集成冊，出版《域外夢痕》[6]。這不僅是臺灣文學界第一本原住民作家的作品集，也奠定了陳英雄成為第一位出書的原住民族作家之地位，就此為臺灣文學史寫下嶄新的一頁。〈後記〉中，陳英雄這樣說：

對於一個出生在文化落後的山地人來說，寫作的確是一件困難的事；這些年來，靠著一股年輕人的衝勁，在盧克彰先生的鼓勵與指導下，我終於像孩子學走路一樣，開始爬行在文藝的走廊上。當然，我很笨，爬了那麼多年才學會了一些以個人的家族背景及個人對生活體驗為題材而已[7]。

這段話清楚交代陳英雄的登臨文壇，有前輩作家盧克彰（一九二〇—一九七六年）隱身其後，給予鼓勵與實際的指導。

一九八〇年代原住民運動蓬勃發展以來，原住民文學所蘊含的批判意識，包括對漢族文化入侵的抗議，以及針對社會結構不公不義的控訴，素來廣受臺灣文學界的重視。相關選集與研究如雨後春筍般紛紛湧現，並已蔚為大觀。儘管作品內容與具有抗爭意識的其他原住民文學風格迥異，在追溯臺灣原住民文學的起源時，陳英雄仍以戰後第一位原住民作家的身分受到矚目。二〇〇三年四月，《域外夢痕》以《旋風酋長：原住民的故事》之名再版。相較於一九七一年的初版，重刊版封面揚棄「人人文庫」（王雲五主編）制式化的設計，不僅註明「原住民的故事」，並在作者名字之下標榜「最早的原住民作家」。〈再版序文〉中陳英雄說：「非常感謝『啊達喔剌麻斯』（排灣族語，意謂太陽神），讓我在邂逅了當代作家盧克彰及鍾肇政先生，使我在文藝的王國跌跌撞撞的時候，有他們適時地扶我一把，成為臺灣原住民當中第一位出書的文藝作家」[8]，再度感念盧克彰的文藝指導。

---

5 鍾肇政主編，《本省籍作家作品選集》第九輯，頁一七一。

6 《域外夢痕》收錄十篇作品，依序是：〈排灣族之戀〉、〈高山情溫〉、〈雛鳥淚〉、〈覺醒〉、〈旋風酋長〉、〈巴朗酋長〉、〈太陽公主〉、〈迎親記〉、〈地底村〉、〈域外夢痕〉。

7 陳英雄，〈後記〉，《域外夢痕》，頁一八四。

8 陳英雄，〈再版序文〉，《旋風酋長：原住民的故事》，頁一。

事實上，盧克彰與原住民書寫的淵源，不僅在於指導陳英雄的文學創作。一九六五年黃玉燕為文介紹盧克彰時，說：「他喜歡大自然，曾到花蓮山上住了五年，日日與大自然為伍，寫下了那些以山地為背景，阿美族和泰耶魯族為題材的短篇小說，以及那些清新優美的墾拓雜記[9]。」然而目前僅見兩篇研究範圍包含二次世界大戰結束以來，非原住民作家原住民書寫的學位論文[10]，對盧克彰的相關創作隻字未提。

近年間筆者在搜尋大陸來臺作家資料時，發現盧克彰曾以臺東縣大竹高溪流域的排灣族群為主要角色，於一九六七年六月出版長篇小說集《陽光普照》，書中到處可見以漢字標音的排灣族語。這部作品的出土，揭示了盧克彰原住民書寫的題材，並未限定於阿美族與泰雅族（泰耶魯族）[11]，形式上也不只有短篇小說。

一九七一年五月，《陽光普照》改題為《太陽神的子民》重新出版。有趣的是二〇一〇年十月，陳英雄也出版了名為《太陽神的子民》長篇小說，並且與盧克彰的創作同樣以排灣族頭目一家四代人為主角，故事整體架構亦有近似之處，顯示兩人的文學關係超乎學界所知。

目前已發表有關陳英雄與盧克彰文學因緣的研究，以學者魏貽君的論述最為深入。首先，作者推測〈山村〉由盧克彰修改，並經林海音之手刊登於《聯合報》副刊，是陳英雄以「文化落後的山地青年」身分進行漢語文學寫作之舉，隱微引起了具有漢族知識分子道德之心的作家、編輯「驚豔式」回應或「贖罪式」迴聲，其間隱含著漢人文化意理的上位式作用力。

至於一九六〇年代臺灣的文學場域出現陳英雄的漢語文學書寫，相當程度是因「作者」的族裔文化身分，提供並迎合了當時的政治意識形態加諸原住民族「平地化」、「現代化」及「儒漢化」的社會想像軸線。再者，由於盧克彰隱身其後的教導及潤飾，遂使

9 引自黃玉燕，〈酷愛自由的小說家——盧克彰〉，《自由青年》三十四卷十期，頁二三。「二〇〇七臺灣作家作品目錄系統」中所說：「盧克彰曾在花蓮山區墾荒，並寫下以阿美族和泰耶魯族為題材的短篇小說，以及系列清新優美的墾拓雜記」，研判應該是根據黃玉燕的記述而來。「二〇〇七臺灣作家作品目錄系統」，國立臺灣文學館（來源：http://www3.nmtl.gov.tw/Writer2/writer_detail.php?id=2379，檢索日期：二〇一六年十一月十五日）。

10 這兩篇學位論文依完成先後順序為：許惠文，〈戰後非原住民作家的原住民書寫〉（臺中：靜宜大學中國文學研究所碩士論文，二〇〇八年）。蔡政惠，〈戰後臺灣作家文學中的「原住民族書寫」：自一九四五到一九八七年〉（高雄：國立中山大學中國文學系博士論文，二〇一五年）。

11 筆者所掌握的資料，盧克彰文學中未見黃玉燕所說的「泰耶魯族」（泰雅族）。由於盧克彰作品集出版年代久遠且皆已絕版，部分僅存書目，例如「二〇〇七臺灣作家作品目錄」中所列的《弦外》、《春滿大地》兩本書，查不到國內圖書館有任何收藏，尚無法確認盧克彰筆下是否出現過泰雅族人。

陳英雄的作品除了頻繁出現類似「酋長」、「公主」等以漢人的文化想像模式，描述排灣族人身分階層的外來詞語，並且以漢人男性的敘事角度呈現作品內容。結論陳英雄以漢語書寫的文學表現形式，一方面斷裂於排灣族部落、原住民族人傳統的文學性接收、表述脈絡，另一方面馴化或內化於儒漢文化優越感的主流論述之內，自我否視或卑微化看待山地部落族人的文化質素，其文學寫作複製了「汙名認同」，所設定的作品閱讀群體是在平地社會[12]。

近年間，學者郭澤寬在「二〇一六屏東文學學術研討會」上發表的〈是Emic或Etic？論盧克彰的原住民書寫〉[13]，引用人類學有關文化觀察的Emic（主位的、局內人的）和Etic（客位的、局外人的）兩種概念，並以「省政文藝叢書」中的《陽光普照》與《海岸山脈上的春天》兩部長篇小說為中心，分析盧克彰原住民書寫的內容與方法。結論是盧克彰長篇作品中有大量為官方政策宣傳視角的書寫，然而在花蓮永豐生活數年間，與原住民的接觸，以及與陳英雄之間的交誼，使得他對原住民面對現代化壓力，跳脫客位觀察的侷限，不僅有如民族誌般對原住民文化的觀察，亦有主位且從原住民自身文化立場出發的描述。這一篇論文也是唯一已發表，與盧克彰原住民書寫直接相關的研究。

魏貽君與郭澤寬兩位學者的評述，分別從陳英雄與盧克彰的文學生涯立論。雖然同樣觸及盧克彰與陳英雄的文學關係，但前者著重陳英雄的創作所承受來自盧克彰的薰染，後者聚焦於盧克彰原住民書寫的內容與意義。筆者認為，盧克彰原住民書寫的重新出土，不僅將在臺灣原住民書寫史增補進盧克彰的作品，也顛覆以往學界認為陳英雄單方面地受到盧克彰影響的刻板印象。

由此出發，本論文主要從陳英雄與盧克彰創作間的對話性與互涉關係出發，再經由

12 魏貽君，〈儒漢意理凝視之下的櫥窗洋娃娃？——林班、工地歌謠以及漢語文學形成的影響效應〉，《戰後臺灣原住民族文學形成的探察》（新北：印刻，二〇一三年），頁一七九－一八三。

13 郭澤寬〈是Emic或Etic？：論盧克彰的原住民書寫〉一文，宣讀於二〇一六年十一月十一日在屏東大學舉行的「二〇一六屏東文學學術研討會」。其實盧克彰的原住民書寫是以東部原住民為對象，這篇論文與屏東文學並不相關，但與會議主題「原住民文學與文化」有契合之處。論文收錄於黃文車主編，《二〇一六屏東文學學術研討會：原住民文學與文化論文集》（高雄：春暉，二〇一七年），頁一八一－二一四。

陳英雄與盧克彰筆下兩種《太陽神的子民》的互文性（Intertextuality）研究[14]，釐清盧克彰與陳英雄兩人的文學關係，以及兩人的文學交誼在臺灣文學史上的意義。

二、盧克彰的原住民書寫

根據作家辛鬱訪談的紀錄，盧克彰於一九二〇年生於浙江諸暨，中央軍校畢業後投身軍旅，二次戰後在上海警察界工作，一九四九年從上海逃往香港，在調景嶺渡過兩年多的歲月，一九五二年八月以難胞身分來臺，此後在臺灣開始文學寫作。經過兩年在圖書館的苦讀與自我磨練，作品終於獲得發表機會，逐漸進入作家之林。一九五九年（民國四十八年）自臺北遷移東部地區，在花蓮偏鄉渡過五年的歲月[15]。從盧克彰的現身說法可知，移居花蓮與經濟因素有關。盧克彰說：

到四十八年，我離開臺北，到花蓮富里，過了一段山居生活。最初，我並不是墾荒，而是做割採松油生意，結果，我從臺北帶去的幾千塊錢，全被一個姓張的先生弄走了，一滴松油也沒有採到。我認命了，決定自搭一間小茅屋，買一塊山地，過一過農墾生涯[16]。

在〈山中那一年〉這篇文章中，盧克彰提到花蓮生活的源起時也說：

我去花蓮山地的初衷，是採松油，朋友們告訴我，採松脂本輕利重，十拿九穩可以發筆小財。想不到海岸山脈上的大松樹根（原誤植為「跟」）本不出油，好啦，大

---

14 根據法國學者蒂費納．薩莫瓦約（Tiphaine Samoyault）的研究，克莉斯蒂娃（Julia Kristeva）依據巴赫汀（Mikhaïl Bakhtine）所說：「任何一篇文本的寫成都如同一幅語錄彩圖的拼成，任何一篇文本都吸收和轉換了別的文本」，推出「互文性」（Intertextuality）的概念和定義，認為「橫向軸（作者—讀者）和縱向軸（文本—背景）重合後揭示一個事實：一個詞（或一篇文本）是另一些詞（或文本）的再現，我們從中至少可讀到另一個詞（或一篇文本）」。本論文在進行分析時，即以此概念作為文本切入時的主要視角。參考 Tiphaine Samoyault（蒂費納．薩莫瓦約）著，邵煒譯，《互文性研究》（中國：天津人民，二〇〇三年），頁四。

15 辛鬱，〈冬日寒雨談往事——小說家盧克彰訪問記〉，《中華文藝》十卷五期，頁一五—一六。

16 同註十五，頁十六。

夥兒傻啦，眼瞪瞪瞧著那些合圍的古松發呆。本錢泡了湯不說，連回臺北的路費也放到這要命的行當裡去了。那邊住的都是阿美族，幸虧還有幾十位農墾的退除役官兵，沒錢，行不得也。好吧，買了幾把鋤頭蕃刀，硬起心腸跟著大夥兒開山種地，反正他媽的倒了楣，所幸胡二麻三的混吧[17]。

為採松油而決定轉往花蓮發展，因採松油生意失敗而開始稼穡人生。一個意料之外的發展，竟成為盧克彰生命史的轉捩點，也開啟了他在東部寂寞的墾拓生涯[18]。

當時的盧克彰定居於富里鄉永豐村的番社。「番社」是當地人的稱呼，地處偏僻的山谷。這裡是個阿美族聚居的小村落，實際上是永豐村的行政中心，就連永豐警察派出所也設置於此[19]。由於墾殖番社的山地，盧克彰有了與阿美族近距離長期接觸的機會，並順勢創作出與原住民相關的文學作品。

就筆者蒐集到的資料來看，最遲在移居花蓮翌年的一九六〇年，盧克彰就曾以該地的山居生活為題材，發表描寫阿美族生活與文化的散文。例如一九六〇年十二月八日發表於《中央日報》副刊的〈釋猴記〉中，提及一位退除役軍官年輕美麗的阿美族太太，以及阿美族的狩獵文化[20]。一九六五年十月《墾拓散記》出版，這是以永豐的實際生活經

17 盧克彰，〈山中那一年〉，《徵信新聞報》人間八版（一九六五年一月一日），。修訂後改題為〈蛋的哲學〉，收入盧克彰，《自然的樂章》（臺北：三民書局，一九七一年），引文見頁一三〇，然文字略有出入。

18 盧克彰曾說永豐山上的五年，在他個人生命史上是個很大的轉捩點。寂寞的墾拓生涯中，他悟透了一點生命中的靈機，也抓住了一點生命中的真實。但從文學創作從此大量出現原住民來看，永豐五年也造就了盧克彰文學不同的發展。盧克彰，〈東部行〉，《擷雲小記》（臺北：水芙蓉，一九七六年），頁三一。

19 盧克彰，〈山居〉，《中央日報》中央副刊七版（一九六一年二月十四日）七版；收於《自然的樂章》，頁八。陳英雄，〈山村〉，《聯合報》聯合副刊六版（一九六二年四月十五日）。

20 盧克彰，〈釋猴記〉，《中央日報》中央副刊七版（一九六〇年十二月八日）；修訂後收入《自然的樂章》，頁一七－二一。

驗為本[21]，運用散文筆法而創作的小說[22]。不僅阿美族人及其語言、文化頻繁出現於作品中，寧靜和平的番社(永豐)也成為主角願終老斯鄉的「世外桃源」[23]。

在此之後，阿美族、排灣族、布農族等原住民角色人物，從盧克彰的筆下陸續登場[24]。例如長篇小說集部分，《陽光普照》與改題後重新出版的《太陽神的子民》[25]，描述一個排灣族頭目的家族，從部落社會過渡到滿清與日本統治時期，再到中國接收後融入現代化生活的故事。《吉木》是作者與作家妻子心岱應邀參觀南部橫貫公路的修築工事後，以南橫公路的開闢修築為中心，描述警總職訓第三總隊遴選出來的協建大隊，以血淚克服天險與工程艱困的長篇小說[26]。後半段特意安排一段布農族的「利稻之花」、隊上弟兄與布農族青年的三角戀情，並以這位外省阿兵哥出身的弟兄與布農族

21 〈書刊評介——墾拓散記(盧克彰著)〉一文中說：「作者盧克彰先生，聽說為了找尋寫作題材，暫時拋開了筆桿，特地跑到花蓮附近山上去體驗生活。日出而作，日入而息，過著道地的山地人生活，一住六年，差點被山地人同化。這本書，就是作者在山上六年來，體驗生活所得來的結晶。」由此可見《墾拓散記》一書的內容，融合了作者在花蓮的生活經驗。惟文中將盧克彰五年的花蓮生活，誤寫成六年；盧克彰移居花蓮也不是為了體驗生活，而是經濟因素。引文出自《現代學苑》三卷四期，頁四四。

22 關於《墾拓散記》的文類，有兩種不同的說法。〈書刊評介—— 墾拓散記〉(盧克彰著)中說：「《墾拓散記》是一本散文式的小說。作者用散文式的筆調來撰寫。所以，每篇文章，分開來可以獨立存在，各有各的完整故事。合起來，也可以首尾貫通，連成一氣，這是本書最特色的地方」；作家辛鬱則將之歸類為散文集。由於《墾拓散記》雖然融合作者在花蓮墾殖的實際經驗，但重要角色「瑞」(主角「我」之妻)為虛構的人物，筆者依閱讀後的印象認同前者。〈書刊評介——墾拓散記〉(盧克彰著)，《現代學苑》三卷四期，頁四四。辛鬱，〈冬日寒雨談往事——小說家盧克彰訪問記〉，《中華文藝》十卷五期，頁一七。

23 盧克彰，〈入山〉，《墾拓散記》(臺中：光啓，一九六五年)，頁一一。

24 前述的《墾拓散記》中亦提及布農族(作者稱之為「布隆族」)，然僅一語帶過。原文為：「新港山不算高，海拔不過一千多尺，不過靠這一邊盡是危崖削壁，很難爬，好在布隆族時常來打獵，有條難于辨認的小路。」盧克彰，〈登高〉，《墾拓散記》，頁一八二。

25 盧克彰，《陽光普照》(臺中：臺灣省政府新聞處，一九六七年六月)。盧克彰，《太陽神的子民》(臺北：正中書局，一九七二年)。

26 盧克彰記錄南橫之遊的〈東部行〉中，有警總職訓第三總隊協建大隊率領先頭部隊的趙萬育中校。《吉木》中先遣部隊的指揮官趙育人，即由趙萬育之名改編而來。盧克彰，〈東部行〉，《擷雲小記》，頁三七。盧克彰，《吉木》(臺中：臺灣省政府新聞處，一九七三年)，頁四。

美女有情人終成眷屬，布農族青年到臺東市區工作時愛上阿美族姑娘的圓滿結局[27]。《海岸山脈上的春天》則是以一位出身花蓮海岸山脈偏遠山村的阿美族青年為主角，敘述他半工半讀從臺灣大學電機系畢業，服完兵役後任職於外商電子工廠，並在補習班兼差授課，辛勤儲蓄出國深造的基金，直到考取公費留學前後，在臺灣社會的成見與種族歧視下求學、戀愛與結婚的奮鬥歷程，終於得以在出國當日獲得岳父的接納與祝福。小說中有多處將「漢蕃」（原、漢）之間的隔閡歸咎於清代與日本時代的統治政策，藉此肯定戰後三十年來中華民國政府對原住民生活及教育文化各方面的輔導與改善[28]。

散文集部分，《自然的樂章》與《擷雲小記》兩書有以花蓮的山居歲月為本，記載盧克彰在永豐的生活或與阿美族鄰居的互動[29]。《自然的樂章》亦收錄《墾拓散記》中的幾篇創作，或者真實記錄與阿美族來往的情形，部分篇章與《墾拓散記》中描寫阿美族文化，再加入虛構人物情節的小說筆法有極高的互文性[30]。《擷雲小記》中的〈東部行腳〉一篇則是記錄南橫公路之旅，其中有雖未指明族群的「山胞」，從居住地為臺東的天龍吊橋到利稻、摩天嶺一帶，可推知為布農族人[31]。短篇小說集《珊珊》中的〈珊珊〉一篇，描寫男主角樓敏輝先後與世故的珊珊、真誠的蘭妮兩位女子的戀情。故事中僅籠統地以「山地姑娘」、「山地孩子」、「山地女人」來形容蘭妮[32]。然從小說中的描寫不難發現，

27 《吉木》中對布農族的稱呼，有時用「布農族山胞」，有時簡稱為「山胞」，有時亦沿用漢人中心主義的「夷」或「蕃」等名稱。例如：「霧鹿村是布農族山胞聚居地」（頁六〇），「山胞是登山行家」（頁七〇），「準備溝通一下漢夷的情感，也好替和蕃大使劉性懿增點光采」（頁二九二）。至於「利稻之花」瑪雅與隊上弟兄劉性懿、布農族青年布利伊間的三角戀情及其發展，見於頁二〇四—二九二。另外，布利伊曾經誑騙劉性懿至後山，企圖刺死他，而後為瑪雅發現的情節（頁二〇七—二〇八），與陳英雄〈域外夢痕〉中陳亞夫與排灣族少女露亞娜相戀，為此在樹林中險遭情敵烏六毒手一段（《域外夢痕》，頁一七五—一七七），在結構上頗為近似。

28 請見盧克彰，《海岸山脈上的春天》（臺中：臺灣省政府新聞處，一九七五年），頁一七、二三、一一三、一一六、一六四。

29 例如〈山居〉描繪永豐優美的景致與作者在此的生活，〈蝸牛〉觸及番社阿美族人食用蝸牛的文化，〈東部行〉中回憶在永豐難以忘懷的墾拓生涯，〈山地溫情〉敘述番社阿美族人對盧克彰病情的關心。盧克彰，〈山居〉，《自然的樂章》，頁八—一一。盧克彰，〈蝸牛〉，《自然的樂章》，頁二六—二九。盧克彰，〈東部行〉，《擷雲小記》，頁三〇—三一。盧克彰，〈山地溫情〉，《擷雲小記》，頁一〇九—一一三。

30 例如兩本書中都有描繪阿美族人烈日下祈求降雨的〈祈雨〉，亦皆有談漢人學阿美族人撿拾蝸牛而食的〈蝸牛〉，然一為真實紀錄，另一融入小說情節當中；同樣是因學習阿美族語而鬧出笑話，《自然的樂章》中篇名為〈弄巧成拙〉，《墾拓散記》則是以〈尷尬〉為標題。盧克彰，〈祈雨〉，《自然的樂章》，頁七七—七九；〈蝸牛〉，《自然的樂章》，頁二六—二九；〈弄巧成拙〉，《自然的樂章》，頁三五—三九。盧克彰，〈祈雨〉，《墾拓散記》，頁三三—三五；〈蝸牛〉，《墾拓散記》，頁二〇—二四；〈尷尬〉，《墾拓散記》，頁二五—三一。

31 盧克彰，〈東部行〉，《擷雲小記》，頁三五。盧克彰，〈擷雲小記〉，《擷雲小記》，頁六一—六二及頁六四—六六。

32 盧克彰，〈珊珊〉，《珊珊》（臺北：雲天，一九七〇），頁一三一、一三八、一四七。

樓敏輝落腳並用以安頓身心的谷地，顯然是描摹永豐番社的地理環境而成，山地女人蘭妮的身分應為阿美族人，所哼唱的歌曲呈現阿美族傳統歌謠以虛詞吟詠心境的文化[33]。

另外，長篇小說《海岸山脈上的春天》中，更清楚可見盧克彰在番社的生活體驗。例如小說中藉由女主角尤心漪之眼，對林立祥（族名「馬沙」）位於富里附近的家鄉描繪如下：

這是一個叢山中的峽谷盆地，散布著三四十家低矮的茅屋，一列列高大的檳榔樹，穿插點綴其間。一流碧綠的澗水，迤邐地把村子隔分為二，上面架著一座小吊橋。林立祥家的房子，就在這邊的橋端。

茅屋都很簡陋低矮，屋簷一人多高，沒見有窗子，四周大多栽植著燈籠花作為籬牆，鮮紅的喇叭形的花朵，襯在青翠的葉綠裡，顯得非常奪目，成群的家禽，悠閑地在寬廣的草地上嬉戲覓食。

這裡沒有紛擾、緊張、喧囂，新鮮的空氣中，充滿著寧靜與和平。

好一個世外桃源[34]！

對照盧克彰以番社（蕃社）體驗而創作的〈入山〉中說：

蕃社，是個三五十家的小村落，都是阿美族。零零落落的矮茅屋，散布在一個山谷的盆地中；一列列頎長的檳榔樹，穿插點綴其間。一流碧綠的澗水，迤邐地把村子隔分為二，上面架著一座小吊橋。

茅屋都很簡陋低矮，屋簷祇一人高，沒有窗子，從門口看去，像個黑漆漆的窟窿。茅屋四周，大多植著燈籠花作為籬牆，鮮紅的喇叭形的花朵，襯在青翠的葉叢裡，顯得非常奪目，成群的家禽，悠閑地在路邊或草地上，逡巡覓食……

這裡沒有紛擾，緊張，煩囂；溫馨的空氣中，瀰漫著寧靜與和平[35]。

---

33 〈珊珊〉中這樣描述：「蘭妮的歌唱得很好，那委婉的歌詞並沒有意義，全部意義在歌聲的韻律與節奏上，歌詞祇是隨著她內心靈情感所感覺的聲音」。引自盧克彰，《珊珊》，頁一一六。

34 盧克彰，《海岸山脈上的春天》，頁一四六。

35 盧克彰，〈入山〉，《墾拓散記》，頁九－一〇。

這段文句之後，再藉由故事中的女主角之口稱呼其地為「世外桃源」[36]，與前引《海岸山脈上的春天》的末句相同。由此可知一九六〇年代富里永豐五年山居生活的深刻印象，如何在十餘年後仍然銘刻在盧克彰的記憶中，並幻化成為《海岸山脈上的春天》小說場景之一的主角家人居住的山中村落。

值得注意的是，《陽光普照》的主角是排灣族人，而非阿美族，然與作者遷居富里一事亦密切相關。書前由「編者」執筆的作者介紹，有以下的說法：

本書——《陽光普照》，作者更以精練的筆法，勾劃出蟄居東部的山胞——排灣族三代中所遭遇的變化與遷徙的故事。交織著愛情與仇恨，血淚與戰鬥，感人至深。在山地同胞生活日益改善，逐漸接近平地化的今天，翻閱此書，使人倍感興趣，愛不忍釋。

因為盧克彰先生曾在東部山地渡過了五年的農墾生活，對於山胞生活具有實際深入的認識與了解，所以「陽光普照」不僅只是一本取材詳實、描寫生動的純文藝小說，同時也是一部排灣族興衰、奮鬥、成長、發展的史實。尤其值得特別介紹的：作者不斷利用山地同胞的語言，透過純粹山胞生活的方式，在粗獷、豪邁之中，益增真實與親切之感，更為本書的特色。

文中強調作者盧克彰曾在東部農墾五年，對山胞生活有實際深入的認識與了解，並說明《陽光普照》這本書的出版背景，在於「山地同胞生活日益改善，逐漸接近平地化」之際。本書與《吉木》、《海岸山脈上的春天》同為「臺灣省政府新聞處」所印行，並列入「省政文藝叢書」。由此不難想見當局將這部長篇小說，以「取材詳實」、「真實」的原住民生活之姿，作為「山地平地化」政策宣傳品的用意。

然而盧克彰在東部的墾殖地位於花蓮縣富里鄉永豐村，境內為阿美族傳統領域，並非排灣族聚居之地。因此盧克彰東部五年的拓墾經歷，應該沒機會深入了解排灣族的生

36　同註三十五，頁一一。

活。若說排灣族人與其有往來者，目前僅知時任永豐派出所警察的陳英雄[37]，由此可知臺灣省政府新聞處的說法不符實情。值得注意的是《陽光普照》書前盧克彰的說明：「本文故事及排灣族的習俗語言等，皆為陳英雄先生提供。陳君為排灣族中優秀青年，現任職於花蓮警局，愛好文藝，時有著述發表於各報刊雜誌。特此向陳君誌謝！」

作者說法與前述編者說法之異，揭露了本書內容與陳英雄密切相關，證明陳英雄不僅僅是單方面地接受盧克彰的指導，也在盧克彰的文學生涯烙印下無法抹滅的痕跡。一九七一年五月，《陽光普照》改題為《太陽神的子民》重新出版，前引臺灣省政府新聞處版編者對作者的介紹，以及作者盧克彰有關書中的排灣族語言和習俗來自陳英雄的說明已不復見。《太陽神的子民》出版兩個月後的一九七一年七月，陳英雄也出版了《域外夢痕》，正式進入出書作家的行列。

三、原住民作家陳英雄的誕生

《域外夢痕》收錄陳英雄在此之前九年間的十篇短篇小說，在文壇初登場的散文

〈山村〉並未收錄其中。從陳英雄的回憶可知，處女作〈山村〉的寫作與盧克彰密切相關。根據學者黃季平的訪談紀錄，出生於臺東縣大武鄉大竹村的陳英雄，在臺灣警察專科學校警員班受訓一年後，被派往花蓮縣富里鄉永豐村任職，並因此結識已在此地落腳的盧克彰。最初是從盧克彰處聽說寫小說可以賺錢，因而點燃寫作動機，並在盧克彰的指導下付諸實踐。陳英雄的第一篇創作就是〈山村〉，初稿四千餘字，被盧克彰刪到只

---

37 盧克彰與陳英雄結識時，陳英雄任職於花蓮永豐派出所。該所另有一名警察為來自臺東縣金峰鄉的排灣族人，但目前無法證明盧克彰認識這位金峰出身的排灣族警察。參考林秀英、李岱融採訪，〈排灣族文學家陳英雄訪談謄錄稿〉，臺灣原住民族數位典藏資料庫（來源：http://210.241.123.11/tacp/pingpu/result_sq.php?_section=1510&_op=?totaldb.toid:2662，檢索日期：二〇一六年十二月一日）。本訪問稿亦刊於〈人物群像——陳英雄〉，臺灣原住民族文學家與藝術家（來源：http://portal.tacp.gov.tw/litterateur/portrait/51705，檢索日期：二〇一六年十二月一日）。

剩一千多字。另外，文句不順、錯別字多等問題，也由盧克彰進行修改[38]。

二〇〇三年四月《域外夢痕》再版，並更名為《旋風酋長：原住民的故事》。陳英雄於〈再版序文〉中憶及〈山村〉最初發表的情形時說，文稿完成後，深知林海音編輯方向的盧克彰代擬一封給《聯合報》副刊主編林海音的信函，內容如下：

敬愛的編者先生：

我是一個出生在文化落後的山地青年，現在花蓮縣警察局從事警察工作。

雖然，因為家裡窮，沒念多少書，但我甚喜愛文藝。素稔先生愛護後進，才敢把這篇不成熟的作品寄給您，希望先生不吝指正，使自由中國文藝的光輝，照耀到文化落後的山地裡去！謝謝您[39]。

信件末尾署名「晚陳英雄」，並註明日期為「五一、四、八」（一九六二年四月八日）。這封信函經陳英雄抄錄後隨文一併投寄，一星期後的一九六二年四月十五日，文章順利發表。後來，盧克彰又鼓勵陳英雄試寫排灣族人的神話故事，也在《中央日報》副刊發表了一系列有關排灣族人風俗習慣的文章，讓陳英雄適時地擠進文藝王國[40]。

比較陳英雄〈山村〉與一年多前發表，同樣以永豐番社為主題，由盧克彰執筆的〈山居〉，遣詞用字上有頗多近似之處。例如在簡介當地的行政區域劃分與地理位置時，陳英雄〈山村〉中說：

這是一個阿美族聚居的山地小村落。

當地人都叫它「蕃社」，但在行政區域底命名上是永豐村。其實，永豐村的幅員

38 黃季平，〈臺灣原住民族「舊．新文學」的唯一作家陳英雄〉，《政大民族學報》二十六期，頁七－一〇。附帶說明，根據黃季平的說法，陳英雄被派往永豐派出所的時間是一九六二年。但從陳英雄二〇〇九年接受訪談的說法，正確時間應在一九六一年十二月。這個時間點與陳英雄〈覺醒〉中，以自身經歷設定的主角警察一開始所說：「去年年底(筆者按：收於《域外夢痕》時修訂為「五十年年底」)，我由花蓮市調到這裡——永豐派出所」相符。林秀英、李岱融採訪，〈排灣族文學家陳英雄訪談謄錄稿〉，臺灣原住民族數位典藏資料庫(來源：http://210.241.123.11/tacp/pingpu/result_sq.php?_section=1510&_op=?totaldb.toid:2662，檢索日期：二〇一六年十二月一日)。陳英雄，〈覺醒〉，《警民報導》四六八期，頁一九；收於《域外夢痕》，頁二八。

39 陳英雄，〈再版序文〉，《旋風酋長：原住民的故事》，頁二。

40 同註三十九，頁一－二。

很廣，縱深有五十多里；不過這裡的人口比較集中，派出所又設置在此，就儼然成了全村的行政中心。

這裡交通非常不便，到富里廿華里，有條七高八低的牛車路，要經過六條山溪。遇到下雨，就變成泥濘及膝，寸步難行。尤其在颱風季，溪水經常湍急難涉。四周是重重疊疊的高山，到新港得爬一天大山，就是到最近的池上，也得走四五小時山路[41]。

盧克彰〈山居〉的內容如下：

永豐是花蓮富里轄屬的一個村子；幅員很大，從富里山背後起，一直到臺東交界為止，縱深約莫有五六十里……。

富里到番社有二十里路，要翻三座小山，涉四條溪水。唯一的交通工具是牛車；單車也可以騎，不過上坡和渡河非常不便，很少有人騎車到鎮上去。番社是阿美族聚居的小村落，有四十多戶人家；永豐警察派出所也設在這裡，實際上是全村的行政中心[42]。

對照後不難發現，兩者皆著重描述永豐幅員之廣與縱深之大，當地為阿美族聚居的小村落、交通不便，以及派出所設置於此，該地為全村的行政中心等，內容相仿。

再以景物的描繪來看，陳英雄〈山村〉中說：

雖然如此，這裡的風景的確是優美極了；寧靜，安謐。置身其間，令人有出塵之感。過慣都市生活的人，初到這裡，一定會留連不已。巍峨的層巒，遠遠望去，有如圍着無數蒼翠的玉屏。神祕而肅穆的原始森林，峻峭的危岩，清澈迂迴的山澗；大自然的玄奧與偉大，會使人有一種永恆的感覺。當你閒來無事，坐在澗底大石頭上，踆足清泉，俯視小魚悠游，仰望白雲飛馳，你會覺得你的生命已經溶合在大自然中。每一片樹葉，每一滴澗水，以及你所看到的每一塊岩石，都蘊涵著你的生

41 引自陳英雄，〈山村〉，《聯合報》聯合副刊六版（一九六二年四月十五日）。以下兩段出自〈山村〉的引文亦同，為節省篇幅，不再另行註解。

42 引自盧克彰，〈山居〉，《中央日報》中央副刊七版（一九六一年二月十四日）。以下引自〈山居〉的兩段文字亦同，不再註解說明。

命，滿足和快樂。

盧克彰〈山居〉中說：

不過愈到裡面，愈使人流連；巍峨的高山、參天的古木、峻峭的危岩、清澈迂迴的山澗、還有那肅穆而又神祕的原始森林。大自然的玄奧與偉大，會使你有一種永恒的感覺；你的生命在飛揚，每一片樹葉，每一滴澗水，以及你所看到的每一塊岩石，都蘊涵著你的生命；滿足、快樂、和謐。

兩段文字經營的意象極為相似，不僅「峻峭的危岩，清澈迂迴的山澗」、「大自然的玄奧與偉大」、「每一片樹葉，每一滴澗水，以及你所看到的每一塊岩石，都蘊涵著你的生命」等句完全相同，亦都強調大自然中所蘊涵人的生命、滿足與快樂。

若單以石門小隧道的介紹來看，陳英雄〈山村〉中說：

村端山腳邊，有個當地人叫「石門」的小隧道，那是二里長峽谷的進口，可通牛車。一邊是危岩削壁，一邊是五十多公尺深的山澗，澗中水勢很急，湍湍奔瀉。兩邊懸崖崢嶸，蜿蜒曲折，煞是壯觀。

盧克彰〈山居〉中為：

番社村端山腳邊，有個當地人叫石門的小隧道，那是二里長的峽谷底進口，可通牛車；一邊是危岩削壁，一邊是五十多公尺深的山澗。澗中堆著很大的石塊，水勢很急，湍湍奔瀉。兩邊層巒重疊，曲折蜿蜒；慢步其間，頗能滌人塵俗。

不僅文辭多所重覆，甚至有多處文句完全一致。

事實上，以成長於臺東偏鄉的原住民，學歷不高，接觸文學機會又不多的情況來說，陳英雄〈山村〉裡許多較為冷僻或艱深的辭彙，例如「巍峨的層巒」、「危岩削壁」、「湍湍奔瀉」等，與陳英雄的教育程度未能相符。由於陳英雄已在受訪時明白交代〈山村〉的寫作，從位置、環境再到阿美族的生活方式，以及內容重點等都是經過盧克彰指點才下筆，再交由盧克彰大幅刪減與修訂而成[43]，兩位在文學方面有師生關係的不同作家，描寫永豐番社的內容竟然如此相像，其中緣故不難理解。

由此推知〈山村〉中較為艱澀的詞彙乃出自盧克彰之手，此係文壇前輩對陳英雄的善意提攜。除此之外，〈山村〉中以「原始情調」形容阿美族人的歌聲，與盧克彰〈山居〉裡牛背上阿美族姑娘所唱「原始情調」歌曲的評語相同，推測亦出自盧克彰的漢人視角，而非陳英雄身為原住民族的觀看立場。至於盧克彰的〈山居〉已先在《中央日報》發表，陳英雄〈山村〉投稿至另一報刊《聯合報》，或許也是為求順利發表的策略運用。

筆耕數年之後的一九七一年二月，陳英雄以〈山地春回〉與〈墾荒集〉分別獲頒「臺灣警備總部暨軍管區司令部第一屆文藝金環獎」小說與散文類獎項[44]。在文學獎的加持之下，同年七月出版《域外夢痕》。隔年「臺灣警備總部暨軍管區司令部第二屆文藝金環獎」競賽中，陳英雄又榮獲小說類銅環獎[45]，文學成就到達生涯的最高峰。一九七三年之後，陳英雄少有新作發表，逐漸淡出文壇[46]。自一九九三年封筆多年以來，在國家文化藝術基金會的資助下，陳英雄專心撰寫從事創作四十餘年來的第一部長篇小說，於二〇〇二年九月脫稿，題為《咆哮大地》。二〇〇三年，《域外夢痕》以《旋風酋長：原住民的故事》之名重新付梓時，〈作者〉中介紹說：「去年（九一年）獲國家文化藝術基金會獎助撰寫《咆哮大地》，今年四月將完稿發表」，預告了陳英雄的復出。二〇一〇年十月，《咆哮大地》終於以《太陽神的子民》為題出版[47]，陳英雄也以

---

43 除了前述陳英雄接受黃季平專訪時的說法可作為證明外，亦可參考林秀英、李岱融採訪，〈排灣族文學家陳英雄訪談謄錄稿〉，臺灣原住民族數位典藏資料庫（來源：http://210.241.123.11/tacp/pingpu/ result_sq.php?_section=1510&_op=?totaldb.toid:2662，檢索日期：二〇一六年十二月一日）。

44 〈警總文藝獎 文學類揭曉〉，《聯合報》三版，一九七一年十月二日。

45 〈警總二屆金環獎 評審結果昨天公佈〉，《聯合報》七版（一九七二年三月八日）。〈警總文藝大會 頒獎優秀作家〉，《聯合報》三版（一九七二年四月三十日）。

46 根據黃季平編「陳英雄創作年表」，陳英雄在一九七三年六月發表的〈戰神〉後，至一九八九年四月發表的〈警察生涯歷險多〉之間，並未有任何作品發表。不過《旋風酋長：原住民的故事》等書介紹作者陳英雄時，都記載陳英雄曾在一九七五年舉行的「紀念先總統蔣公徵文賽」中獲得第五名，唯發表作品不詳。黃季平，〈臺灣原住民族「舊．新文學」的唯一作家陳英雄〉，《政大民族學報》二六期，頁一－十一。

47 黃季平曾明白指出，《咆哮大地》出版時改名為《太陽神的子民》。黃季平，〈自古英雄多寂寥——原住民族「舊．新文學」的唯一作家陳英雄〉，《原教界》三六期，頁三三。

這部長篇小說正式回歸文學界[48]。

四、兩種《太陽神的子民》

有趣的是，陳英雄《太陽神的子民》，與前述盧克彰以其提供的素材而撰寫的長篇小說題名完全相同，頗有向文學恩師致敬之意味[49]。若將兩書並置來看，分屬盧克彰與陳英雄的兩部《太陽神的子民》，故事主軸皆以臺東縣大武鄉大竹高溪畔，以一個排灣族部落酋長家族為中心，敘述這個深山裡的部落，以大武山為起源聖地，崇拜太陽神的傳統生活，接著進入日本統治時代，繼任酋長在反抗日警的橫暴之後，帶領族人逃向更深遠的山區，一直到中華民國政府時期，年輕世代獻身為國家服務，非常類似。

再從形式方面來看，兩部書名完全相同的長篇小說，敘述文句都以國語為基調，還大量穿插對非原住民來說極為陌生的、以漢字標音的排灣族語彙，並有「五年祭」，「咬下被斬首敵人頭顱的腐肉以顯示勇武」等排灣族風俗與傳說，頗具異國情趣。兩部作品也都有復仇突擊隊在暗夜取下數名日本警察的首級，天亮後街上不見任何日本警察與犬隻，警察派出所中只見丟失頭顱的警察，以及鎮上的狗全數聚集於此啃食日本警察的屍體，緊接著日本警察以大炮轟炸部落，排灣族人不分男女勇敢戰鬥的情節。同時，兩部俱展現了對於日本政權高壓統治的批判，以及對於中華民國時期的正面肯定。

仔細比較後不難發現，故事開頭的寫景也有異曲同工之妙。盧克彰的作品如下：

> 大竹高溪像一條巨蟒，蜿蜒迤邐在大武山的山峽深壑中，有如受困於那峻嶒的峽谷，在拚命地迴旋掙扎；然後在濱海的大竹峽谷，突圍而出，憤怒地奔向浩瀚無際

---

48 在此之前，陳英雄曾以排灣族語新詩〈temautauqe〉（招魂曲），榮獲教育部舉辦「二〇〇七原住民族語文學創作」獎勵活動排灣語新詩佳作，但未引起注意。〈temautauqe〉的排灣族語原作及漢字翻譯〈招魂曲〉，收於國立政治大學原住民族研究中心編輯，《教育部二〇〇七年原住民族語文學創作獎作品集》（臺北：教育部，二〇〇八年），頁一七八—一八一。

49 陳英雄在《太陽神的子民》自序中，又一次提到盧克彰的寫作指導。他說：「《太陽神的子民》是筆者從事寫作四十餘年來的第一部長篇小說。老實說，對於一個僅初中畢業後再念一年警察訓練的原住民孩子來說，寫作的確不是一件容易的事！不過，當我幸運地邂逅了當代作家盧克彰以後，在他耐心的指導與教誨下，我居然能寫出一些像樣的文章來，這是托啊達喔剌麻斯（排灣族語：太陽神）的魔力，才能有今天這小小的成就！」引自陳英雄，〈但願太陽光芒再現〉，《太陽神的子民》，頁一〇。

的太平洋。

從很古老的日子開始，這條長達百餘里桀驁不馴的山溪，就像一條無形的巨索，縮繫著無數排灣族部落[50]。

陳英雄的〈楔子〉則是：

丘卡父龍（排灣族語：最高峰的意思，即指座落在臺灣東南方的大武山。）像一名英勇的排灣戰士，靜謐地矗立在雲霞籠罩的崇山峻嶺上，威武地俯視廣袤的大地……。

蜿蜒在深壑峽谷中的蓋嶺巴納（族語：巴納是溪流的意思，蓋嶺是溪流的名字，就是現今臺灣東部的大竹高溪。）有如一條在拚命掙扎、迴旋的巨蟒，隨著丘卡父龍峻峭的山勢，迤邐地奔向茫茫的太平洋中……。千百萬年來，這條分隔太麻里、達仁與大武的神祕河流。有如一條無形的巨索，縮繫著沿岸十數處排灣族人的部落！這些管做「大力力格」、「丘卡谷萊」、「土娃巴勒」、「古拉辣武」、「拉里巴」以迄靠近太平洋濱的「多娃竹姑」等等部落，都在人類文明濫觴初期，就已在這裡定居了[51]。

盧克彰從大竹高溪的描寫入手，陳英雄的作品雖以大武山起頭，緊接的第二段就針對大竹高溪加以描繪。兩篇小說不僅說到同一條溪流，也同樣提及這條溪流與排灣族部落的關係。從文字來看，詞彙及語句相同者不少，尤其形容大竹高溪宛如「拚命」、「迴旋」、「掙扎」的「巨蟒」，「奔向太平洋」，又說大竹高溪「就像（有如）」「一條無形的巨索」，「綰繫著」、「排灣族的部落」，所用的形容詞與意象如出一轍。由此可見，儘管盧克彰辭世已久，至今陳英雄仍師法其文學寫作。值得注意的是陳英雄在學習盧克彰的同時，對排灣族文化表現出不同的評價。例如盧克彰說：

50 盧克彰，《太陽神的子民》，頁一。
51 陳英雄，《太陽神的子民》，頁一四。

漁獵生涯依舊，祇是他們再也看不到那廣大的天地了，侷促山谷裡，自生自滅的跟大自然作著無望的搏鬥。他們甚至仇恨一向善待他們的漢人；祇要有機會，沒有一點藉口的屠戮一切不是本部落的任何人。即使是同族，也每每因小故細端，互相斫殺。

沒有文化，祇有圖騰；沒有社會性，祇有強烈的求生本能。這些可憐的太陽神的子孫，跟他們神話中的祖先一樣地寂寞。他們拒絕了明清兩朝官府的安撫，結果，卻屈辱的低首於日本人的淫威下，回到他們茹毛飲血的圖騰原始生活中去。

然而阿達喔的兒女是從來不會屈服的，他們跟大竹高溪一樣地粗野而倔強，他們的反抗情緒像湍湍奔瀉的澗水，日日夜夜，永不休止[52]。

陳英雄在〈楔子〉中描摹如下：

這條桀驁不馴的河流，就是如此亦敵亦友地陪伴了兩岸排灣族人好幾千年！數千年的教訓與經驗，人們開始懂得尊敬自然，更學會了如何與大自然和平相處的道理。

這些崇拜啊達喔剌麻斯（族語：太陽神）、百步蛇和死亡的強悍民族，自從十六世紀被荷蘭人從富饒的臺灣西部平原趕到荒涼的東部山區以後，他們漁獵生涯依舊，只是再也看不到那片廣袤的草原了。他們被迫在狹窄的山谷裡生活，艱難地努力適應大自然嚴苛的考驗。

他們曾經愚蠢地拒絕了大明帝國與清朝兩代官府的安撫，卻屈辱地低首於日本人的淫威下，嘗盡了被異族奴役的悲慘歲月……。

然而，啊達喔剌麻斯的子民是從來不屈服的！

排灣族人的性格就像丘卡父龍山一樣的粗獷與倔強！

他們反抗日本人的情緒，就像大竹高溪湍湍奔瀉的流水一樣，日日夜夜，永不休止[53]！

52　盧克彰，《太陽神的子民》，頁二。

53　陳英雄，《太陽神的子民》，頁一六—一七。

兩人所敘述排灣族拒絕明清政權的安撫，卻屈服於日本淫威的態度，又反過來刻意強調排灣族永不休止反抗日本人的情緒相同。然而盧克彰所形容排灣族人「自生自滅的跟大自然作着無望的搏鬥」，出於陳英雄筆尖時變成「數千年的教訓與經驗，人們開始懂得尊敬自然，更學會了如何與大自然和平相處的道理」；盧克彰所謂排灣族人仇視漢人與好戰性格的負面批評，在陳英雄作品中消失無蹤，兩者明顯不同。

前述之外，兩部《太陽神的子民》還有許多相異之處。例如：盧克彰的故事以拉里巴部落為中心，陳英雄則是多娃竹姑部落。盧克彰用了許多篇幅描寫不同部落之間的仇恨與報復行動，陳英雄作品在這一方面相對簡略，且不時穿插鄰近部落間友好情誼的描繪。盧克彰作品中阿達因母親為漢人，從而引發身分認同的內在矛盾，甚至冒險前往漢人村落追尋母親的身世；陳英雄筆下未曾出現類似的情節，反而對殖民政權的原住民政策有更多的鋪陳。盧克彰小說中未曾述及，而陳英雄書中出現的去南洋打仗部分，乃陳英雄小舅赴菲律賓作戰的真實故事，另外添加作者的想像而成。盧克彰小說結尾部落酋長後裔成為村幹事；陳英雄作品中的身分則是警察，並立下查獲走私菸酒等功績[54]。

陳英雄在《太陽神的子民》書前自序〈但願太陽光芒再現〉中，敘述這部長篇小說的創作動機如下：

筆者基於拯救本土宗教與固有文化起見，乃費時半年以上的時間來創作本文，期使族人有所警惕與醒悟！排灣族人的風俗習慣非常珍貴與完美！祖宗們流傳至今的「巴力西彥」（族語：指禮拜太陽神、山神、水神、穀神……諸神的意思。）不但不是邪教，還是具有數千年悠久歷史的珍貴文化！我們不但不能捨棄它，更應以非常尊敬的精神去將它發揚光大才對！唯有如此，啊達喔刺厤斯的神奇力量才會更照顧吾族吾民[55]！

這段話說明陳英雄創作《太陽神的子民》，乃基於排灣族人的族群認同，用之以傳承排灣族傳統宗教文化的使命感。閱讀陳英雄《太陽神的子民》，其中有多處運用排灣

54 陳英雄曾在接受訪問時說，《太陽神的子民》主要是寫排灣族的風俗習慣與禁忌。其中，抓走私犯的情節是自傳，去南洋打仗部分則是曾赴菲律賓作戰的小舅的真實故事，另外添加自己的想像而成。林秀英、李岱融採訪，〈排灣族文學家陳英雄訪談謄錄稿〉，臺灣原住民族數位典藏資料庫（來源：http://210.241.123.11/tacp/pingpu/result_sq.php?_section=1510&_op=?totaldb.toid:2662，檢索日期：二〇一六年十二月一日）。

55 陳英雄，〈但願太陽光芒再現〉，《太陽神的子民》，頁一一。

族語，漢字音譯之外，亦有以羅馬字拼音的祝禱之詞，並有較盧克彰同題名小說更多關於祭儀、風俗的描寫，排灣族特殊的人文風情洋溢其間。尤其陳英雄側重傳統生活文化的細節描繪，並指出官派村幹事全憑己意對原住民「賜姓給名」的荒謬；盧克彰《太陽神的子民》則極力刻劃戰後漢人扮演原住民族教化者的形象，兩者差異甚大。

另一方面，若將盧克彰《太陽神的子民》以原題《陽光普照》的出版時間（一九六七年六月）為基準，比對陳英雄的文學創作，盧克彰《太陽神的子民》中所謂：「台灣已經光復了，而他們仍然過著遺世獨立的原始生活」[56]，與早先發表的陳英雄〈高山情溫〉開頭所說：「抗戰勝利後，臺灣已經光復；可是東臺灣山地上的部落裡，依舊過著被隔絕了的原始生活」[57]雷同。盧克彰與陳英雄《太陽神的子民》中俱有的，二次戰後部落族人不知政權遞嬗，誤認中國人（或國軍）為日本人（或日本軍）的類似情節，最初見於陳英雄的〈高山情溫〉。盧克彰《太陽神的子民》中排灣族青年欲加害平地來的情敵，酋長愛女不顧自身安危以解救戀人的片段，與在此之前脫稿的陳英雄〈域外夢痕〉[58]中的結局近似。傳說太陽神曾經駐蹕的幾古拉古勒（神池），也同被〈域外夢痕〉與兩冊《太陽神的子民》作為場景之一。

除此之外，兩部《太陽神的子民》中年輕男子為了心愛的女人，冬夜在寒風中吹奏竹簾（排灣族語音譯為「馬維亞」），終於忍受不住飢寒的煎熬倒地而死的故事，亦出現於陳英雄的〈寒夜蕭蕭〉[59]。兩本《太陽神的子民》中令違反族規者躺臥在咬人樹葉（咬人貓）上的懲罰，在陳英雄〈雛鳥淚〉中也有所描繪。

陳英雄〈排灣族的信仰與喪禮〉[60]中有關食屍族與室內葬關聯的傳說，以及〈瑪索乍裴勒節——排灣族節日祭典之二〉[61]裡的「瑪力卡騷」（定情舞，尋伴舞會），不僅

---

56 盧克彰，《太陽神的子民》，頁一七六。盧克彰，《陽光普照》，頁一八八。所引段落，兩書僅有「台」、「臺」一字簡體與繁體之不同。

57 陳英雄，〈高山情溫〉，《新文藝》一三一期，頁一一一；收於陳英雄，《域外夢痕》，頁八。

58 根據《域外夢痕》一書中的註記，〈域外夢痕〉在民國五十六年四月脫稿於林口美軍電臺。陳英雄，《域外夢痕》，頁一八二。

59 黃季平曾指出陳英雄《咆哮大地》（《太陽神的子民》手稿）中，獵人法賽死於愛情的故事，完全照搬自〈寒夜蕭聲〉。不過筆者根據黃季平論文中所列〈寒夜蕭聲〉（文中原稱之為〈寒夜蕭蕭〉）的發表刊物與時間進行搜尋，並未在一九七一年六月的《新文藝》中發現這篇作品。參考黃季平，〈臺灣原住民族「舊·新文學」的唯一作家陳英雄〉，《政大民族學報》二六期，頁一一一、一一九。

60 陳英雄，〈排灣族的信仰與喪禮〉，《中央日報》中央副刊九版（一九六七年十二月十九—廿日）。

61 陳英雄，〈瑪索乍裴勒節——排灣族節日祭典之二〉，《中央日報》中央副刊九版（一九六八年二月廿—廿一日）。

分別在〈巴朗酋長〉與〈域外夢痕〉裡有所敘述，亦陸續出現於兩部《太陽神的子民》。而〈高山情遛〉、〈域外夢痕〉、〈雛鳥淚〉與〈巴朗酋長〉俱收錄於《域外夢痕》一書[62]，顯示包括《域外夢痕》在內的陳英雄作品，與兩部《太陽神的子民》之間複雜的互文性，以及陳英雄與盧克彰在排灣族書寫方面密切的對話關係。

〈巴朗酋長〉刊印時故事前註明「排灣族神話故事」，並清楚交代敘述者為陳英雄的母親，故事年代雖已不可考，地點卻千真萬確地發生在陳英雄的家鄉加津林部落[63]。《旋風酋長：原住民的故事》（《域外夢痕》再版本）中陳英雄自述：「『旋風酋長』係英雄自五十一年至六十年期間，根據先母谷娃娜．麥多力多麗女士的口述，經過小說體裁的處理而撰寫出來的排灣族人的神話[64]。」二〇〇九年陳英雄接受訪談時，也表示小說素材是從媽媽那邊聽來的故事[65]，加上盧克彰《太陽神的子民》書前載明故事係由陳英雄所提供，顯然兩位作家是以同一個排灣族的口傳故事為基礎，各自發展而成同樣題為《太陽神的子民》，情節卻有諸多差異的兩部長篇小說。

陳英雄在二〇〇九年受訪時曾經表示，民國五十六年（一九六七年）之前發表的每一篇作品，不管是散文或小說，都經過盧克彰的修改，之後才有能力獨立寫作[66]。然而在更早之前的一九九八年，陳英雄應邀赴政治大學民族學系的「原住民文學專題」課程演講時，則說是在盧克彰修改十多年之後，才開始獨立寫作[67]。

若以在政大演講時的說法來計算，一九六二年發表的處女作〈山村〉，一直到一九七三年六月發表的〈戰神〉，包括其間出版的《域外夢痕》所收錄的每一篇創作，應該都經過盧克彰之手才得以定稿。一九七六年三月盧克彰過世之後，陳英雄僅於

---

62 〈巴朗酋長〉初刊於《新文藝》一五〇期，〈雛鳥淚〉發表於《臺灣文藝》五卷二十期，〈域外夢痕〉則尚未搜尋到收錄於《域外夢痕》之前的發表紀錄。〈高山情溫〉、〈雛鳥淚〉、〈巴朗酋長〉與〈域外夢痕〉分別收入陳英雄，《域外夢痕》，頁八－二二，頁二三－二七，頁四七－六二，頁一四二－一八三。

63 陳英雄，〈巴朗酋長〉，《新文藝》一五〇期，頁八一；收於《域外夢痕》，頁四七。

64 陳英雄，〈再版序文〉，《旋風酋長：原住民的故事》，頁一。〈難兄難弟〉的〈楔子〉中也說：孩提時母親訴說的故事成為他長大後溫馨的回憶，當他有能力嘗試寫作時，就立志要把它們寫下來。不但可以保留固有文化，亦可作為歷史的見證。這些故事發生的地點與情節，都是圍繞在大武山附近。陳英雄，〈難兄難弟〉，吳振岳、陳碧珠策劃編輯，《第一屆山胞藝術季文藝創作》（臺北：中華文化復興運動總會出版，臺灣省山胞行政局發行，一九九三年），頁一三二。

65 林秀英、李岱融採訪，〈排灣族文學家陳英雄訪談謄錄稿〉，臺灣原住民族數位典藏資料庫（來源：http://210.241.123.11/tacp/pingpu/result_sq.php?_section=1510&_op=?totaldb.toid:2662，檢索日期：二〇一六年十二月一日）。

66 同註六十五。

67 黃季平，〈臺灣原住民族「舊・新文學」的唯一作家陳英雄〉，《政大民族學報》二六期，頁九－一〇。

一九八九年至一九九三年間發表過三篇作品[68]。前兩篇描述警察工作甘苦的〈警察生涯歷險多〉與〈森永警網密，通緝犯難逃〉，有如流水帳般鉅細靡遺地記錄相關過程，結構鬆散且欠缺適度的剪裁，與之前發表的創作風格差異甚大[69]。另一篇〈難兄難弟〉則是中華文化復興運動總會主辦的「第一屆山胞藝術季」中獲得「佳作」獎的小說，以排灣族有關猴子與穿山甲的神話改編而成。

在此之後，陳英雄的文學寫作甚至陷入停擺的狀態，遂被文學界逐漸遺忘。接受童信智專訪時，陳英雄說過，後來停止創作跟盧克彰不在身邊有關[70]。因此，陳英雄文學寫作進入停滯期，與盧克彰的辭世幾乎重疊應非巧合。

五、結語

一九八七年一月，吳錦發以「臺灣山地小說選」的名義編輯《悲情的山林》，成為臺灣文學史上首度收錄閩南、客家、外省籍及原住民四大族群作家，以原住民為題材的小說創作選集。其中，有關「原住民傳統生活習俗的呈現」部分，收錄陳英雄的短篇小說〈雛鳥淚〉，作為代表篇章之一。編者並指出收錄的作品，對於文學家、民族社會學家、文化人類學家以及臺灣歷史學者都有非凡的意義[71]。由此可見，陳英雄身為第一位出版文學作品集的原住民，在臺灣原住民文學史上有其開創性的歷史地位。從前述筆者提示的資料應當不難了解，陳英雄的文學生涯深受盧克彰的影響。由於指導原住民第

---

68 根據黃季平以陳英雄提供的資料製成的表格，一九八九年四月與一九九〇年一月陳英雄在《警光雜誌》先後發表與警察生涯相關的報導文學〈警察生涯歷險多〉、〈森永警網密，通緝犯難逃〉，一九九三年六月於《文建會專刊》發表神話改寫的短篇小說〈難兄難弟〉。經查〈森永警網密，通緝犯難逃〉篇名有誤，且實際發表於一九九〇年四月；《警光雜誌》正確名稱為《警光》。〈難兄難弟〉則是收入《第一屆山胞藝術季文藝創作》頁一三二－一三八。黃季平，〈臺灣原住民族「舊．新文學」的唯一作家陳英雄〉，《政大民族學報》二六期，頁一〇－一一。

69 盧克彰在世時，陳英雄發表的創作多與排灣族的神話傳說有關，僅有〈激流救人十三勇士〉乃任職於花蓮縣警察局保安隊時，生動描繪吉達風災期間參與救人的紀錄。陳英雄，〈激流救人十三勇士〉，《警光》六五期，頁一六－一七。

70 童信智訪問紀錄，「臺灣原住民作家／文字工作者專訪資料整理」，〈臺灣原住民族的民族自覺脈絡研究——以原住民族文學為素材分析（一九八〇、九〇年代）〉（臺北：國立政治大學民族學系碩士論文，二〇〇七年），頁二〇八。

71 吳錦發編，〈悲情的山林——序「臺灣山地小說選」〉，《悲情的山林》（臺中：晨星，一九八七年），頁四－五。

一位出書作家陳英雄的文學寫作，盧克彰在臺灣原住民文學史上，無疑扮演了啟蒙者的重要角色，對臺灣原住民漢語文學的興起功不可沒。

然而以一位漢族前輩作家的立場而言，陳英雄作品中被質疑及批判的漢人視角，與盧克彰的提筆修改亦不無關係。相對於一九七一年《域外夢痕》中：「願先進們多多惠予教正，使自由中國文藝的光輝，能藉著我的禿筆，照耀到文化落後的山地裡去」[72]，所展現對於自我族群文化的卑視；盧克彰過世之後，二〇〇三年重刊的《旋風酋長：原住民的故事》出版時，陳英雄有以下的說法：

排灣族人的神話故事非常豐沛，本人寫出來的只是九牛一毛。本人由衷的希望，年輕一代的族人或認同本族文化的非本族人的作家們，大家共同來寫排灣族人的源源不絕的神話故事，創造臺灣原住民的另一個一千零一夜。則吾族萬幸，排灣族人輔載（族語：萬歲）[73]！

這段文字一改之前態度，明顯流露對於所屬族群文化的信心與認同。以此對照二〇〇九年在訪談中被問及當初以「文化落後」形容排灣族的原因，陳英雄直率地表示：

「以文化人會覺得這個是文化落後，但我們自己不覺得啊，我們的文化是優秀啊[74]！」似乎暗示無論是致林海音的信函，或《域外夢痕》〈後記〉中稱自己生長的山地「文化落後」，只是在接受盧克彰指導時的鸚鵡學舌，刻意迎合非原住民族作家與報刊編輯（所謂「文化人」）的文化優越感。前引兩種《太陽神的子民》對排灣族拒絕中國（明清）政府，卻屈服於日本政權的一致性批評，具體證明陳英雄重述盧克彰話語的事實。

另一方面，盧克彰《陽光普照》的重新出土，宣告陳英雄在接受盧克彰指導時，也成為小說故事的提供者與排灣族習俗語言的教學者，反向地回饋於盧克彰的文學創作。從兩部同題名《太陽神的子民》的主要架構，最初源起於陳英雄母親口述的排灣族傳說，爾後再發展成分屬盧克彰與陳英雄，雖然故事整體架構與形式相仿，情節卻有諸多

---

72 陳英雄，〈後記〉，《域外夢痕》，頁一八四。

73 引自出版商提供給網路書店的〈內容簡介——《旋風酋長：原住民的故事》〉，博客來網路書店（來源：http://www.books.com.tw/products/0010219797，檢索日期：二〇一六年十二月十八日）。

74 林秀英、李岱融採訪，〈排灣族文學家陳英雄訪談謄錄稿〉，臺灣原住民族數位典藏資料庫（來源：http://210.241.123.11/tacp/pingpu/result_sq.php?_section=1510&_op=?totaldb.toid:2662，檢索日期：二〇一六年十二月一日）。

差異的長篇小說，其間可窺見原住民口傳故事傳遞、再現與重寫的複雜性，並能清楚認識原住民書寫中「作家文學」與「口傳文學」的密切關係，以及現代漢語原住民文學確實是汲取口傳文學中傳統文化的活水與養分而來[75]。至於盧克彰與陳英雄在文學上的關係，可以說既是師徒，也是夥伴，並且曾經互為排灣族書寫上的共同創作人。

此外，盧克彰筆下的原住民族包含阿美族、布農族、排灣族等各個不同族群。尤其《陽光普照》（再版為《太陽神的子民》）中再現的祭儀、禮俗與傳說等排灣族文化，和大量穿插以漢字標音的排灣族語，在同時代大陸來臺作家文學中極具特色。以一位非原住民作家而言，盧克彰與陳英雄的互動關係，與盧克彰個人的排灣族書寫，和盧克彰指導下陳英雄做為臺灣原住民第一位出書作家的誕生，不僅使盧克彰成為戰後臺灣原住民書寫史的重要作家，也是開啟臺灣原住民漢語文學史的關鍵人物，值得學界關注與重視。

75 「作家文學」與「口傳文學」的最大差異，在於口傳文學依賴口頭進行創作與傳播，作家文學則是使用書面語言（文字）。有關作家文學與口傳文學的分類法，以及原住民作家從口傳文學汲取創作養分一事，請參考學者浦忠成（巴蘇亞．博伊哲努），〈原住民文學的類型與趨向〉，《應用語文學報》創刊號，頁一八五－一九七。

參考資料

吳振岳、陳碧珠策劃編輯　一九九三年，《第一屆山胞藝術季文藝創作》，臺北：中華文化復興運動總會出版，臺灣省山胞行政局發行。

吳錦發編　一九八七年，《悲情的山林》，臺中：晨星。

辛鬱　一九七六年，〈冬日寒雨談往事——小說家盧克彰訪問記〉，《中華文藝》十卷五期，頁九－一七。

林秀英、李岱融採訪　〈排灣族文學家陳英雄訪談謄錄稿〉，臺灣原住民族數位典藏資料庫，檢自：http://210.241.123.11/tacp/pingpu/result_sq.php?_section=1510&_op=?totaldb.toid:2662，二〇一六年十二月一日。

政治大學原住民族研究中心編輯　二〇〇八年，《教育部二〇〇七年原住民族語文學創作獎作品集》，臺北：教育部。

浦忠成（巴蘇亞．博伊哲努）　一九九九年，〈原住民文學的類型與趨向〉，《應用語文學報》創刊號，頁一八五－一九七。

許惠文　二〇〇八年，〈戰後非原住民作家的原住民書寫〉，臺中：靜宜大學中國文學研究所碩士論文。

陳英雄　一九六二年，〈覺醒〉，《警民報導》四六八期，頁一九—二一。一九六二年四月十五日，〈山村〉，《聯合報》聯合副刊六版。一九六七年，〈高山情溫〉，《新文藝》一三一期，頁一一一—一一九。一九六七年，〈激流救人十三勇士〉，《警光》六十五期，頁一六—一七。一九六八年，〈雛鳥淚〉，《臺灣文藝》五卷二〇期，頁二八—二九。一九六七年十二月十九日—廿日，〈排灣族的信仰與喪禮〉，《中央日報》中央副刊九版。一九六八年二月廿日—廿一日，〈瑪索乍裴勒節—排灣族節日祭典之二〉，《中央日報》中央副刊九版。一九六八年，〈巴朗酋長〉，《新文藝》一五〇期，頁八〇—九一。一九八九年，〈警察生涯歷險多〉，《警光》三九三期，頁三六—三七。一九九〇，〈森永警網密，通緝犯難逃〉，《警光》四〇五期，頁三八—四五。一九七一年，《域外夢痕》，臺北：臺灣商務印書館。二〇〇三年，《旋風酋長：原住民的故事》，臺北：臺灣商務印書館。二〇一〇年，《太陽神的子民》，臺中：晨星。二〇一六年，《排灣祭師：谷娃娜》，臺中：晨星。

童信智　二〇〇七年，〈臺灣原住民族的民族自覺脈絡研究—以原住民族文學為素材分析（一九八〇、九〇年代）〉，臺北：國立政治大學民族學系碩士論文。

黃玉燕　一九六五，〈酷愛自由的小說家——盧克彰〉，《自由青年》三十四卷十期，頁二三。

黃文車編　二〇一七年，《二〇一六屏東文學學術研討會：原住民文學與文化論文集》，高雄：春暉。

黃季平　二〇〇七年，〈臺灣原住民族「舊．新文學」的唯一作家陳英雄〉，《政大民族學報》二十六期，頁一—二二，臺北：國立政治大學民族學系。二〇一〇年，〈自古英雄多寂寥——原住民族「舊・新文學」的唯一作家陳英雄〉，《原教界》三十六期，頁三二—三三。

盧克彰　一九六〇年十二月八日，〈釋猴記〉，《中央日報》中央副刊七版。一九六一年二月十四日，〈山居〉，《中央日報》中央副刊七版。一九六五年一月一日，〈山中那一年〉，《徵信新聞報》人間八版。一九六五年，《墾拓散記》，臺中：光啓。一九六六年，〈書刊評介——《墾拓散記》（盧克彰著）〉，《現代學苑》三卷四期，頁四四。一九六七年，《陽光普照》，臺中：臺灣省政府新聞處。一九七〇年，《珊珊》，臺北：雲天。一九七一年，《太陽神的子民》，臺北：正中書局。一九七一年，《自然的樂章》，臺北：三民書局。一九七三年，《吉木》，臺中：臺灣省政府新聞處。一九七五年，《海岸山脈上的春天》，臺中：臺灣省政府新聞處。一九七六年，《擷雲小記》，臺北：水芙蓉。

鍾肇政主編　一九六五年，《本省籍作家作品選集》第九輯，臺北縣永和鎮：文壇社。

魏貽君　二〇一三年，《戰後臺灣原住民族文學形成的探察》，新北：印刻。

鷹娣（陳英雄）　一九六四年，〈旋風酋長〉，《幼獅文藝》二十一卷二期，頁二五—二七。

蔡政惠　一九七一年十月二日，〈警總文藝獎 文學類揭曉〉，《聯合報》三版。一九七二年三月八日，〈警總二屆金環獎 評審結果昨天公佈〉，《聯合報》七版。一九七二年四月卅日，〈警總文藝大會 頒獎優秀作家〉，《聯合報》三版。二〇一五年，〈戰後臺灣作家文學中的「原住民族書寫」：自一九四五到一九八七〉，高雄：國立中山大學中國文學系碩士論文。

電子媒體　〈人物群像——陳英雄〉，臺灣原住民族文學家與藝術家（來源：http://portal.tacp.

gov.tw/litterateur/portrait/51705，檢索日期：二〇一六年十二月一日）。〈內容簡介——《旋風酋長：原住民的故事》〉，博客來網路書店，（來源：http://www.books.com.tw/products/0010219797，檢索日期：二〇一六年十二月十八日）。盧克彰，作家查詢，「二〇〇七臺灣作家作品目錄系統」，國立臺灣文學館，（來源：http://www3.nmtl.gov.tw/Writer2/writer_detail.php?id=2379，檢索日期：二〇一六年十一月十五日。）

Tiphaine Samoyault　二〇〇三年，邵煒譯，《互文性研究》，中國天津：天津人民。

董恕明

〈直直地去，彎彎地回——臺灣當代原住民漢語詩歌中的「畸零地」初探〉

爸爸是浙江紹興人，媽媽是臺東下賓朗部落卑南族人。自一九八九年起於東海大學中國文學系完成學士、碩士、博士學位，二〇〇三年夏天回到臺東，任教國立臺東大學華語文學系迄今。

碩士論文以「大陸新時期小說中知識分子的處境與抉擇」為題，撰寫一篇「和爸爸有關的」論文；博士論文以「邊緣主體的建構——臺灣當代原住民文學研究」完成一份「和媽媽有關的」論文。對於「學術研究」不具天賦和使命，就是「以蠻力」面對自己人生的功課，所以與其說什麼「復返」，不如說是「原地彈跳」，跳得好，抖落一點星塵，跳壞了，終也鍛練了筋骨，無憂無傷！

本文出處：二〇二一年五月，《異口同「聲」：探索臺灣現代文學創作的多元發展》，臺北：秀威資訊。

直直地去，彎彎地回

——臺灣當代原住民漢語詩歌中的「畸零地」初探

一、前言：微小而堅忍的文化勞動者

自八〇年代起，臺灣當代原住民漢語文學書寫從身分出發，觸及文化、認同、族群、階級、性別等議題的探討，已有極可觀的成果[1]。本文在此嘗試借用「畸零地」的概念[2]，意即：面積狹小、地界曲折不齊，必要時須與鄰接土地，協議調整地形或合併使用，否則即無法配置建築物的「疆界特性」，觀察原住民漢語詩歌在原住民文學內部與非原住民文學（或所謂的主流文學）之間的親近與游移。

在一九八〇年代原住民當代漢語文學蜂起前，一九六二年即有排灣族作家陳英雄（Kowan Talall，谷灣．打鹿勒）的作品〈山村〉於《聯合報》副刊登載[3]。到了一九八〇年代，布農族拓拔斯．塔瑪匹瑪（Topas Tamapima）以同名小說〈拓拔斯．塔瑪匹瑪〉和〈最後的獵人〉，以及排灣族詩人莫那能（Mulaneng）發表〈燃燒〉、〈恢復我們的姓名〉等詩作[4]，為文壇所注目，正式揭開了當代原住民作家漢語書寫的

歷史性一頁。

同時，卑南族孫大川（Paelabang danapan）、達悟族夏曼・藍波安（Syaman Rapongan）、布農族霍斯陸曼・伐伐（Husluman Vava）、泰雅族瓦歷斯・諾幹（Walis Nokan）、排灣族利格拉樂・阿𡠄、泰雅族里慕伊・阿紀（Rimuy Aki）、魯凱族奧崴尼・卡勒盛（Auvini Kadreseng）、鄒族伐依絲（白茲）・牟固那那（Faisx

---

1 關於當代原住民漢語文學專著，可參見浦忠成（巴蘇亞・博伊哲努），《臺灣原住民族文學史綱》下冊（臺北：里仁，二〇〇九年）；魏貽君，《戰後臺灣原住民族文學形成的探察》（臺北：印刻，二〇一三年）；董恕明，《山海之內天地之外——原住民漢語文學》（臺南：國立臺灣文學館，二〇一三年）。楊翠，《少數說話——臺灣原住民女性文學的多重視域》（上、下），（臺北：玉山社，二〇一八年）。重要選文可參見孫大川主編，《臺灣原住民族漢語文學選集》（評論卷上下、小說卷上下、散文卷上下、詩歌卷）（臺北：印刻，二〇〇三年）。陳伯軒，《臺灣當代原住民漢語文學中知識／姿勢與記憶／技藝的相互滲透》（臺北：國立政治大學中國文學系博士論文，二〇一五年）。

2 https://tw.answers.yahoo.com/question/index?qid=20100110000015KK07921，檢索日期：二〇一九年六月十二日。

3 一九七一年作者將其發表的作品集結成《域外夢痕》一書，此文收錄在此書。

4 這些作品均收錄在《美麗的稻穗》，臺中：晨星（一九八九年）。

Mxlxnana）[5]、卑南族巴代等等具有原住民身分的書寫者投入，使「原住民文學」不僅有悠久綿長的「口傳文學」的傳統，更「創造」了「原住民作家文學」的新頁[6]。在這之中以詩歌創作為主的作家有：莫那能（Munaneng）、卜袞・伊斯瑪哈單・伊斯立端（布農族）、林志興（卑南族）、泰雅族瓦歷斯・諾幹（Walis Nokan）、讓阿淥・達入拉雅之（排灣族）、伍聖馨（布農族）等。

除有前輩作家的持續寫作，到了九〇後，則陸續有沙力浪（布農族）、陳孟君（排灣族）、馬翊航（卑南族）、甘炤文（布農族）、黃璽（布農族）、林纓（太魯閣族）……等，於「原住民族文學獎」中嶄露頭角的新生代作家陸續登場。

臺灣當代原住民作家的出現，一是「在統治者未來之前即生活在這片土地上的人」終以「第一人稱主體位置說話」，並為人所見[7]；再一是在「文學」的版圖上，因為原住民作家的書寫，使山的高度與海的深度，同時注入了文化的力度，至於泰半必須離開大山大海走進平原、城鎮與大都市的原住民族人，則成了臺灣這座島嶼上「少數」、「邊緣」和「異質」的存在，而這恰恰呼應了「面積狹小、地界曲折不齊，必要時須與鄰接土地，協議調整地形或合併使用」的「畸零地」的概念；它不因為微小、曲折就消失不見，更不因此而「一無所是」，它正在其身的足與不足間，產生與他人（者）細緻而綿密的互動。在本文中，即以原住民漢語詩作為例，嘗試從「畸零地」的角度，勾勒原住民文學微小而豐富的存在。

---

5 原為白茲．牟固那那，更名理由據作家言，指「白茲」在鄒語為青春可愛之意，她認為自己年歲日長與「白茲」有指有落差，故更名之。

6 此語採用鄒族學者浦忠成（巴蘇亞．博伊哲努）於《臺灣原住民族文學史綱》一書用法。（臺北：里仁，二〇〇九年）。

7 對於原住民作家寫作在文學版圖中所開展出的意義，可參見孫大川，〈原住民文化歷史與心靈世界的摹寫——試論原住民文學的可能〉（《山海世界》，二〇〇〇年）、〈原住民文學的困境——黃昏或黎明〉（《山海世界》，二〇〇〇年）、〈從言說的歷史到書寫的歷史——臺灣原住民歷史之建構與相關問題的檢討〉（《夾縫中的族群建構》，二〇〇〇年）、〈用筆來唱歌——臺灣當代原住民文學的生成背景、現況與展望〉（《臺灣文學研究學報》一期）等文，在這一系列對「原住民文學」之發生之初到未來發展之可能性，已有了深刻的論述，可供參閱。

二、生活中的毛邊——你了解我的明白

詩人泰戈爾說「星星不因僅似螢火而怯於出現」，失明的排灣族詩人莫那能是在無光的所在，燃燒苦難，鑿出光明，八〇年代他寫〈恢復我們的姓名〉[8]：

從「生番」到「山地同胞」
我們的姓名
漸漸地被遺忘在臺灣史的角落
從山地到平地
我們的命運，唉，我們的命運
只有在人類學的調查報告裡
受到鄭重的對待與關懷

莫那能以淺白的文字，傳達「作為一個山地人」的「存在」：不論是稱作「生番」或「山地同胞」，也不管是「山地」到「平地」，稱呼和生存的空間即使改變了，也與「我們

的命運」無關，因為在實存的際遇裡，作為主體的個人或民族一樣都是「漸漸地被遺忘在臺灣史的角落」。「漸漸」是時間推移，隱而未顯的過程，「發現」時已是「被遺忘在臺灣史的角落」。這句以「被遺忘」寫成的拗口詩行，不直說「是誰遺忘」，原住民族沒有屬於自己的文字，要進入「史冊」，多要仰仗「他者」的「目光」，而留存在「臺灣史的角落」或「人類學的調查報告」中的「原住民」，與「正呼吸著的族人」卻是判然有別，排灣族詩人温奇寫於九〇年代的〈山地人三部曲〉如是描寫[9]：

山上　躍進
下山　滾進
山下　伏進

8　參見莫那能，《美麗的稻穗》，（臺北：人間，二〇一〇年），頁一九一－二一一。

9　參見孫大川主編，《臺灣原住民族漢語文學選集：詩歌篇》，（臺北：印刻，二〇〇三年），頁八七。

短短的十二字，詩人將情感（情緒）收束在一序列「非常態」的動作中，簡潔明快地傳達：「山地人」在山上「躍進」的雀躍、靈敏、自信；山下「伏進」的偽裝、警戒、卑微；以及下山「滾進」的迅捷、緊急、扭曲。作為一名「山地人」在三部曲中的存在，原來是處在一「如常中的非常」狀態。尤其是到山下伏進的族人，又常以何種面目「現身」？莫那能〈流浪〉如是描述[10]：

流浪，它是什麼意義？
你不懂
只知道必須無奈地離開
希望找到能夠長留的地方

十三歲，多嫩弱的年紀
還有多少不理解
就開始一天十二小時的工作
被「當」在焊槍工廠

……
走到一家磚窯廠
運磚的錢賺得多
你那山豬般的體力
走入燜熱的燒磚房
得到了頭家滿心嘉許
但你還是走
……
你還是不停地流浪
當捆工，睡在卡車上
鐵工廠，揮鐵鎚睡廠房
漂流到茫茫大海跟漁船

10　參見莫那能，《美麗的稻穗》（臺北：人間，二〇一〇年），頁二七－五〇。

渡重洋到阿拉伯做工
終於，你不能再流浪
挖土機的手臂
打斷了你的脊骨

根據聯合國《一六九號公約》中定義的「原住民族」是，「主流社會或現在的統治者尚未移入時，就已經先居住者」，在公約中定義原住民是一件事，更重要的是「主流社會」和「統治者」決定如何與這些「先居者」互動，才是關鍵。「你」在自己生活的土地上，從「焊槍工廠」、「磚窯廠」、「鐵工廠」，「漁船」、「當捆工」……為了各種「合理的生存」，而成了只有非走不可的「流浪」，是因為「你」太勤勞？太能幹？太天真或「太無知」？身兼原運者、歌手和詩人多重身分的胡德夫（卑南族），在一九八四年為海山煤礦罹難的族人們寫下〈為什麼〉[11]：

為什麼　那麼多的人　離開碧綠的田園　飄盪在無際的海洋
為什麼　那麼多的人　離開碧綠的田園　走在最高的鷹架

繁榮　啊　繁榮　為什麼遺忘　燦爛的煙火
點點落成角落的我們
為什麼　這麼多的人　湧進昏暗的礦坑　呼吸著汗水和汙氣
為什麼　這麼多的人　湧進昏暗的礦坑　呼吸著汗水和汙氣

轟然　的巨響　堵住了所有的路　洶湧的瓦斯
充滿了整個阿美族的胸膛　為什麼啊　為什麼
走不回自己踏出的路　找不到留在家鄉的門

臺灣原住民同胞，百年來歷經的「現代化」挑戰，從不曾稍歇。七〇年代起，跟

11　莫那能《美麗的稻穗》中亦有〈為什麼〉詩一首，其中「轟然　的巨響……」部分詩行與胡德夫〈為什麼〉歌詞相類，二作品可互相參酌。

著「經濟起飛」的部落青壯人口，從原鄉四散到異地他方，企盼與所謂文明進步的社會接軌，於是在最深的礦坑、最高的鷹架、無邊的海洋以至最僻靜隱微的巷弄，都有他（她）們勞動的身影，[12]即便如此，「主流社會」原則上不太「看見」他（她）們的存在，除非發生「重大災難（事故）」，偶然走進了誰的視域，留下一筆。在〈為什麼〉裡的「那麼多人」，不論是生或死，再沒有機會聽到誰會回答他們心中的疑惑。「原住民」占全島人口數的百分之二是實存的真實，與百分之九十八「更多的人」的生存相較，少數中的少數，相對不具「可比性」。

然而，不論從過去，或到眼前的生活，人當然可以居住在高級住宅區、別墅區、渡假區，不只可有亭臺樓閣、山林海景，甚至還有精心設計量身訂做的法律政策，特別當時間來到二〇一七年二月十四日，在第一個以國家元首身分向原住民族道歉的蔡英文政府，由其行政院所屬之原住民族委員會公告「傳統領域劃設辦法」後[13]，獨立歌手巴奈及其伴侶那布已「流浪在凱道」二年餘[14]。原住民在都市底層伏進後，連所在原鄉及其「傳統領域」，於此「劃設辦法」中，形同倒轉了蔡政府積極推動的「轉型正義」，於是在今人極盡檢討批判的「不正義時代」，泰雅族詩人瓦歷斯．諾幹早寫下〈離家的番刀〉，猶如是對今朝的預言：

入夜後，山雨的手勢
很模糊，也許是邀我入山
難說，不過我倒想起部落的番刀
掛電話問父親番刀的下落
竟說是離家出走了

---

12 參見楊士範編著，《礦坑、海洋和鷹架——近五十年的臺北縣都市原住民底層勞工勞動史》（臺北：唐山，二〇〇五年）；楊士範，《成為板模師傅——近五十年臺北縣都市阿美族板模工師傅養成與生命史》（臺北：唐山，二〇一〇年）。

13 此辦法最為族人非議之處在於將原住民族傳統領域中的「私有地」排除在外，因此少掉一百萬公頃的傳統領域，將近四萬座大安森林公園，逾四分之一個臺灣，即便「傳統領域」非指土地所有權。依照《原基法》二十一條，政府機關或企業財團要大規模開發傳統領域範圍內的土地，需取得部落的「知情」和「同意」。排除一百萬公頃私有地，代表政府、財團可以不經原住民「知情同意」的程序，就任意開發這些土地，例如亞泥礦權展延。相關信息請參閱鍾岳明〈凱道流浪記——巴奈〉，鏡文學，（來源：https://www.mirrormedia.mg/story/20170630pol001/2019/09/16 維基百科「巴奈．庫穗」辭條 https://zh.wikipedia.org/wiki/2019.09.16）。

14 參見維基百科「巴奈．庫穗」辭條，（來源：https://zh.wikipedia.org/wiki/2019/09/16，檢索日期：二〇一七年七月四日）。

蓋著被子看到窗外的番刀
起身隨它帶領到森林的邊緣
叮叮咚咚的伐木聲來自
已然禿盡的部落山脈。天一亮
知道又做夢。……[15]

「土地」對原住民的意義，不會是因為「擁有它」即可變賣生財，而是能在這它之上「安居」和「生活」，否則，千百年來族人從平原到山林海洋，山仍常青水也長流，人與萬物各取所需，卻在這躍進現代化的百年，即已面臨到，「我家門前有小河，後面有堰塞湖，堰塞湖地上面有漂流木……」的「盛況」，番刀會離家出走不是意氣用事，當它所在的山林是「已然禿盡的部落山脈」，令它情何以堪？更何況是居住其中的人？一旦人最終只能從「經濟」、「進步」和「開發」的角度去衡量其所身處的世界，選擇以不同方式生活著的族人，即如沙力浪·達岌斯菲芝萊藍（漢名：趙聰義，布農族）在〈心戰喊話——放下裝備，遷村吧！〉一詩中所述[16]：

部落外
傳來
「親愛的同胞們，你們已經被土石流包圍了，不要做無謂的
抵抗了

放下武器
放下肩上的鋤頭
放下心中的希望
放下手中的砂包
放下重建家園的心

15 參見瓦歷斯．尤幹（即今瓦歷斯．諾幹）〈番刀的下落〉，《山是一座學校》（臺中：臺中縣立文化中心，一九九四年），頁六七。

16 參見沙力浪．達岌斯菲芝萊藍，《部落的燈火》（臺北：山海文化雜誌社，二〇一三年），頁六九－七〇。

起義歸來吧。我們的政府是寬大為懷的，絕對保障你們的
生命安全。」

族人們的內心
傳來
「該遷村的
應該是礦場
……」

生活對原住民究竟意味著什麼？透過沙力浪〈心戰喊話——放下裝備，遷村吧！〉，為讀者展開一幅畫面：原住民即使一路努力「追求進步」活到此時，結果卻總是「不合時宜」和「不知進退」。

在大多數人認為理所當然和天經地義的「常識」和「常情」之中，原住民有機會從「生活的毛邊」上提醒我們，那些我們視作「無庸置疑」的種種，常是我們自身迴避或遺忘了的「不見」，以為忽略或無感於那些參差不齊的生活隙縫，就有助於我們無視或無

感於他者的存在，進而以此，彷彿達到了「我們都是一家人」的和樂融融之境。

三、文化裡的保留地——你不了解我的明白

既然生活未必盡如我們以為的這樣或那樣，究竟是什麼會在關鍵時刻影響我們做決定、判斷和選擇?藉由李永松(多馬斯)〈菜區之歌〉一詩[17]，是「原民風」的「汗滴禾下土」，也是「顆顆皆辛苦」的農務、勞動寫照。原住民部落能夠自給自足，必要時以物易物交換的時代，已然遠去，一旦須與當道的「資本主義貨幣邏輯」共存共容，在極微小的算或不算上，正可見出「族群／階級／文化」的差異：

17 林宜妙主編，《用文字釀酒——九九年臺灣原住民族文學獎得獎作品集》，頁二三一－二三三。

每顆高麗菜三斤重
一簍算一　件
一臺菜車載兩百件
五臺菜車八個人　砍
請問　平均每個人　一晚要挑幾斤
（提示）
每人一擔可挑兩簍六十斤
每件單價三十元
一晚
工錢是　多
少

答案是
Yanai 被阿比兄弟大力拍著頭（暈）　　不會算
誰會算

菜販最會　算
保證　一斤也不少　工錢四捨五不入　通通算整數
給多少是　多
少[18]

在「菜區」工作的族人，「做工」很容易，但做完工的「工錢」怎麼算？結果是「不會算」！如再細想這其中「不會算」是真不會算、不想算，還是算了也沒用？或者最終的理由是不管再怎麼算，都不及「很會算」的「保證　一斤也不少／工錢四捨五不入　通通算整數」的「菜販」！原住民若是因著不會算，民族的命運方才逐步走到如今的田地，林朱世儀(阿美族)的〈鄉土祭〉[19]，興許能更好的說明「不會算」的人，他們真正

18 林宜妙主編，《用文字釀酒——九九年臺灣原住民族文學獎得獎作品集》，頁二二三。

19 林宜妙主編，《Balhiu：一〇一年第三屆臺灣原住民族文學獎得獎作品集》（臺北：原住民族委員會，二〇一二年）。

在意的是什麼：

北部建築工地上的太陽沒有感情的燃燒我
連風也在旁邊納涼
「這個泥土是哪裡的？有幾車？」
「那個是花蓮秀姑巒溪上面的啊！差不多十幾車吧！」
「啊……？啊……！那是我小時候長大的地方說。」
是經過跟我一樣的路　過來這邊的嗎？
抓一把　偷偷塞進工作服的口袋
還能感受　曾經滴下汗水凝結的熱度
還有山林呼吸的聲音
也有溪水流過的痕跡
更有祖靈留下的訊息
我要祭拜你和你的弟兄們　晚一點的時候
因為它們將成為這面牆建造時的犧牲陪葬品

我要去買小米酒，檳榔還有米
太陽下去　收工後窄巷裡的單人房裡
掏掏已經握不到一把的沙土
放在我最喜歡的彩色圖片雜誌上面　用樹葉墊著
我的部落　我的鄉土　謝謝你
謝謝你讓我可以工作　有錢領　有飯吃
謝謝你　讓我可以主持你的葬禮
一杯　二杯　很多很多杯……
自自然然抱著吉他搖晃身體跟著哼唱
依稀記得 Ina（母親）在小舅舅的墓前低聲吟唱的古調
平平　悠悠　揚揚　有風　有草　也有 Ina 的淚

為了生計必須離開家鄉，包括從家鄉「秀姑巒溪」來的土，竟來到了「我」工作的地方，這是何等的珍貴「重聚」？儘管它是別人「精算」的有價之物，和「我」一樣，都離開了「故土」。而後，它最終會因為「我」，成全一面牆的誕生。在它「慷慨犧牲」前，至少「抓一把　偷偷塞進工作服的口袋」，它的「餘生」與我作伴，可以稍稍緩解彼此的鄉愁，也因著它的「獻身」，讓身在異鄉的「我」，還有機會吃飯糊口，不致吃土！土地本不只是生養買賣，更是無私的奉獻與付出，種菜的、做工的「原住民」想的和「菜販」、「工頭」這類比較會算的人想的，果真是不太一樣？在曾有欽（排灣族）的〈鐵工的歌〉是這樣唱的[20]：

趁我們收拾疲憊與勞苦的時候
太陽已偷偷回家躲進黑幕裡
而　多情又害羞的月亮也悄悄斜掛在星空夜
浪漫的催促部落青年
快快　抓把吉他
彈掉一天的汗臭與鐵灰
彈唱今晚的情歌：我要 kisudu[21]

今天晚上我要 kisudu　我要找妹妹

我去看到 aluway[22] 的時候
原來她在 emavaavai[23]
啊！做年糕？為什麼
因為　頭目的兒子要來求婚
噯呀！又是貴族
mulimulitan 琉璃珠一串一萬
reretan 陶壺一個六萬
alis 熊鷹羽毛一枝兩萬
還要聘金、殺豬、砍木柴、搭鞦韆，很貴呢要貸款！

---

20 林宜妙主編，《撒來伴，文學輪杯！一〇〇年第二屆臺灣原住民族文學獎得獎作品集》，頁二五六－二五八。

21 kisudu：排灣語，拜訪女朋友（習慣上，到了夜晚，排灣男子會到女朋友家唱情歌）。

22 Aluway（阿露娃依）：排灣語，貴族女子名。

23 emavaavai：排灣語，「做小米糕」之意，主要是貴客來訪時，族人會做米糕款待。

怎麼辦　我　鐵工又平民？
你　平民　唱啊：
「妹妹的男朋友　完全都是 mazazangilan 貴族
不像我這個小小的 atitan 平民　沒有資格愛上妳
妹妹的理想沒有我的存在
把我丟在山的那一邊
Kavala lacing sun sakavulin ni ina
（盼望妳是野菜，媽媽把妳摘回家）
Cinusu a lasalas i vavucungan ammen
（黃水茄串成花環，我是結尾處那一粒，最不起眼）」
a-i[24]：好可憐！你們排灣族真的很愛搞階級、搞政治！
⋯⋯
今天晚上我要 kisudu　我要找妹妹
我去看到 aluway 的時候
原來她在 emauaung

啊！為什麼哭泣
因為她不喜歡嫁給那個頭目的兒子
是喔太好了！很高興　我？
ai-sa！彈吧 am 到天亮：
「Maya maya azuwa niaken na azuwa
我為妳砍柴，我為妳挑水，我為妳做花環
Maya maya azuwa niaken na azuwa
我為妳戒酒，我為妳戒菸，我為妳上教會
Maya maya azuwa niaken na azuwa
我為妳頭痛，我為妳感冒，我為妳發高燒
Nui kasun na masalu
如果妳不相信，如果妳不了解，今天晚上我們唱唱歌！

---

24 a-i：排灣語，嘆詞（含疼惜之意）。

Nui kasun na masalu，如果妳不相信……。」

生活再如何困窘狼狽，甚至連民族文化都可改用貨幣的標價衡量，在有價和無價、價格和價值、可計算與不可計算之間，終也有「打破階級」和「不搞政治」的赤誠天真，即使這個小小的平民(atitan)沒有「資格」準備琉璃珠、陶壺、熊鷹羽毛，也沒有「實力」置辦聘金、殺豬、砍木柴、盪鞦韆……，但仍無礙於即使是「平民又鐵工」的他，一心要突破萬難，追求「真愛」：

Maya maya azuwa niaken na azuwa[25]
我為妳砍柴，我為妳挑水，我為妳做花環
Maya maya azuwa niaken na azuwa
我為妳戒酒，我為妳戒菸，我為妳上教會
Maya maya azuwa niaken na azuwa
我為妳頭痛，我為妳感冒，我為妳發高燒
Nui kasun na masalu[26]

如果妳不相信，如果妳不了解，今天晚上我們唱唱歌！

生活裡真實的困頓，在民族文化習染中，化為唱歌舞蹈，是令人無言以對的「多愁善感」，也是讓人啼笑皆非，不過只要還在呼吸，在文化的保留地上成長的就是這種細微但是堅韌的秉性，不疾不徐，不快不慢，不計不算！

四、生命的過敏原──明不明白，到底

通過生活、文化的幽徑，再艱難處是有出路，同時一樣得面對作為一個人（或某種人）的存在，即如畸零地，如果只是在那裡，不與其他周邊場域產生連結、發生意義，

---

25 Maya maya azuwa niaken na azuwa：排灣語，「她是我的唯一」之意，通常出現在歌唱首句或副歌。

26 Nui kasun na masalu：排灣語，「如果你不相信」之意，通常出現在首句或副歌。

特別是生出「產值」，它確實就能「一無所是」的自在自為，如讓阿涤．達入拉雅之〈你們說的是誰〉所述[27]：

牛樟樹這麼說著
有一位老人走到森林裡
鐮刀還留在那裡忘了帶走
相思樹這麼說著
有一個鐵鍬放在水源地已經很久了
不知道是誰的

老人們在部落裡在郊外各說各話
芋頭園裡的工作已經結束
芒草間的竹雞盡情的高唱自如
可能是傍晚來臨前的奏樂

Rutjamkam 祖父抽著菸斗愜意地坐在石砌之上
路上的草是他除的
Ljiuc 祖父咬著檳榔　頭上綁著毛巾
屋瓦是他幫忙做的
Lijemavau 和 maljeveljev 姨媽包著檳榔乾
Ljiamilingan 姨丈正在除去他褲子上的擾人草[28]
你們說的是誰

在〈你們說的是誰〉詩中，「牛樟」知道老人走進森林，忘了帶走鐮刀；「相思樹」知道一把不知道是誰的鐵鍬，放在水源地很久了。兩棵「長住在地」的樹木，各自守著它們所見的某人的遺落，是守護也算是見證？見證物件隨時間流逝，「那個誰」怎

---

27 參見《北大武山之巔》（臺中：晨星，二〇一〇年），頁二一。

28 擾人草：即咸豐草（原作註解）。

麼遲遲沒來。當場景瞬間從森林轉到「老人們在部落裡在郊外各說各話」，「老人們」中有哪位是忘了鐮刀或鐵鍬的嗎？是「Rutjamkam 祖父」或是「Ljiuc 祖父」？工具總在那兒，沒有拿回去，是不缺這一件，還是即使沒有也沒關係？因為該做的工作都做了，各安其位，各行其是，大自然中「芒草間的竹雞盡情的高唱自如」是如此，人在自然間的移動進出是如此，在部落生活的現場亦復如此。人與萬物各有各的擅長，即便真的遺落，「屬於誰」並不妨礙彼此俱足的存有。因此「你們說的是誰」，重點不在「指認」後「物歸原主」和「劃疆為界」，是相互「了解」、知所進退，否則，便很容易出現如林纓〈蛇的爬行〉中的窘境[29]：

> 「你叫什麼名字？」
> 我是一條蛇
> 爬過很久、很久以前
> 鱗片摩擦土壤的折痕
> 我向前爬行
> 太陽升起，落下

獵人的足印踏過碎裂卵殼
走出沉默的陶壺
洪水升起，落下
火焰點燃歌聲
神話在木紋裡閃爍

「你叫什麼名字？」
我是一條蛇
爬過以前與現在
蛇信探測時代的溫變
我向前爬行

---

29 參見林宜妙主編，《komita'一〇五年第七屆臺灣原住民族文學獎得獎作品集》（臺北：行政院原住民族委員會，二〇一六年），頁二一一—二一二。

太陽升起，落下
煙斗搓著今天與昨天的接縫
吐出混雜煙硝的白霧
人群升起，落下
足印與笑聲退潮
歷史的餘燼輕聲咳嗽

「你叫什麼名字？」
我是一條蛇
爬過現在、現在、現在
太陽升起，落下
時間的卵在光下烘烤
我靜靜守候
歌聲升起落下……
卵蜷縮在陶壺底部

而壺已被遺忘

我叫什麼名字

詩作中自稱（視）為「我是一條蛇」的簡單清楚明白，就在「誰」反覆提問「你叫什麼名字」之後，「我這一條蛇」進入了層層的序列說明：身世、經歷、遭遇，同時一併帶出「主體認同」、「歷史記憶」、「文化慣習」和「現代性」的課題。「我是一條蛇」確實不全等同於「一個名字」，不過，是「一條蛇」和不是「一尾魚」和「一隻鳥」的區別，本不致太糾結，偏偏，「我這一條蛇」，「爬過現在、現在、現在……」，為要回答「你叫什麼名字？」到了最後竟問起了自己：「我叫什麼名字？」從最初簡單清楚明白的篤定，結果竟至曲折繁複甚至「不明」起來！不妨順著這一條蛇，跟著筆述一．莫奈過個

〈一半的新年〉[30]：

喜紅新年混著陰鬱藍色的我
總是變成慘澹的紫

除夕
照例因母親的拖拉總在最後一刻才趕上山上的年夜飯
車上永遠是　母親埋怨　父親安靜　我尷尬
一抵達部落
我簡直像是換了一個父親
說著我聽不懂的話
漾著我少見的自信
悠遊在我永遠認不清且一直增加的親戚中
而母親宛如被拋棄的怨婦
死掐著我的手不放

開始數唸一直困擾著我的規定
禮貌　所以不准隨便跟著跑跳
衛生　所以不准隨便跟著吃喝
因此我總是在看著「他們」過除夕

初一

……

我準時地在母親醒來前躺回床上
她對我耳語昨晚睡不好
但明明全家只有我們兩個被禮讓睡在房間裡
母親吃著帶來的葡萄吐司

30 參見林宜妙主編，《一〇三年第五屆臺灣原住民族文學獎得獎作品集》（臺北：行政院原住民族委員會，二〇一四年），頁一九四－一九六。

遞給了我一片　再飽也只能跟著啃
母親常說父親的時間觀念有問題
但我認為父親是一個善用時間及腳程很快的人
別人是走春　他是跑春
總是能利用這個上午跑遍部落家戶
然後在中午趕回家吃飯

來自山上的泰雅爸爸和平地多禮自制的漢人媽媽組成的「一半」的我，在「喜紅新年混著陰鬱藍色的我／總是變成慘澹的紫」，頗傳神地表達了夾在爸爸和媽媽之間的左右為難：爸爸回到山上後，使我覺得「像是換了一個父親」，爸爸自信自在地悠游於部落族人中，並且一改媽媽眼中「時間觀念有問題」的形象，捉緊時間在山上「跑春」，反倒是媽媽：「照例因母親的拖拉總在最後一刻才趕上山上的年夜飯／車上永遠是　母親埋怨　父親安靜　我尷尬」，一家三口回「爸爸家過年」的短暫時光，對爸爸有多珍貴，對媽媽就有多煎熬，而「我」能理解的理解，不能理解的，像 yaki 對「我」的愛，卻也不必懷疑：

多虧母親前晚的牽制
讓我得以早睡早起
可以趕去廚房享受跟 yaki（奶奶） 相處
她不多話
常常只是笑著一句：Ciwas（泰雅名），那麼早起，來，吃……
前晚受限的年夜飯總是讓我很飢餓
她溫柔自語看著狼吞虎嚥的我
雖然聽不懂
但她真實愛著我，我懂

祖孫情感的親切和親暱，即使是少數且有限的語言，在行動中已充分表達。如果祖孫之情輕易就超越了語言的界線，媽媽「回到山中的家」，明明是生活裡的「歲時祭儀」——過年，面對的是「一家人」，但是媽媽的「戒慎恐懼，小心翼翼」，在「對我耳語昨晚睡不好」中，不是不愛，是不好「拿捏」怎麼合宜地表現「在山中的愛」：

我準時地在母親醒來前躺回床上
她對我耳語昨晚睡不好
但明明全家只有我們兩個被禮讓睡在房間裡

同時也化成自己必須和媽媽「準時」帶爸爸下山時，「我」對父親的抱歉：
每次看著父親邁向黑車的背影
垂落的肩膀瞬間讓他變得好小好小
跟在背後繼續哭著的我
其實滴落不斷的眼淚
是我對他無盡的抱歉

雖然明知在「喜色新年」中「變色的自己」有多大的限制，才有機會發現自身有多大的彈性（能量），去「接受」這其中因個人、生活、文化、場域……衍生的差異，這自是在「制度」（法律）上無權也無能置喙之事，卻是身為「一半」的孩子的恩寵和挑戰。

畢竟每個人生命中的「過敏原」，不是如處理公文般的明晰井然，也不是請醫生開處方，對症下藥即能藥到病除。反而是不論症頭輕重，此一區別、辨識、認識、游移和夾纏的「過程」，有機會讓「主體」可以自覺、不自覺或無關自覺，能夠認同、不認同以及非關認同。如卜袞．伊斯瑪哈單．伊斯立端〈竊據〉所述[31]：

白紙
　黑點
　　一丁點
白紙
　嘩然爭吵
　誰嵌了這黑點

31　參見卜袞．伊斯瑪哈單．伊斯立端，《山棕月影》（臺中：晨星，一九九九年），頁八六。

黑點　不語

「白紙」和「黑點」一出現即是「一起」了，因為是「一起」，即使是一丁點的黑點也無法視而不見，還引起「誰嵌了這黑點」的爭吵，事實卻是：

原來
　白紙占住在黑點上
黑點
　仍是不語

在原住民詩人寫出的詩作中，確實是提出了「不一樣」的存在以及原此而生的不同的選擇或命運，而「不一樣」不是「不好」，或者即使會因為「不一樣」也要一併承擔的「不好」，如那「不語的黑點」，白紙「嘩然爭吵」時不語，當「白紙占住在黑點上」，它仍不語，不語可以是「不爭」，未必是「不會爭」？這些終是誰都無權替代誰做的選擇，尤其當它是一凡存在都有意義，凡呼吸都有價值的「追尋」或「建構」時，原住民詩人的創作，確實指出了一些機會。

五、代結語：忘路之遠近，異質寫……

當歷來的統治者不斷強調臺灣是一具有多元文化、多族群共生和要承擔「歷史共業」的社會時，原住民詩歌的創作，讓我們更細緻地體會到「畸零地」微小、曲折、破碎和隱微的特色，如同愛德華．薩依德留給後人的省思：

我想，在上距一九四八年以來五十年的今天，我們可以開始把巴勒斯坦人和以色列人的歷史放在一起談了。這兩個部分看似分離的歷史其實是交織在一起和互相對位的。不這樣做的話，「他者」（the other）就總是會被非人化、妖魔化，被變成隱形的。我們必須找到一條出路。對此，心靈的角色、知性的角色和道德意識的角色是關鍵的。必須要找出一種正確對待「他者」的方式，給予他們空間而不是剝奪他們的空間。

所以我的這種想法絕不是烏托邦。烏托邦是沒有空間的。但我的要求卻是把「他者」安置在一個具體的歷史和空間裡[32]。

薩依德的期許和原住民作者在作品中展開的世界，是不是正有異曲同工之處？排灣族格格兒．巴勒庫路收錄在《一〇八年第十屆臺灣原住民族得獎作品集》中的〈kacalisian〉——詩是這麼寫[33]：

makuda[34]
kacalisian[35]
蝸牛　慢慢
螞蟥　慢慢
毛毛蟲　也　慢慢
kacalisian
為什麼　你　慢慢

向前傾斜身體　走　慢慢
這樣

aisa[36]
不了解我的明白啊　你
很難的走路　這邊
不見了　斜坡
沒有了　我的平衡感

32 愛德華．薩依德著，梁永安譯，《文化與抵抗》（臺北：立緒，二〇〇四年），頁二二一。
33 參見林宜妙主編，《一〇八年第十屆臺灣原住民族文學獎得獎作品集》（臺北：行政院原住民族委員會，二〇一九年），頁二二〇—二三四。
34 makuda：排灣族語，「怎麼了」的意思。
35 kacalisian：排灣族語，意指「真正住在斜坡上的子民」。
36 aisa：排灣族語，意思就是「哎呦、怎麼會這樣、驚呼詞」之意。

nekanga[37] nekanga
街道不再有　起起　上上
　落落　下下
nekanga nekanga
馬路看不到　彎　曲曲　彎
　彎　曲　曲　彎

今天開始
不要再叫我 kacalisian
kudain[38] kudain
不見了　斜坡
沒有了　我的平衡感
這樣
叫我怎麼辦　怎麼辦

tjaljuzua[39]　唉聲嘆氣　我的 vuvu[40]
小米要成熟了　上不去　怎麼辦
maza[41]　徬徨無助　我的 vuvu
迷路了　就在這井然有序　沒有斜坡的部落街道裡
哭喊著
我
找不到
回家的路
……

---

37 nekanga：排灣族語，「已經沒有了」的意思。
38 kudain：排灣族語，「沒有辦法，怎麼辦」的意思。
39 tjaljuzua：排灣族語，「在那邊」的意思。
40 vuvu：排灣族語，祖父母輩的稱呼。
41 maza：排灣族語，「這邊、這裡」的意思。

為這首作品，我個人寫了〈不太多不太少，斜斜的，剛好〉的如下短評[42]：

二〇一九年十一月十日，午後，詩歌組評審在經過仔細地討論、對話，同時還勉力「說服」彼此，若「某詩」和「某詩」相較，應該更如何如何，而終不可得，最後以投票比分比序的方式，選出了今年詩歌組的得獎作品。其中〈Kacalisian〉此詩，在第一輪評審的不計名投票中即獲高票，應是此次評審心中最具「共識」的作品，理由如下：

⑴「⑴原住民的」生活素材：從具體的 kacalisian 場景，到其中的物件（蝸牛、毛毛蟲、小米……），一眼即能辨識「和原住民有關」。

⑵「原住民的」時空感：時間是「慢慢（小心）的」、「綿長（陌生）的」；空間是「斜斜的」、「曲折的」……終至「井然有序」卻「無方向感」的。原住民生活和移動的場域，相較非原住民族群而言，確實是要「從容」一些，如同部落族人常有「原住民補助時間」一說，雖似笑話也是真話。

⑶「原式」幽默：當「一般人」都安於迅捷便利和有條不紊的「生活（人生）樣態」時，kacalisian 這群「真正住在斜坡上的子民」，卻在「一般人」的生活條件下，失去從原來「斜斜的」、「上上下下」、「彎彎曲曲」的部落生活中「養成」的「平衡感」：

「從此之後／kacalisian不再是　我的名　好吧／按照你吧　可是／哪裡　我的家／到底」別人把別人認為好的部落規劃、街道設計以及「姓名」都「為我們」設想好了，還能再說什麼呢，到底？結果到底還是要在平平的路上斜斜慢慢走，才能比較了解別人的明白？

⑷其他：最明顯不過的是「語言」，從母語的寫實與雙關，非常自然貼切也準確地傳達了「如假包換」的原民風，但這顯然對作者是不公平的評判，因為，首先是一首好詩，作為一首詩的「質地」，當然和「作者」有關，卻不一定非和作者的「身分」相關，唯能如此，創作才有它的「真自由」！

在〈kacalisian〉之前，曾有多馬斯〈菜區之歌〉、曾有欽〈鐵工的歌〉和林朱世儀〈鄉土祭〉等在寫作風格和旨趣上相近的得獎佳作，之後，勢必也會出現眾多令讀者驚豔的作品，只要創作者不畫地自限，不論我們是來自平原、斜坡、高山、海洋或

42　參見林宜妙主編，《一〇八年第十屆臺灣原住民族文學獎得獎作品集》（臺北：行政院原住民族委員會，二〇一九年），頁二一九－二二〇。

不知名某處的高地，定都能寫出「原行必路」的好詩！

一個人、一群人和一個部落（地方、場所）的連結，「一般人」以為一定要如何，結果對「這一群人」而言，還「真的不一定」，恰如〈Kacalisian〉。而地方與人的關係多種多樣或親或疏，當然更可以是一個人，真實活出的一生——二〇一八年歲末，下賓朗部落[43]的 mumu 孫貴花女士走完她一〇七歲的人生，轉站天界，下賓朗部落的「媽媽小姐合唱團」成員，在她的守夜彌撒中獻唱她生前教大家唱的歌、她最愛唱的歌以及此刻在人間的媽媽小姐們思念與祝福她的歌，這一群在當年也是如「花兒一般溫柔又漂亮的山地小姑娘」，只要在歌聲中，天上也如人間，同悲亦如同歡——

如歌——致一〇七歲 mumu 遠行

一條小路，拾級，在重重的青山，遠遠的川上
彷彿小橋，彷彿輕舟，走啊走

二〇一八年十二月二十八日，黎明還在酣眠，山微微地顫了一下，喘一口氣
「換一口氣，吐一口，再一口，再試一口……」轉角的巴拉冠心底默念
像那曾經如微光閃爍的 'emaya'ayan 頌歌，她說：vangsaran 唱不了，
saraypan 來唱！於是，misa'ur 回來了，媽媽小姐在家裡、在田裡、在路上
在這裡那裡……從 pinaski 的話到日本話到ㄅ、ㄆ、ㄇ、ㄈ、A、B、C、D，
不只有 hohaiyan haiyan haiyan 有 hu-hu-wa-mapiyapiya ya-hu-hu-hu-wa-huy！
還有
「我的一顆心」、「祖國，祖國！我們愛祖國……」、「梅花梅花，滿天下……」

一條小河，順流，在層層的流光，近近的遠方
彷彿清風，彷彿細雨，流啊流
每天每天，有時候是前門，有時候是後門，咚咚咚或砰砰砰，時應偶不應

---

43 下賓朗部落位在臺東縣卑南鄉，為卑南族八社十部落之一。

部落裡的這一條路或那條路，直直地來直直地走，笑她直直的心，
連綠籬上的「traker 葉」都懂她的堅持，
沒有浪費的時光沒有浪得的虛名沒有無味的人間
一步一步抖擻的步伐硬挺的身影，不是臉上沒有皺紋，連心都是，
是火的不是水，是水的不是煙雲，
即使變身是水是煙雲，還是每天每天，好好走路，好好吃飯，好好睡覺，火一樣
的清清，水一樣的明明，煙雲一樣的晶瑩

一朵花，小小花，最最親愛的小花花，隨風搖曳，在漸漸老去的歲月
淡淡的暮靄中，唱著唱著唱回了初萌的年少——

Oh my darling oh my darling oh my darling I love you……

參考資料

巴代　二〇一〇年，《走過》，臺北：印刻。
瓦歷斯・諾幹　一九九四年，《想念族人》，臺中：晨星。
利格拉樂・阿𡠄　二〇一五年，《祖靈遺忘的孩子》，臺北：前衛。
林宜妙主編　二〇一〇年，《用文字釀酒——九九年臺灣原住民族文學獎得獎作品集》，臺北：行政院原住民族委員會。二〇一一年，《撒來伴，文學輪杯！一〇〇年第二屆臺灣原住民族文學獎得獎作品集》，臺北：行政院原住民族委員會。二〇一二年，《一〇一年第三屆臺灣原住民族文學獎得獎作品集》，臺北：原住民族委員會。二〇一五年，《一〇四年第六屆臺灣原住民族文學獎得獎作品集》，臺北：原住民族委員會。二〇一九年，《一〇八年第十屆臺灣原住民族文學獎得獎作品集》，臺北：行政院原住民族委員會。二〇一〇年，《我在圖書館找一本酒——二〇一〇臺灣原住民文學作家筆會文選》，臺北：山海文化雜誌社。
胡德夫　二〇一八年，〈我的歌路與心路：為什麼〉，《印刻文學生活誌》十四卷十二期，臺北：印刻。
浦忠成（巴蘇亞・博伊哲努）　二〇〇九年，《臺灣原住民族文學史綱》上下冊，臺北：里仁。
夏曼・藍波安　二〇一二年，《天空的眼睛》，臺北：聯經。

孫大川　一九九一年，《久久酒一次》，臺北：張老師文化。二〇〇〇年，《山海世界：台灣原住民心靈世界的摹寫》，臺北：聯合文學。
孫大川主編　二〇〇三年，《臺灣原住民族漢語文學選集：評論卷（上、下）／小說卷（上、下）／散文卷（上、下）／詩歌卷》，臺北：印刻。
莫那能　一九八九年，《美麗的稻穗》，臺中：晨星。
陳伯軒　二〇一五年，《臺灣當代原住民漢語文學中知識／姿勢與記憶／技藝的相互滲透》，臺北：國立政治大學中國文學系博士論文。
陳英雄　一九七一年，《域外夢痕》，臺北：商務。
奧崴尼．卡勒盛　二〇一五年，《消失的國度》，臺北：麥田。
楊士範　二〇〇八年，《漂流的部落——近五十年的新店溪畔原住民都市家園社會史》，臺北：唐山。
楊翠　二〇一八年，《少數說話——臺灣原住民女性文學的多重視域》（上、下），臺北：玉山社。
董恕明　二〇一三年，《山海之內天地之外——原住民漢語文學》，臺南：國立臺灣文學館。
魏貽君　二〇一三年，《戰後臺灣原住民族文學形成的探察》，臺北：印刻。
報導文章　〈把臺鐵「普悠瑪號」想成普拿疼！花蓮議員言論鬧笑話〉，NOWnews今日新聞網，來源：http://www.nownews.com/2012/07/30/11490-2839443.htm#ixzz2iWtQ6Sd7。）
Eagleton, Terry　二〇〇五年，李尚遠譯，《理論之後》，臺北：商周。二〇一四年，黃煜文譯，《如何閱讀文學》，臺北：商周。
Said, Edward W. & Barsamian, David　梁永安譯，《文化與抵抗》（臺北：立緒，二〇〇四年），頁二二。

劉柳書琴

〈被圍困的敘事——泰雅族北勢群達利．卡給的隘勇線戰爭敘事〉

Qabus Lamilingan，花蓮縣萬榮鄉馬遠部落，布農族。現任國立清華大學臺灣文學研究所教授。曾任清大臺文所所長、專班主任、圖書館副館長等。研究領域有臺灣現當代文學、原住民文學、東北現代文學、後殖民主義。曾獲國科會吳大猷先生紀念獎、清華大學新進人員研究獎、巫永福文學評論獎、中山學術著作獎、TSAA亞太暨臺灣永續行動獎銀牌獎等。

著有專書《荊棘之道》、《殖民地文學的生態系》；個人編著《戰爭與分界》、《東亞文學場》、《日治時期臺灣現代文學辭典》、《校園中重新聽見的Lmuhuw》；共同編著《帝國裡的地方文化》、《臺灣現當代作家研究資料彙編：張文環》。

本文出處：二〇二二年十二月，《臺北教育大學語文集刊》四十二期，頁一五七－一九一，臺北：國立臺北教育大學語文與創作學系。

被圍困的敘事
——泰雅族北勢群達利・卡給的隘勇線戰爭敘事

一、前言

臺灣文學中的原住民族抗日主題，以一九二〇年代井上伊之助的泰雅族風俗肯定論、佐藤春夫的霧社遊記、賴和的霧社事件哀歌為濫觴。一九三〇年代繼續有日本內地作家伊藤永之介、沖野岩三郎(山部歌津子)、田村泰次郎等人，以普羅文學或現代主義對阿美族、卑南族、泰雅族、賽德克族進行再現；其後，又有坂口䙥子、中村地平、真杉靜枝等，從學童生活、同化主義、性別議題展開書寫。至一九四五年以前，原住民族集體或個別抗爭的樣態——弱者的抵抗，已透過異民族作家的代言得到一些累積。這個議題延伸到戰後，仍以抗日議題受到較多發揮，持續展現於漢人作家的大河小說、報導文學之中。一九九〇年代，王家祥推出布農族抗日歷史小說、舞鶴長時間投注霧社事件遺緒的探討，更在族群記憶、記憶政治和新歷史小說上開啟新一波發展。

弱者的抵抗，在原住民族第一人稱的歷史小說書寫方面起步較晚。第一批原住民族素人作者以日文隨筆或短篇感想，在一九三〇、一九四〇年代臺灣總督府警務局發行的《理蕃の友》雜誌上發聲，但缺乏自主性，無法處理歷史議題。戰後初期陳英雄、曾月娥等人初試啼聲的華語作品，則必須越過跨文化翻譯或漢人潤筆等障礙[1]。直到一九九〇年代以後，掌握華語表述且具有部落觀點的長篇作品才姍姍來遲。排灣族陳孝義的口述傳記《出大武山記》（一九九四年）首開先河，但游霸士．撓給赫（Yubas Naogih，漢名：田敏忠）出版的《天狗部落之歌》（一九九三年）、《赤裸山脈》（一九九九年）、《泰雅的故事》（二〇〇三年）等作品，後來居上，更成功地將泰雅抗日史事推入文壇視野。游霸士的小說目前已有謝佳源的學位論文予以專論[2]，不過尚未有人探討他翻譯的——（他的舅舅）達利．卡給撰寫的《高砂王國》（二〇〇二年）[3]，這正是本文的研究目的。

1 黃惠禎，〈陳英雄與盧克彰的文學關係〉，《臺灣文學研究學報》二十九期，頁一八七—二二七。

2 謝佳源，《泰雅族作家——游霸士．撓給赫（田敏忠）作品研究》（臺北：國立政治大學臺灣文學研究所碩士論文，二〇一三年）。

3 達利．卡給著，游霸士．撓給赫譯，《高砂王國》（臺中：晨星出版社，二〇〇二年）。

達利．卡給（Tali Kagi，漢名．柯正信），為北勢八社之一——薩衣亞社（S'iya'）頭目的公子，長年定居於北勢群經過一系列隘勇線戰爭，被迫「和解」、「歸順」後的移住部落，即今苗栗縣泰安鄉梅園村天狗部落。《高砂王國》一書，是他在一九九〇年代的花甲之年用日文寫下的部族史，二〇〇二年由情同父子的外甥游霸士翻譯為中文出版。遺憾的是目前日文原稿無存，只能以中譯本進行研究。「隘勇線前進政策」，是臺灣總督府的用語，「前進」實為掃蕩作戰，以警察隊為主力、必要時出動軍隊支援，是「理蕃政策」中最為強制的武力手段。達利以隘勇線戰役為主體，兼採祖靈傳說、部落掌故、習俗祭典，這是北勢群首次以族人觀點，揭露八社從清末到日治初期的生活概況，其中詳述抗日攻防與被迫編入現代國家體制的適應過程尤具價值。

本文以《高砂王國》中一九一〇至一九二〇年代泰雅族北勢群的抗日集體記憶為分析對象。首先透過本書的內容架構與耆老口述歷史，觀察達利如何自覺地保存部族史事，維持原住民族集體傳述歷史的傳統。其次從時間、空間、事件、訊息來源（傳述者的身分、發言方法、內容、觀點）、頭目家族後嗣等敘事特徵，分析本書的歷史話語及價值。接續以書中的抗日篇章為焦點，觀察達利與族人深刻記憶的場所及敘述模式，歸納本書如何以八社反抗的戰鬥為記述高峰。最後根據作者記憶的空間與視野的限制，總結指出一九一〇年代大安溪沿岸快速蔓延的隘勇線火網，不只圍困了歷史中的北勢群，也圍困了族人在後戰爭時期的集體記憶與地方知識建構。

二、《高砂王國》：泰雅族北勢群的第一本部族史

北勢群（Liyung Paynux subgroups），隸屬泰雅族（Atayal tribe）澤敖列群（Tseole group）馬巴諾系統（Mapano subgroups）。清治後期分布於臺灣中部大安溪上游，與汶水群、南勢群、大湖群、加拉排群、鹿場群往來密切。因地處清光緒年間到日治初期之樟腦集中市場——東勢角[4]，漢人給予「北勢」之稱，自清代起卓蘭地區漢

4　東勢角至日治初期的地理沿革與聚落特性，依伊能嘉矩的調查記錄截取如下：位於大甲溪支流中科山溪以東全屬其區域，且各地一帶到處蔽以鬱蒼森林，古來稱為東勢角埔。原為平埔族 Daiyaopul 及樸仔籬（Phok-á-lî）五社分布區域。乾隆年間，大甲溪河幅未如現時所見之闊，於河岸建匠寮，供移民共同宿泊，漸形成聚落，稱匠寮（Chiūnn-liâu）庄；至光緒十二年（一八八六年），於匠寮街至撫墾局，稱之為東勢角撫墾局。該街為東勢角地方之主腦地，故我領臺後稱東勢角街，為臺中方面東部一帶林產物，特別是樟腦之集中市場。參見伊能嘉矩著，吳密察譯，《臺灣地名辭書》（新北：遠足文化，二〇二一年0），頁二一九－二二〇。

人向其進貢，以維持拓墾安定及取用大安溪漂流木的權利[5]。

一八九九年，在日本人尚未討伐之前，泰雅族北勢群從大安溪上游而下，依序有八社（villiages）：盡尾社（Chinmu／今天狗社）、蘆翁社（Lubong／今梅園社）、麻必浩社（Mabiruha／今永安）、得木巫乃社（Temu-bawnay／今散居至中興、梅園、大安、象鼻）、馬那邦社（Malapang／今中興）、蘇魯社（Sulu／今蘇魯）、魯旺克社（Loobugo／今散居至竹林、達觀）、武榮社（Buyung／今散居至桃山、雙崎、三叉坑）[6]。依一九一一年統計，共有三百四十戶、一千七百四十四人[7]（參見下頁圖一）[8]。

達利出生頭目家族，具有特殊文化身分，曾祖父達拉武（Talawu Yubas）、祖父撓霸斯（Naobas）、父親卡給（Kagi）歷任頭目，達利的弟弟柯正原（Yubas），也於一九八四年起擔任天狗部落頭目一職。達利自幼接受日本教育，一九九〇年代受原住民族運動刺激，於花甲之年使用屬於他這個世代的語言——日語加泰雅族語（澤敖利語系），記錄自己部族的歷史與文化。

他在家中排行第六，其上多位兄姊，除了長姊之外，餘皆死產，因此形同長子，譯者游霸士・撓給赫（Yubas Naogih）為其外甥[9]。筆者認為，《高砂王國》不僅明確展示作者以「原聲」傳史的主體性，更應視為薩衣亞社（盡尾社）頭目家族兩代男嗣共同進行歷史詮釋的成果。隸屬抗日世代「子代」的達利，以日語憶述／記述父祖兩代與耆老鄉親的共同傳述，「孫代」的游霸士在使用華語翻譯本書之前，先已利用小說形式再現這段歷史。

換言之，舅舅達利以泰雅族素樸的歷史傳述方式記述，外甥游霸士則以現代文藝的小說形式表現，兩人在一九九〇年代分頭敘寫，以外來者的語言（日語、漢語）記錄並轉譯腥風血雨的年代。兩代分進合擊的成果，展現於《高砂王國》、《天狗部落之歌》、《赤裸山脈》、《泰雅的故事》幾本書的交相輝映，多處互文；也因此甥舅兩人不同體裁的部族史寫作，應視為一次集體書寫、一個大文本，他們共同使北勢群抵抗殖民侵略的

---

5 森丑之助，《臺灣蕃族志　第一卷》（臺北：臺灣總督府臨時臺灣舊慣調查會，一九一七），頁一七。

6 括弧中為二〇一八年現時的部落名稱。日治時期的社名與位置，除了麻必浩社之外，皆已異動。

7 丙牛生（森丑之助）：〈過去に於ける北勢蕃〉，《臺灣時報》（一九一一年年四月），頁五。

8 筆者繪，使用〈一八九九年日治時期四十萬分之一臺灣全圖〉為底圖。大安溪泰雅族北勢群遷徙前後部落分布對照圖，另可參考雪霸國家公園管理處，《臺中市和平區大安溪泰雅族北勢群誌編撰委辦計畫成果報告》（臺中：承揚經營管理顧問股份有限公司，二〇一三年），頁三。

9 游霸士．撓給赫，一九九〇年臺師大國文研究所碩士班畢業。自一九八四年開始創作原住民文學，一九九〇年代為其創作高峰期，短篇小說集《天狗部落之歌》、《赤裸山脈》、原漢雙語對照傳說故事集《泰雅的故事》、譯著《高砂王國》，由臺中市晨星出版社接踵而出。

經驗，及其被國家體制重編的陣痛，納入漢人社會視野，以書寫介入華語敘事，也匯入解嚴後臺灣後殖民思潮的記憶長河。

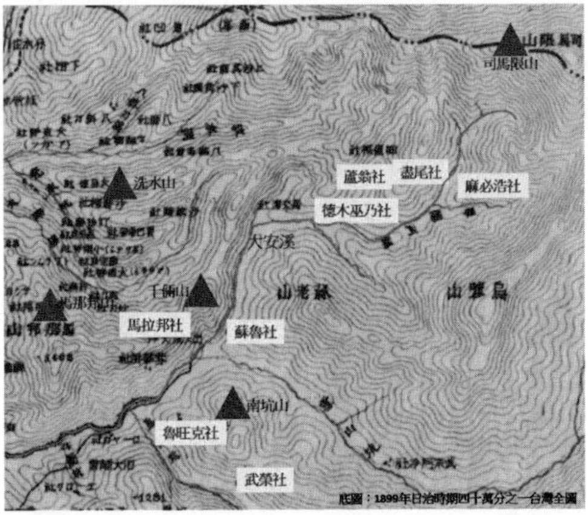

圖一：一八九九年大安溪泰雅族北勢群部落分布圖。（劉柳書琴提供）

《高砂王國》，書名使用了「高砂」（たかさご）這個一九三六年臺灣總督府為去除「蕃族」汙名，而提出的泛民族稱謂。此乃譯者的改動，作者原定標題《北勢八社軼事》，明確表明了歷史敘事的體裁。譯者在出版社的建議下改用帶有東方主義想像的「高砂王國」一詞行銷，另以加記「北勢八社天狗部落的祖靈傳說與抗日傳奇」、「大霸尖山下泰雅族口述歷史」等副題，保留作者初衷，揭示本書軼事來自地方口碑。

泰雅族作家瓦歷斯．諾幹（Walis Nokan）為本書作序時，也以〈泰雅族北勢群的口述歷史〉給予高度評價。他指出：一九九〇年代文建會主導的社區總體營造與村史計畫帶動了地區性的口述史運動，原住民族方面的成果不多，但仍催生了新竹縣五峰鄉白蘭部落的村史報告，以及仁愛鄉 Kumu、大同鄉 Yulan 等女性耆老珍貴的口述。不過，這些資料是由「漢民族的轉述者」採集記錄，直到排灣族陳孝義《出大武山記》才出現主體生命史的書寫。瓦歷斯以彼喻此轉而肯定，「《高砂王國》一書的出版也同樣具備歷史建構的力度，甚至於更大規模地述說了亞群（泰雅族北勢群）的歷史[10]。」

10 瓦歷斯．諾幹：〈泰雅族北勢群的口述歷史〉，《高砂王國》，頁二—五。

受到瓦歷斯肯定的《出大武山記》費時兩年完成，作者陳孝義（一九四九年）訪談自己七十五歲的父親，以傳記形式記錄陳天成的一生[11]。全書由少年時期、青年時期、警察時期、從政時期、退而不休等五篇構成，從陳天成一九二〇年出生於卡拉達蘭部落（Kalatadrang，今介達村一帶）開始，著墨其一九二八年起在臺東廳大東河教育所、臺坂教育所補習科、臺東郡立農林國民學校的刻苦求學，一九四一年戰爭期擔任警手、巡查之所見，以迄一九八二年擔任金峰鄉鄉長的事蹟。口述者陳天成（一九二〇—一九九六年），是臺東縣金峰鄉正興村排灣族人，族名オゴサン（Ohosane），官廳賜名「渡邊始」，一生跨足教育、警政及地方政治，見聞深廣。陳孝義撰述本書的初衷是為了「了解父親的生命動力」，以個人為主軸，旁及時代人物與社會事件，有樹立典範惕勵原住民子弟的用意[12]。

《高砂王國》與《出大武山記》，皆為第一人稱書寫的家族史先驅，但誠如瓦歷斯所言，前者涵蓋的面向更加宏廣，挑戰了時代轉折期北勢群集體命運描繪，是族群史的重要篇章。達利的《高砂王國》中，梳理的訊息有多種來源，包括達利的父輩、祖輩的口述。儘管中譯本有縮減、改寫，語彙和名詞也與日文原作有出入，不免削減若干時代風貌和歷史訊息，但殖民的時代印記仍歷歷分明。《出大武山記》的回憶主體曾為警手、巡查，活躍於地方治理的基層，是日治後期的地方精英。《高砂王國》則著墨在達利父祖輩從清末到日治初期在傳統領域（traditional indigenous territories）的生活風俗，以及其後風起雲湧的抗日史；《出大武山記》是當事人過去親身經歷事件的記憶，這種記憶若非接觸具有共同經歷者，並週期性地給予強化，很容易趨於淡化[13]。《高砂王國》雖也有個體記憶的成分，但作者有意識地敘述所屬的泰雅族亞群（subgroups）八個部落的歷史，這些記憶在口述形態下至多只能傳續三到四代，屬於「溝通記憶」，

---

11 陳孝義：〈影響我很深的兩個男人——拔路渦路勒家的故事〉，《原視界》。據稱部分內容，曾參加二〇〇〇年中華汽車公司主辦的第一屆原住民文學獎徵文活動。https://insight.ipcf.org.tw/article/36，二〇二一年十月廿二日瀏覽。

12 陳孝義自云：因為父親「擔任警手兼老師兩年、警察兼老師八年、三屆民選鄉長、縣長顧問四年、太麻里地區農會理事八年、金峰鄉調解委員會主委十五年、天成菸酒雜貨商號四十年」，因此想了解：「這一生驅策他成就這麼多的內在動力是什麼？」後來，為了惕勵後起的原住民子弟「頑夫廉，懦夫立」，又把金峰鄉的人物也寫進去，以致這本書最後「像講一個人，又像講金峰鄉的事，或更像講原住民的故事。」參見陳孝義，《出大武山記——山中俊傑陳天成的故事》（臺北：稻鄉，一九九四年），頁一－一二、頁一八九－一九〇。

13 哈布瓦赫（Halbwachs, Maurice）著，華然、郭金華譯，《論集體記憶》（上海：上海人民，二〇〇二年），頁四二。

但一經文字書寫和出版媒介等記憶系統加以外顯、儲存以後，則能成為長程的文化記憶[14]。整體觀之，《高砂王國》在集體記憶建構上的價值更勝一籌。

回到《高砂王國》，儘管作者和推薦者一致以「口述歷史」（Oral Histories）為它定調，但這本書採用的卻是書面語[15]，而非對話體或口述逐字稿。再者，原著中的每篇掌故或故事，都經過第三人稱全知觀點加以布局、結構化、制定標題，而出身國文系研究所的譯者，也採用訓練有素的精練白話文和成語交織的典雅文體加以表現。換言之，就文本的編製而言，《高砂王國》不同於一九九〇年代二二八、白色恐怖、臺籍日本兵、社區營造帶動的口述歷史風潮中，以筆記、錄音或錄影等形式訪錄，重視存真性的做法，反而更似再製後的史話或軼事。

《高砂王國》，究竟算不算是一部口述史？筆者認為，在表層的書面語形式下，仍能看出內容中的口述性質。《高砂王國》非典型口述歷史的混雜性特徵，反倒彰顯了原／漢歷史敘事（口語為主／文字為主）的分歧，以及兩者口述歷史思維和形式的差異。一般而言，口述是相對於文字的概念，亦即透過一個人或一群人敘述其生活經驗或生命故事（life stories），以累積文本（text）。《高砂王國》與一般口述歷史相同，具有採錄弱勢邊緣的聲音，補充或挑戰文獻與檔案的不足，以大眾記憶作為來源，留存多元社會史證的性質。但是，《高砂王國》不是學院式的口述歷史，也不是由民眾訪談民眾的口述史，是在具有集體傳述傳統的原住民族社會中，由頭目後裔自主匯整，從口傳過渡到文字記錄的「文字化的口述史」。

因此，《高砂王國》的口述歷史操作與翻譯現象作為一個案例，讓我們思考——當原住民族從往昔部落生活中情境式的「集體傳述」，遞變到書齋中精英的「個人撰述」，從「口語傳述」的泰雅口傳 Lmuhuw，符號化為「文字的紀錄」，又從「日語紀錄」轉譯為「中文表現」或「文學創作」時，如何與主流族群的口述歷史、鄉土軼事或現代文學，產生文體借用呢？

《高砂王國》全書四百七十五頁，除推薦序之外，作者在二十六篇作品中，展現了

---

14 揚．阿斯曼（Jan Assmann）著，金壽福、黃曉晨譯，《文化記憶：早期高級文化中的文字、回憶和政治身分》（北京：北京大學，二〇一五年），頁一四—一五。

15 作者曾考慮在日本出版，後因要付費出版而未果，但原稿外送後作者無存，因此日語表現與母語使用情況均不詳。參見謝佳源，〈游霸士．撓給赫大舅：達利．卡給（柯正信）口訪紀錄〉，收錄於《泰雅族作家——游霸士．撓給赫（田敏忠）作品研究》，前揭文，頁一二七—一三三。

兩種敘史策略。第一種，以族群傳說、生活掌故、祭儀、風俗舊慣為主，傳述部族歷史與文化，包括〈泰雅爾族之分類〉、〈北勢八社〉、〈inlangan（因拉安）部落〉、〈豐年祭〉、〈泰雅爾族的婚姻〉、〈吉凶鳥神諭〉等十五篇民族誌作品。第二類，是與漢人、泰雅族大湖群、日本人的互動、紛爭、征戰或議和，傳述重大或特殊歷史事件，包括〈獵場與魚場之區域紛爭〉、〈報仇〉、〈千倆山百秒戰〉、〈南坑山山腹之役〉、〈二本松攻防戰〉、〈北勢八社總頭目末日〉、〈北勢八社之歸順〉等十一篇部族史事。形式上，兩者都屬於非虛構書寫。

非虛構寫作，脫胎於一九六八年新新聞主義變形後的寫作理論，它是「走向社會」、「以寫作見證時代」的深度報導，結合文學技巧與風格創造，形成的一種紀實與虛構穿插的書寫。作者同時扮演著「見證者」、「親歷者」、「記錄者」身分，嘗試以多元的敘事角度與感知，更為公允的書寫立場，鋪陳出自己認識的現實全貌[16]。

達利走訪耆老，使用他能駕馭的語文，以頭目後裔的文化身分為北勢群采風記史，可謂一種「自我民族誌」。非虛構寫作看似客觀，實際上帶有主觀體悟與虛構筆法。達利一方面為情節的推動舞文弄墨，一方面又強調自己以族語諮問耆老進行校準和補正，因此內容經得起檢視：

而本書其餘所記史事，很多人可以證明皆屬事實。甚至親身參與的故舊老成，多還健在。筆者拜訪諮詢，多方考獻，仗其耳聞目睹，據實記錄，應不致有太大的齟齬謬誤。何況巷議街譚，民間傳聞，迄今所在多有。諸如日番衝突期間各地腥風血雨的戰鬥掌故，率皆信而有徵。其他諸如獵場、漁場、地域疆界、婚姻爭執所引發的出草馘首競賽，以及事後的發展等等，若記述錯誤，讓後人疑信相參。那是對列祖列宗的最大不敬。是以始終抱著如臨深淵、如履薄冰、誠惶誠恐，戒慎恐懼的心情，一筆一畫記述[17]。

達利這番話，表現出部族史作者的使命感與自我要求。他設法讓部族歷史的生產，是在公眾（the public）之中的實踐，信而有徵，得以檢驗，貼近族人的感情，符合共同的價值理念（Common Value）。而他匯集抗日史事、巷議街譚、民間傳聞、紛爭裁決的

---

16 張令芸，《論李喬《咒之環》的虛構與紀實》（新竹：國立清華大學臺灣研究教師在職進修碩士學位班，二〇〇二年），頁七四。

17 達利・卡給著，游霸士・撓給赫譯，前揭文，頁四七五。

目的，則是為了健全部族史的傳承與教育功能。

同樣地，譯者游霸士採錄口述資料時，也遍訪各部落長老，反覆確認資料的多重來源與正確性[18]。對既是集體記憶保存者的頭目後嗣，又是傳述者／著譯者的兩位「局內人」而言，將家族記憶與部族記憶結合起來，相互參證，是歷史建構和傳述的必要步驟。在這個過程中，對兩人的采風、記錄及故事敘事產生決定性影響的，是諸如火堆夜話之類的部落口述傳統，而非口述歷史的知識或技巧。

兩人以文字記錄、編纂口述傳統。雖然我們無法清楚得知文字媒介在此的角色，卻能注意到原／漢歷史建構的差異。兩人關注的是——族人是如何記憶過去的？文字紀錄如何可以適當銜接口述傳統？達利是第一位使用「文字」去傳述歷史的部落精英，但他自認是「在社群中寫作」，用「泰雅族的方式」，「為泰雅族人對歷史的需要而敘事」[19]。因此，儘管非虛構寫作者不能完全避免主觀意識，但是透過集體徵詢不同家族史的相互參照與補闕，達利無疑已實踐了敘史公共性（publicness）的傳統。這與在臺灣民主化運動高峰期，為挑戰威權、顛覆官方敘事、替補宏大觀點，而挖掘個體經驗和民間觀點的漢人口述歷史，在動機上相似，目的和方法則不同，泰雅族文化的深層結構始終是其敘事歸趨和潛在規則。

三、原住民族集體記憶的傳述特徵：頭目家族的北勢八社軼事

綜合達利、游霸士兩代在跨時代、跨語翻譯的後殖民情境下，聯手完成的《高砂王國》，可以發現其文字性的歷史編纂，仍保有原住民族口語傳述的特徵。

第一，在時段方面：歷史敘述的時間，約從清末到一九二四年。不過，書中的歷史事件皆無客觀紀年，作者保留了原住民族歷史敘事中，事件與場所優先於時間，而事件中人物的言行表現及其對部落體制維繫的啟示又優先於事件本身的特性。因此，即便大正時期以前，北勢群尚處於「山中無甲子」的階段，達利卻透過集體記憶再現族人的時間意識，一套由標誌性的事件作節點，共享的時間序列與記憶框架，代表篇章如〈報仇〉、〈孤獨出草一頭目〉等。

第二，在空間方面：《高砂王國》以北勢八社傳統領域為記述空間，旁及卓蘭、大

18 謝佳源，前揭文，頁一二二─一二六。

19 達利·卡給著，游霸士·撓給赫譯，前揭文，頁一〇。

湖等日警討伐隊屯地及原漢交易區，以及大湖溪上游與汶水群馬伏都安社（Mabatuan）的交界——Tumux ara' 等地。明治時期北勢八社原為臺中州東勢角支廳管轄，一九一一年北勢戰役後，森丑之助建議將行政區劃一分為二，以削弱大安溪流域部落的同盟力量，之後總督府遂以馬那邦山（Malapan）及雪山坑（Sbani）為界分而治之，東北側屬於新竹州苗栗廳，東南側屬於臺中廳東勢角支廳。國府時期沿用分化治理政策，導致現今北勢族人自稱時，僅限原新竹廳六社分治、遷移、改名後的八部落，分屬梅園村、象鼻村及士林村三個行政區域。亦即，排除了劃屬在臺中廳的武榮社、魯旺克社繁衍、遷移後的新部落，分屬臺中市和平區自由村的三叉坑（S'yux）、雙崎（M'ihu），以及達觀村的竹林（Kling）、達觀（L'olu）、桃山（T'gbing）等社區[20]。達利對於殖民分化治理的政策知之甚詳，「當時的北勢八社，地理位置即在今日苗栗、臺中兩縣縣界的中心點上，在今天潺潺流向西南方的大安溪中下游一帶，自南側的埋伏坪（今雙崎）起，迄上游東側的南坑山為止，其間距離約五十公里，沿岸散居著八社大部落，另外伴隨著若干小部落，即稱北勢八社」（頁三三）。《高砂王國》中最常被書寫的部落——薩衣亞社（盡尾社）、雪山坑社（武榮社）、魯馮社（蘆翁社）、麻比如哈社（麻必浩社），橫跨了兩州廳，可見一九三二年出生的達利在建構部族史時，仍保有在地族群昔日的領域觀。

第三，在事件敘事方面：《高砂王國》的敘事呈現了事件中心優先於人物中心的特性。作者以擔任薩衣亞社的頭目——祖父 Naobas Talawu（撓霸斯．達拉武，生卒年推測為一八六八至一九三四年），以及雪山坑社頭目兼北勢八社總頭目 Kagi Naogih（卡給．撓給赫，生卒年推測為一八五八至一九二四年）為靈魂人物。旁及其擔任頭目的曾祖父 Talawu Yubas（達拉武．游霸士，生卒年推測為一八二〇至一九〇一年）、頭目父親 Kagi Naobas（卡給．撓霸斯，生年推測為一八九五年，卒年不詳）[21]，以及其他部落的頭目、頭目助手、聯絡人、戰士、流亡者或日警等，被敘述的人物多有具體姓名。最常被述及的部族大事為發生在千俩山、二本松、南坑山的三戰役、日本飛機遭部落勇士射擊墜毀、八社總頭目家族被虐殺事件，以及歸順初期的部落動態等。達利挖掘和傳述歷史的目的，並非為補充臺灣民族主義或主流抗日敘事，而是為累積北勢群的集體

20 比令．亞布，《泰雅族北勢群 Maho（祖靈祭）復振之研究》（臺北：國立政治大學民族學研究所碩士論文，二〇〇六年），頁三三。

21 諸人生卒年，係筆者綜合〈吾師關口延男先生〉第一三六至一三七頁及書中其他篇章，推斷而成。

記憶與文化風俗。同時也使部族內耳熟能詳的真人實事，有機會轉換為當事人所屬氏族的象徵資本，或部族整體教育及個別家庭教育的文化資源，代表篇章如〈千倆山百秒戰〉、〈南坑山山腹之役〉、〈二本松攻防戰〉等。

第四，在訊息來源（傳述者的身分、發言方法、內容、觀點）方面：實際參與重要事件或耳聞親見的關鍵人物，其發言或觀點擁有權威性，當後人再敘時必須重複徵引和交代出處。譬如，在抗日戰鬥和議溝通的過程，或兩大頭目面對歷史關鍵時刻的情感反應、決策與決斷、行動或發言，都被作者反覆地詳盡描繪。人物評價呈現重視實力的「能人主義」傾向，此外不論大人物或小人物，個人的成敗優劣與人格價值，都必須在族人公眾生活的集體情境中被評價和肯認。《高砂王國》中很少使用漢人口述歷史常見的「以人繫事」，而採行「以事繫人」的方法，在敘述事件的同時兼作人物表揚或臧否，並在該篇敘述起首或完結時，開宗明義指出敘事中的主人公後代（姓氏或具體姓名）及其社會表現，代表篇章如〈移民蕃悲歌〉、〈北勢八社總頭目末日〉、〈勇敢的泰雅爾少年〉、〈吾師關口延男先生〉等。

一九九〇年代到二〇〇〇年期間，是北勢群集體記憶復甦的時刻。達利舅甥兩人的非虛構書寫、抗日小說，是集體記憶的初露跡象。千禧年之後，雪霸國家公園管理處委託專家進行「臺中市和平區大安溪泰雅族北勢群誌編撰調查計畫」，並於二〇〇八年成立「丸田砲臺文史紀念館」，連帶砲臺遺址一併納入雪見遊憩園區，則是集體記憶持續活化、再生產的事證。這些努力使我們想到：集體記憶不只能通過書寫記錄和圖像等觸及社會行動，也能通過紀念活動、法定節日諸如此類的東西存續下來。常見的以歷史書寫、文學創作、遺址劃定、紀念館建置等，表記族群記憶的符號系統和紀念空間，都是集體記憶的一種再現。它們有助於該記憶的社會群體伸張價值主張，或形成價值認同。集體記憶以回憶文化為基礎，揚．阿斯曼（Jan Assmann）曾指出：回憶文化，它著重於履行一種社會責任，對象是群體，關鍵在於：「什麼是我們不可遺忘的[22]？」在北勢群日治初期生活的領域，那些充滿泰雅族回憶文化的場所，陸續被整理、再現為回憶文本。當地隘勇線設施之殘留、隘路、分遣所、砲臺等，殖民政府在山地戰爭中的物質性遺留，是一種珍貴的回憶文化，它與今日的文化不同，是「理蕃政策」的典型物件。不

22 回憶文化，以對過去的各種指涉形式為基礎，為了指涉過去則必須具備兩個條件：第一，過去不可完全消失，必須要有證據留存於世。第二，這些證據與今日要有所差異，並具典型性。參見揚．阿斯曼著，金壽福、黃曉晨譯，前揭文，頁二三—二四。

論是物質性遺留或回憶文化，對於北勢群而言，都是——「我們不可遺忘的」！

北勢群作者撰寫的《高砂王國》，它的價值既在訪查口碑、建置歷史，也是在轉化回憶文化為文字歷史的方法。達利表現出一般原住民族歷史敘事的共同特徵——對話式記憶。楊淑媛曾在其對霧鹿社區的布農族如何記憶過去的研究中指出，「他們的記憶主要是透過他們彼此之間的對話來建構和爭辯」，「布農人有自己歷史敘事傳統，也就是他們稱為 palihavasan 的範疇。palihavasan 字面上的意思是講述和過去（havas）有關的事」。霧鹿社區的布農族強調，「講述 palihavasan 是很慎重其事地，聽的人也會謹慎地參與討論和檢驗它的可信度，來確定一種大家認為真確的說法」。這類似於 Middleton &Edwards（一九九〇年）所說的「對話式的記憶」（conversational remembering）[23]。從布農族保留記憶與建構歷史的模式，可以更理解達利對於記憶的社會基礎與脈絡的重視；以及其在理蕃政策導入的激烈變化中，有別於傳統記憶講說，採用殖民者語文從事記錄的過渡期敘事特徵。

比照借助楊淑媛對布農族「對話式的記憶」的觀察，《高砂王國》的泰雅族口語傳述特徵，我們看見了作者在敘事與文體上，既非漢人的鄉野軼事，也非客觀採錄精神的口述歷史。《高砂王國》在部族史建構上的貢獻，在其內容也在其形式。作者從集體傳述取材到個人以日文完成撰述，作者以混合了部落傳統與日本價值的思維與文字，說出族群的抵抗與創痛。他既要面對文字編碼過程中的集體共識、族人檢驗，也必須回應族群記憶的空缺，乃至漢人口述歷史典範的期許。因此，基於前述歸納的《高砂王國》四點特徵，我們還必須聚焦書中的第二類文本，亦即（本文第五頁提及的）書寫部族重大史事的篇章，歸納達利的第五個敘事特徵。那就是——他作為薩衣亞社頭目後嗣的家族記憶與文化身分，所從事的部族記憶建構。

第五，在頭目後嗣的歷史敘事方面：本書副標題「北勢八社天狗部落的祖靈傳說與抗日傳奇」，清楚點出作者企圖以耆老傳述結合大社頭目的記憶，進行歷史建構與記憶傳承的策略。不過，書中並未使用「天狗部落」的今名，也不用「盡尾社」這個官方稱呼，而用了北勢群的自稱——薩衣亞部落。稱呼的選用除了顯示作者的主體意識之外，還提供一個重要線索，那就是時至一九一一年，薩衣亞社尚不隸屬北勢八社。根據最

23 楊淑媛，〈過去如何被記憶與經驗：以霧鹿布農人為例的研究〉，《臺灣人類學刊》一卷二期，頁八三—一一四、頁九九。

早系統性介紹北勢群的人類學者森丑之助〈過去的北勢蕃〉（一九一一年）一文可知，自稱「サヘヤン社」的該社，官方標記為「沙核暗社」，一九一一年有八戶人家，男十九名、女十三名，總計三十二人，不屬於北勢八社，而是「與其聲氣相通，隸屬同盟」的「大湖溪方面三社」之一，「在隘勇線擴張時向線外遁走，移住於盡尾山東方和東洗水山東方等地[24]」。

比對鄭安晞的博士論文《日治時期蕃地隘勇線的推進與變遷（一八九五－一九二〇年）》可知，迫使大湖溪三社向東遷徙進而與北勢八社東境接壤的隘勇線，為一九〇三年築成的洗水坑隘勇線，又名大湖隘勇線。這條隘勇線從小馬那邦山進至洗水坑的サエボー社，包圍大南勢、小南勢、洗水坑三社。十月九日，日本討伐隊分為四隊，從大湖推進，十日占領要地，十四日竣工，壓迫北勢群[25]。此外，往後七年間步步圍進的洗水山隘勇線（一九〇七年）[26]、司馬限隘勇線（一九〇七年）、大安溪隘勇線（一九一一年），更使武警火網逐漸進逼。進一步參照一九三一年臺灣總督府警務局理蕃課出版的《高砂族調查書》之〈蕃社概況〉紀錄可知：盡尾社（日人稱Chinmu／族人自稱Bai'nux）在一九一一年北勢群討伐戰役前後流離深山，之後被迫「歸順」。一九一九年十月因流行病肆虐，病死者眾，盡尾社族人認為祖靈降祟，而再度與蘆翁社、麻必浩社一同逃到線外，襲擊隘勇線及輸送路，遭日警封鎖，一九二一年四月歸順後再回住線內。一九三一年應總督府要求合併竹東郡茅埔社十一戶、六十人遷入。根據一九三一年的紀錄，座落於海拔九百六十公尺的盡尾社西南山腰的該社，有兩個集團共住，分別為二十九戶和十戶[27]。

將鄭安晞的研究佐以《高砂王國》的記述，筆者推測薩衣亞社乃是從一九〇三年避走洗水坑線外到一九二一年為止的抗日戰鬥中，強化與北勢八社（特別是盡尾、麻必浩、蘆翁三社）的同盟關係而逐漸內附，成為盡尾社的一個家族，並最遲在一九一一年

24 丙牛生，〈過去に於ける北勢蕃〉，大湖方面另兩社為マバトアン社、タオエン社。

25 鄭安晞，《日治時期蕃地隘勇線的推進與變遷（一八九五—一九二〇年）》，（臺北：國立政治大學民族學系博士論文，二〇一一年），頁二三四。

26 依據鄭安晞的調查，洗水山隘勇線於一九〇七年九月二十五日，以苗栗廳警察隊為主隊於清晨四時三十分集合於司馬限分遣所出發，經ロブン社，橫越大湖溪上游，包圍マパトアン社前進，與主線會合；左翼部隊也於同一時間從九份嶺分遣所出發，沿著汶水溪前進，占領溪中小島，在適當的位置架設大砲。參見，鄭安晞，前揭文，頁二三六。

27 臺灣總督府警務局理蕃課著、中研院民族所編譯，《高砂族調查書·蕃社概況》（臺北：中央研究院民族學研究所，二〇一一年）。

以前獲得擁戴，成為頭目家族。

從大湖溪上游徙入的薩衣亞社，最初似非大安溪流域八社之一，而是同語族、有婚姻與攻守同盟關係的北勢群中的一個散居集團。一九〇三年因隘勇線驅趕而避入大安溪流域的這八戶人家，在一九一一年總計四十四戶、兩百三十九人的盡尾社中，是一個中等規模的氏族[28]。之所以多代出現頭目，推測與該家族具備相當戰鬥力及其他優越資質有關。釐清達利家族與薩衣亞社的背景，有助於我們認識作者的記憶視野。儘管作者未說明薩衣亞集團在八社中的內部關係，但是從作者以「薩衣亞社」取代「盡尾社」的稱謂改用，已能推知頭目所屬氏族的觀點主導部落觀點的特性。

《高砂王國》第一、二篇，不斷強調頭目作為「部落的領導中心」，在對外防禦斡旋及社內婚喪喜慶、紛爭裁量上舉足輕重的角色。達利多少有忽略內部差異，將氏族觀點放大為部落觀點或社群觀點（薩衣亞集團＝盡尾社＝北勢八社）的傾向。自然，薩衣亞社不能代表整體盡尾社，也不能代表北勢八社，參照《高砂族調查書》可知，日治前期各社都有因與殖民政府衝突、與頭目關係不睦、耕地不足、糧食缺乏、疫病、通婚或私人紛爭，因而移住新地、投靠他社、遷入遷出的小集團。本書中有少數的敘述（譯者的修辭亦同）受到民族主義敘事的影響，而出現將族群特性本質化，或同時存在族人抗日保衛家國、族人接受教育具有日本精神等混雜的認同。閱讀《高砂王國》時，若了解這種因為殖民同化教育、跨時代及跨語背景導致的重層文化與多元認同，更能靠近作者記憶的場所和內容。

綜合上述，《高砂王國》的部族史建構具有原住民族集體記憶的傳述特點：第一，部落主體觀點、部落的時間觀。第二，以北勢群傳統領域為歷史敘事的主要空間。第三，採用事件中心的敘事。第四，傳統領袖或關鍵人物的發言及觀點，主導事件的價值詮釋，人物的評價透過事件加以臧否或彰顯。第五，頭目家族擁有歷史傳述與詮釋的優先權，但必須向公眾徵詢並接受檢證。

28　一九一一年北勢八社各社人口在八十五至三百九十一人之間不等，譬如：武榮社三百九十一人、老屋峨社三百零六人、得木巫乃社二百五十二人、眉必浩社一百六十六人、蘆翁社一百二十八人、蘇魯社八十五人。參見，丙牛生（森丑之助），前揭文，頁五。

四、鏖戰年代的三大隘勇線戰爭：被圍困的敘事

達利希望以書寫保存並傳遞的集體記憶為何？他如何以空間的爭奪戰，描繪部族遭遇的危機，又記憶了哪些重大事件？毋庸置疑，書中第三篇「鏖戰年代」的無數血戰，即是作者最鮮明的記憶場域，激勵他書寫的欲望。第一篇「歷史文化」、第二篇「社會生活」等篇章，則為描寫巨變到來的震撼、理解鏖戰年代全族皆兵經驗的鋪墊。

達利記述的「鏖戰年代」，以曾擔任薩衣亞部落頭目的父親、祖父、曾祖父三代的口傳資料為主要來源，再向族人旁徵博引。他選取的歷史事件中，日治壓倒清代，又以明治末年至大正末年最多，事件的具體時間皆不詳，少數標示大正中期、後期、昭和等年代者也未必準確。因此，閱讀這些戰鬥事件必須跳脫線性時間軸的現代史思維，回歸作者「以事繫人」的敘事習慣，才能看見其記憶深處的歷史現場。

達利認為北勢八社最重要的歷史事件依序為：清末北勢八社集體的卓蘭出草、日治時期的南坑山之役、千倆山之役、二本松攻防戰、八社總頭目遭誘殺事件，最後則是北勢八社的歸順。這些事件形成了他集體記憶的主架構，是他所認知的北勢群遭受異族侵略與邁向現代之路中最艱辛的時期，也可能是他的家族、部落，以及被他旁徵博引的族

人們共享的歷史視野。

〈千倆山百秒戰〉、〈南坑山山腹之役〉、〈二本松攻防戰〉，堪稱本書精華篇章「壘戰年代」的脊梁之作。三個長篇故事，敘事模式近似，皆以第三人稱線性敘述法為主軸，依序從衝突爆發、為死者復仇、部落會議（或頭目及戰士的裁量）、擬定作戰策略、雙方血戰，到馘首凱旋而告終；中間則用插敘法，補述領導頭目和英勇戰士的幼年教育、英武事蹟，或說明游擊戰鬥技法、戰士功勳數目、戰歿者原因檢討，以及有關馘首、祭首、戰歿者葬儀等習俗。此外，達利的表述還有一個重要特徵，即在全文開首或最末，綜述日警隘勇線的推進及大砲架設情況以及部落因應辦法，藉此提示事件時空背景與部落動態。

（一）〈千倆山百秒戰〉

開篇便有如下描述：

（日本人）從大克山砲臺延伸其隘勇線，到達千倆山之鼻稜（即今之象鼻），就在距大安溪河床五百公尺的置高點上，興建其屯駐地。接著立刻從千倆山山腰起，將隘勇線向司馬限的方向延伸，再從司馬限山稜線向北延伸至二本松，再向南伸進，又匆忙準備將隘勇線會合在司馬限山頂，以方便聯絡（頁二一五）。

接著，記述八社頭目在「戰前會議」中提出的抵抗與嚴懲理由：

從前明鄭或滿清的時代，他們若要入山砍伐木材，甚至只是經營漂流木的打撈作業等等，都須先提供十頭牛、十頭豬，還有鹹魚、酒、鹽巴若干，給我們做為代價，（中略），但日本人竟然可以擅自專斷，不花費一絲一毫，就任意在我們的土地上開闢道路，道路兩旁又任意張掛有刺鐵絲網，又扛來了重槍重砲，這個山頂那個山頂處處設置大砲，目標是向我方部落隨便砲擊，他們的企圖非常明顯，就是試圖壓迫我們，甚至要滅亡我們種族的可惡侵略行為（頁二一六—二一七）。

篇末則提到，部落戰士在這次快狠準的計畫性奇襲中：

第一次聽到這種連發式的機關槍槍聲……。

數年後，從大湖方面前進的部隊與從卓蘭方面前進的部隊在司馬限山會合，這類連發式的機關槍開始驚駭住部落戰士……。

（部落戰士們）決定用他們最拿手的山地作戰與游擊戰特技，在叢林、山谷、險塞的原始蠻荒地區對付這可怕的對手，後來證明機關槍在這地區，全然成了無用的廢物，反成了日本人沉重的負擔」（頁二二二）。

這幾段敘述釋放出三個重要訊息：第一，北勢八社抗日的緣由：乃因日本殖民政府以武力入侵，與前清政府採用的「和親盈約」的政策落差甚劇，使原住民族強烈感到被侵略及滅族的危機。第二，千倆山八社聯合抗日事件的時間有跡可循：可推知事件時間為兩條隘勇線在司馬限山會合（應為一九一一年）的數年之前。第三，隘勇線及機關槍等現代武備的入侵與震懾，強烈改造與形塑了父祖輩抗日族人的時間觀與空間視野，此後，隘勇線前進狀況與大砲架設時間，成為八社時間認知與集體記憶的重要標尺。

（二）〈二本松攻防戰〉

開篇同樣沿襲「隘勇線前進——大砲架設」形塑的時間觀與空間感。首先，作者全景式綜述日本人從卓蘭向北、大湖向東，以隘勇線夾擊「還在作猛烈抵抗的北勢八社」，之後兩路在司馬限山會合，試圖藉此「強行平定臺灣所有的高砂族地區」的激戰背景。接著，作者透過大克山方面、千倆山方面、盡尾山方面的描述，標定「二本松攻防戰」的事件時間。此時大克山第二座砲臺剛架設，千倆山日警仍遭受部落戰士猛烈攻擊，而日本部隊從盡尾山「一路闢建密集交叉的軍事道路，道路兩側架設嚴密的鐵絲網，沿路架設相連的堅固陣地，人多勢眾的衛兵正一路布防。各種跡象顯示，日本人的強大勢力下逼近二本松臺地」（頁二六〇）。

篇末則給予此次戰役的歷史定位，指出「以上所述，第一次二本松攻防戰始末」，使日本人認識到必須投入更多優勢兵力與新式武備才能對付八社，而八社頭目也體認到再多的抵抗都無法逆轉懸殊的現代戰爭，因此決定停止大型攻擊，擴大游擊戰。抵抗的最後一頁，作者交代事件餘波：此後，殖民政府為報復不勝其擾的游擊戰，派遣飛機低空掃射部落，不料遭部落戰士聯合射擊而墜毀於雪山坑深山；接著，改用重砲轟擊部落，又因砲彈落在山谷密林而未發揮殺傷力；最後，乃利用漢人隘勇組成壯丁團侵入南坑山附近，卻遭麻必浩社壯丁膺懲，死傷慘重（頁三一〇－三一一）。

（三）〈南坑山山腹之役〉

文中細述了官方動員漢人壯丁團四十五人入侵薩衣亞社的經過。開篇，同樣先描述二本松南面臺地上一九一一年起建的丸田砲臺兩門大砲，已不分晝夜盲目轟擊薩衣亞社，激起愈來愈多的游擊戰，日方甚至派遣軍機轟炸等等。以警察隊為討伐主力的攻擊事件，羅列時間。接著，指出日方多次為惡地形所苦，轉而聘雇漢人隘勇壯丁團擔任先遣部隊，企圖攀登南坑山，向北側的薩衣亞社進擊。不料先遣軍在行進路上遇到部落使者麻必浩社一家人，兩位男丁在猝不及防的情況下被殺，引發遇害者兄長細亞特·比浩，聞訊奔來復仇。利用鬼芒林（miscanthus floridulus）、瀑布、懸崖等天然環境，使出射擊、肉搏、火焚、推木、擲石等戰法，一個人格殺二十九位敵軍，致壯丁團還未開始正式任務便潰不成軍。最後，日本討伐隊在千倆山架設砲臺的行動亦被部落偵知，八社壯士集結前往攻擊。但作者只敘述到這裡，便未再細述千倆山戰事，而以南坑山之役如下的歷史評價：「這之後敵人才驚覺：大安溪流域的部落民族實在不好沾惹，不好對付。此後，無論是正面攻擊，或是從旁襲擊，乾脆死了一切企圖」、「甚至後來採取和平穩健的手段解決一切爭端，全肇始於這一役」[29]。達利詳敘的北勢群抗日戰鬥至此為最後一役，筆者推測為一九一一年左右。

從大克山、用心山、馬那邦山迤邐向北，從千倆山、司馬限山東轉盡尾山，再南下二本松臺地、南坑山、雪山坑、摩天嶺、神谷山、烏石坑山、觀音山，最後下至烏石坑、三叉坑等西部平原接壤地，一系列中級山圈圍的這個地域，大安溪在其間日夜川流，原本是北勢八社的傳統領域。然而，一九〇一年到一九一一年臺灣總督府以密集火力入侵深山奧地的數條隘勇線，在十年內快速切割並限縮了該地原住民族的生活空間與游耕狩獵的權力。達利詳細傳述「被封鎖的山林」中爆發的一波波血戰衝突，他記憶的那些衝突、視野中的焦灼，在在反映他和被採集者集體記憶中最固著的癥候，皆與砲臺設置的時間和隘勇線包圍的壓迫性空間有直接關係。

參酌鄭安晞的研究及隘勇線分布圖，可知〈千倆山百秒戰〉、〈二本松攻防戰〉、〈南坑山山腹之役〉所述史事，應發生於當時新竹廳大湖支廳大湖郡內的馬那邦隘勇線、洗水山隘勇線、司馬限隘勇線、大安溪隘勇線推進期間。以下略述四線路線：

(1)馬那邦隘勇線（一九〇三年）：由南往北伸進，途經大坪頂↓要塞坂↓白布縫↓大克山（砲臺）↓用心山（砲臺）↓蘇魯坂↓馬那邦。

(2)洗水山隘勇線（一九〇七年）：從司馬限山的最高地↓盡尾山、盡尾坂↓大湖溪（上游）↓洗水山↓汶水。

(3)司馬限隘勇線（一九〇七年）：由西南向東北延伸，再向西北折出，途經馬那邦山右側（松勇第一、二砲臺）↓千倆山（砲臺）↓司馬限↓盧翁。

(4)大安溪隘勇線（一九一一年）：結合包括大克、用心兩砲臺在內的馬那邦隘勇線南段，沿大安溪側從西南向東北推進，途經大欠、馬那邦、象鼻、梅園、天狗鼻、二本松（丸田砲臺），到盡尾山的盡尾坂[30]。

新竹廳討伐隊推進的這四條隘勇線，從一九〇三年起逐步疊加與包納，終於激起

---

29 達利・卡給著，游霸士・撓給赫譯，前揭文，頁二五六。

30 鄭安晞，前揭文，頁二三二－二四四。

一九〇七年到一九一一年間北勢群的抵抗（參見圖二）[31]。

比對《高砂王國》相關戰役的細部內容，筆者推測〈千倆山百秒戰〉發生在一九〇七年司馬限隘勇線修築期間；〈二本松攻防戰〉發生於一九一一年丸田砲臺架設期間；〈南坑山山腹之役〉發生於一九一一年後薩衣亞部落鄰近的南坑山地域。這些都不是一九一〇年起佐久間總督「理蕃五年計畫」發動的大型軍事討伐，而是一九〇七年理蕃政策初期在「甘諾政策」之下開始的局部地區討伐。發生在大安溪流域四條隘勇線圍堵期間的衝突，屬於隘勇線入侵引發的中小型戰鬥。一九一一年到一九一四年的「理蕃五年計畫」主要討伐泰雅族和太魯閣族，以「凶蕃」之名連續遭到二十一次圍剿掃蕩。此一時期，北勢八社也曾遭遇一次曠古未遇的大型慘烈討伐，但這個北勢八社史上最大戰役卻未進入達利的傳述範疇，可能與事發地魯旺克社被劃分在臺中廳有關。

作者以八社中最東北、海拔近千公尺、大安溪最內奧的薩衣亞部落之角度，進行抗日事件的憶述，如此一個上游高地部落的觀點，在詮釋八社歷史時有哪些洞見或不見呢？筆者認為，隘勇線推進到薩衣亞社時已是一九一一年，較馬那邦山之役（一九〇三年）、司馬限山之役（一九〇七年）晚了若干年，達利對於日本軍警與北勢八社的較早對峙歷程沒有記憶，未提及討伐政策的重要目的——開採樟腦，也未注意早在一八九五

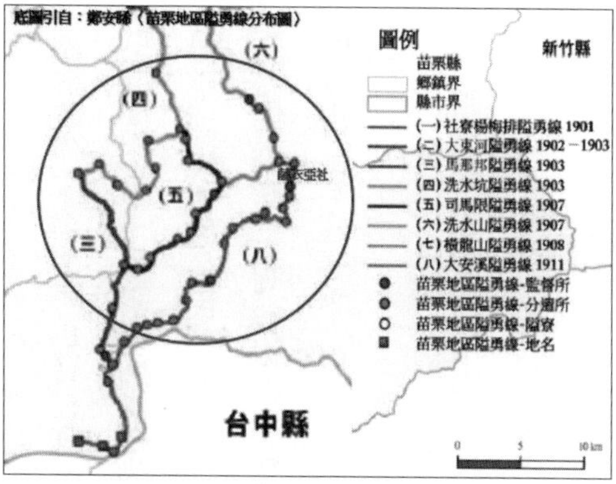

圖二：苗栗地區隘勇線分布圖（底圖引自鄭安睎〈日治時期蕃地隘勇線的推進與變遷〉）。（劉柳書琴提供）

31 鄭安睎，前揭文，頁二四二。

年乙未戰役時，馬那邦社曾支援苗栗客家人共同抗日的史實。達利認為，北勢八社是在一九〇七年千倆山戰役時才初嘗機關槍威力，事實上得木巫乃社、馬那邦社、蘇魯社、魯旺克社早在一九〇二年南庄事件、一九〇三年馬那邦隘勇線推進期間，就因軍警使用砲火和機關槍導致傷亡，各社流離。

出生苗栗縣大湖鄉的作家李喬，也曾在其膾炙人口的《寒夜》中描述過大湖及周遭山區在乙未戰役中的壯闊史事。小說邁向高峰的〈東洋蕃來了〉一章，主人公劉阿漢被迫離開墾地，潛入馬那邦山和原住民共同抗日。此事縈繞於作家心中，一九八二年一月他以〈馬那邦戰記〉將這個段落刊於報紙副刊時寫道：「這是臺灣三百年歷史中，最奇異的史實，不可解的謎團；臺灣土著，居然和歷來誓不兩立的後住民結盟出戰共同的入侵者[32]。」

〈東洋蕃來了〉刻劃變局中的原漢不同性格：漢人邱梅不贊成在大邦山的平坦腹地和日軍作正面決戰，他認為在馬那邦廣大山區迂迴作戰才能消滅強敵；而馬那邦社及得磨波耐社（得木巫乃社）頭目們則認為，正面迎擊才能顯示男子氣概。隨後得磨波耐社的北都．巴博堅持身先士卒，夜襲敵營，卻鎩羽而歸。更棘手的是，該社與馬那邦社、蘇魯社的頭目因此次突襲產生嫌隙，為部落聯盟作戰埋下陰影。

除了鋪陳原漢戰略差異，李喬也刻劃了日方將計就計的謀略，「敵軍也知道，進攻馬那邦，還有小邦山這一條路，所以，一開始就分途進軍；祇是小邦山是配合進擊大邦山的牽制行動而已；現在大邦山那邊攻擊受挫，小邦山那邊便由支線改為主線進攻[33]。」所幸，防守小邦山的加里合灣社獲得蘇魯社、得磨波耐社馳援，守住最後防線。經過激烈衝突，原漢再度集結於「天吊線」對抗日軍[34]，但總指揮與戰略制定改由客家人邱梅主導，設計誘敵，眼見部落聯軍即將告捷之際，源源不絕的日軍突然跨越天吊線，森嚴的軍容使族人一時誤為傳說中「殺不死的魂靈utux」現身，紛紛棄守。最後得磨波耐社四社痛遭火焚，頭目全體殉戰，日軍攻克馬那邦山，倖存的族人含恨退入奧山[35]。

---

32 李喬，《寒夜》（臺北：遠景，一九八一年），頁三七八，完成於一九七九年十二月。

33 李喬，前揭文，頁三八五。

34 為今天的石門，石門原是一顆巨大岩石，並且從中間裂為兩半，形成僅容許一人通過的天然隘門，是一個易守難攻的地形。馬那邦山戰役時，泰雅族人在此伏擊日軍，造成不少日軍傷亡。

35 李喬，前揭文，頁三九〇。

〈東洋蕃來了〉與《高砂王國》，前者是小說，後者是非虛構寫作。誠如義大利小說家安伯托·艾可（Umberto Eco）所言：「『作家』和『抄寫者』的差別，即在於前者是生產『創意』文本的人，後者則是記錄事實的人[36]」。李喬與達利皆博採口傳與文獻，巧妙調度，想像史冊空缺。將這兩篇佳作參照閱讀，可以發現〈東洋蕃來了〉以客家隘勇劉阿漢的角度，寫出一八九六年馬那邦山戰役的一頁，是達利隘勇線戰爭記憶的佐證，也是部落本位視域以外的補遺[37]。李喬營造了客家抗日史之壯闊，也不忘對泰雅勇士「死戰」精神的點描，在北勢群遲遲未掌握這段歷史的詮釋權以前，曾是讀者想像這段歷史的一個鏡像。

北勢群對這段歷史的發聲，在一九八四年馬那邦山古戰場立碑活動之後開始萌動。該地原有一座日本官方設立的忠魂碑，戰後棄毀為三截，頂碑亦已遺佚。碑名「馬那邦山戰諸地」的石碑背面，據云以日語寫道下列大意，「當山係明治三十五年皇軍馬那邦社番人討伐戰地，為告慰戰死病卒之靈，其事功得以流傳後世，由臺灣教育會後援之下，設立此碑。昭和六年八月十日，南湖青年團[38]。」民間在原址另立新碑，說明原委，具有顛覆殖民意象、重寫歷史的意味。編纂口碑的《高砂王國》，堪稱文字的紀念碑。達利採用非虛構形式廣錄地方記憶，並非出於形式考量，只是以最自然的方式發露其記憶所繫之人事。身為「無文字的民族」，北勢群對於口頭歷史轉化為歷史文獻的重視，是創傷主體敘史的復權渴望，也是內部歷史持續教育的現實需要。

過往侵入北勢群傳統領域的隘勇線包圍戰，不僅使八社陷入生死焦灼的封鎖，也分化了各社網絡，干擾八社與周邊漢族村鎮在清代活絡起來的交流。儘管達利在大原則上肯定有血緣關係的北勢八社為攻守同盟的命運共同體，然而在書寫部族史時，卻只能照應到與薩衣亞社親近的麻必浩社、得木巫乃社、蘆翁社、武榮社，對於較早遭遇侵略而歸化殖民政府、與漢族關係較深、水稻耕作較早的馬那邦社，就缺乏認同且語多諷刺，至於下游距離最遠的蘇魯社和魯旺克社則幾無描述。即使是一九一九至一九二〇年東勢角支廳轄下北勢群的第二波抗日行動（該事件在一九二〇年七月六日以大舉偷襲隘勇

---

36 安伯托．艾可（Umberte Eco）著，顏慧儀譯，《一個青年小說家的自白：艾可的寫作講堂》（臺北：商周，二〇一四年），頁八。

37 李喬，前揭文，頁三九〇。

38 邱求慧，〈馬那邦山：滿山楓紅的古戰場〉，《健行筆記》。（來源：https://today.line.me/tw/v2/article/zZXwXj，檢索日期：二〇二二年一月六日

線，殺害日警十名，點燃烽火），如此大事也只用兩、三行帶過。這些規模與重要性遠超過千倆山之役、南坑山之役、二本松之役的戰役，因不屬於同一個隘勇線包納區，因此沒有進入達利的敘史視野及其撰述徵詢團體的記憶範疇。

一九一一年隘勇線以複線的網絡形式，完成區域性的包圍網之後，達利愈來愈少描繪到「線外」的世界，在其涉及清代記憶時因交易或糾紛登場的大湖、卓蘭、新社、東勢等與客家族群的往來，也淡出其記憶與敘事的視野。剩下的只有一些治安事件層級的挑釁抗爭被書寫，諸如「移民蕃」安頓事件、泰雅爾少年尤繞·阿力奪槍事件、達拉武頭目幼子病危事件等。這些事件無論大小，在由隘勇線、砲臺、日語教育、水稻苧麻栽培、交易所、醫療所、樟腦會社構成的隘勇線監視區裡，皆會造成波動，只不過不致發展成部落全族皆兵或跨部落聯合作戰的大反抗。

整體而言，達利族群記憶的事件與空間逐漸減少、限縮並零碎化，一九一五年以後記述的事件減少，到一九二四年左右敘事終止。此時也正是隘勇線體制結束的階段，隘勇線陸續停止通電並撤除。《高砂王國》的核心現場，是北勢群在大安溪上游浴血抵抗的第一場現代戰爭——隘勇線戰爭，而這場戰爭的意義，不僅是北勢群針對日本帝國「山地國有化」政策的抵抗行動，它的集體記憶與歷史教訓，如今仍是臺灣原住民族爭取傳統領域權力的資產。

五、結語

透過本文的討論，達利的部族史建構，從描繪與大湖、卓蘭等沿山地帶漢人農墾區交易、往來、紛爭的清代多族群區域視野，到一九〇二年以後他社／外族情報漸少的隘勇線限制視野，其記憶視野與記憶空間的限縮，反映的正是隘勇線圍困部族的進程。《高砂王國》在一九一一年隘勇線前進政策完成主要包納，一九一五年北勢群歸順式舉辦之後，所記載的反殖民史事急遽遞減，到一九二四年武榮社頭目一家被虐殺後完全停止。這何嘗不是水稻定耕、衛生改善、同化教育及山產交易等措施，使北勢群逐漸被規訓，適應治理，族人將活力轉向開拓現代生活之後，反映在記憶生產與歷史敘事上的結果呢？作者歷史傳述的欲望、視野及重大事件，與隘勇線前進政策引發的威壓戰爭及之後的警察威撫政治，形成正相關。

山地討伐造成的封鎖，與敘史者視野的被遮蔽，存在著對應關係。《高砂王國》描述的是現今分布於泰安鄉的泰雅族北勢群在一九〇三至一九一一年間的抵抗史。我們發現，作者記憶所繫的「隘勇線地方感」與「限制性視野」並非單一現象。一九一一到一九一六年間，在現今尖石鄉的泰雅族梅嘎蒗群、加拉排群、前山馬里光群生活領域，井上伊之助也見證過隘勇線戰爭。身為公醫的他，在一九二五年刻意赴東京出版《生蕃記》一書，向日本讀者揭露泰雅族在砲火下浮動不安的生活。井上同樣被數條隘勇線圈限在封閉的生活圈。在監視區的小社會裡，原住民馘首、日本推隘隊向深山討伐成為惡性循環[39]。

在一八九五年到一九一九年間臺灣總督府「北剿南撫」方針下，警察隊的討伐及隘勇線監視區制度（監督所—分遣所—隘寮），確立了國家治權，也隔閡了當地族群的原有關係網絡。殖民政府以制度性工具掠奪山林土地，引進財團殖產，大眾媒體的推隘報導也不時流露「線外」、「敵蕃」、「獰猛」等修辭，導致歧視深植於臺灣人的心中。泰雅族深受隘勇線前進政策侵犯損害，類似的經驗也出現在賽夏族、賽德克族、布農族等盛產樟樹的地域；至於排灣族、東部的平地原住民族，則有較平和地被國家包納的過程。《出大武山記》的傳主陳天成，比達利年長十二歲，兩人都成長於原住民族移住、授產、同化教育等漸有成效的年代。相對於達利對於父祖的抵抗身影刻骨銘心，陳天成承受的是躋身體制內、成為中間階級的艱辛奮鬥與精神流離。

將達利．卡給的《高砂王國》與游霸士．撓給赫《天狗部落之歌》稍加比較，可以發現《天狗部落之歌》的〈丸田砲臺進出〉、〈斷層山〉、〈大霸風雲〉等短篇小說，是《高砂王國》裡三篇抗日史事的演義。《高砂王國》從男丁群起捍衛家園寫起，描寫官廳如何圍困部落，部落勇士如何利用地形優勢，並教導青少年作戰。《天狗部落之歌》在戰禍到來、應戰動員、游擊戰術方面，承接了《高砂王國》的集體記憶，在人物形象和心理刻劃則生動具象泰雅精神。更仔細地比對舅甥之作，歸納《高砂王國》與《天狗部落之歌》的敘事異同，為本文後續工作。

39 井上伊之助：《生蕃記》（東京：警醒社書店，一九二六年）。中譯本請參見井上伊之助著，石井玲子譯：《臺灣山地傳道記：上帝在編織》（臺南：人光，一九九七年）。

參考資料

比令・亞布　二〇〇六年，〈泰雅族北勢群Maho（祖靈祭）復振之研究〉，臺北：國立政治大學民族學研究所碩士論文。

李喬　一九八一年，《寒夜》，臺北：遠景。

邱求慧　二〇二二年，〈馬那邦山：滿山楓紅的古戰場〉，《健行筆記》，（來源：https://today.line.me/tw/v2/article/zZXwXj，檢索日期：二〇二二年一月六日）。

張令芸　二〇二二年，〈論李喬《咒之環》的虛構與紀實〉，新竹：國立清華大學臺灣研究教師在職進修碩士學位班碩士論文。

陳孝義　一九九四年，《出大武山記——山中俊傑陳天成的故事》，臺北：稻鄉。二〇二一年，〈影響我很深的兩個男人——拔路渦路勒家的故事〉，《原視界》，（來源：https://insight.ipcf.org.tw/article/36，檢索日期：二〇二一年一〇月二二日）。

雪霸國家公園管理處　二〇一三年，《臺中市和平區大安溪泰雅族北勢群誌編撰委辦計畫成果報告》，臺中：承揚經營管理顧問。

黃惠禎　二〇一九年，〈陳英雄與盧克彰的文學關係〉，《臺灣文學研究學報》二十九期，頁一八七—二一七。

楊淑媛　二〇〇三年，〈過去如何被記憶與經驗：以霧鹿布農人為例的研究〉，《臺灣人類學刊》一卷二期，頁八三—一一四。

達利·卡給　二〇〇二年，游霸士·撓給赫譯，《高砂王國》，臺中：晨星。

鄭安睎　二〇一一年，〈日治時期蕃地隘勇線的推進與變遷（一八九五—一九二〇）〉，臺北：國立政治大學民族學系博士論文。

謝佳源　二〇一三年，〈泰雅族作家——游霸士·撓給赫（田敏忠）作品研究〉，臺北：國立政治大學臺灣文學研究所碩士論文。

井上伊之助　一九二六年，《生蕃記》，東京：警醒社書店。一九九七年，石井玲子譯，《臺灣山地傳道記：上帝在編織》，臺南：人光。

丙牛生（森丑之助）　一九一一年，〈過去に於ける北勢蕃〉，《臺灣時報》一九一一年四月號，頁五。

森丑之助　一九一七年，《臺灣蕃族志　第一卷》，臺北：臺灣總督府臨時臺灣舊慣調查會。

臺灣總督府警務局理蕃課　二〇一一年，中研院民族所編譯，《高砂族調查書：蕃社概況》，臺北：中央研究院民族學研究所。

Eco, Umberto　二〇一四年，顏慧儀譯，《一個青年小說家的自白：艾可的寫作講堂》，臺北：商周。

Jan Assmann　二〇一五年，金壽福、黃曉晨譯，《文化記憶：早期高級文化中的文字、回憶和政治身份》，北京：北京大學。

Halbwachs, Maurice　二〇〇二年，華然、郭金華譯，《論集體記憶》，上海：上海人民。

馬翊航

〈幽黯山徑——瓦歷斯．諾幹作品中的白色恐怖記憶〉

Varasung，一九八二年生，臺東卑南族人，池上成長，父親來自Kasavakan建和部落。臺灣大學臺灣文學研究所博士，曾任《幼獅文藝》主編、國立臺北藝術大學兼任助理教授。現專職創作與講學。

著有詩集《細軟》，散文集《山地話／珊蒂化》、《假城鎮》，合著有《終戰那一天：臺灣戰爭世代的故事》、《百年降生：一九〇〇—二〇〇〇臺灣文學故事》。

本文出處：二〇二二年九月，《瓦歷斯．諾幹文學學術研討會論文集》，頁六五—八二，新北：讀冊文化。

幽黯山徑
——瓦歷斯．諾幹作品中的白色恐怖記憶

一、前言：入山記

陳英雄是臺灣第一位作品集結成冊出版的原住民作家，而他的短篇小說集《域外夢痕》中，發表時間僅次於《旋風酋長》的小說〈覺醒〉，可能是原住民族文學中，最早觸及到白色恐怖相關議題的作品：小說中的敘事者，於花蓮永豐村辦理「反共自覺運動」，他留意到村民潘傑總是神色憂悒、欲言又止。在一次醉酒後，潘傑向敘事者吐露過往曾參與「臺灣民主自治同盟」、參與二二八，雖僥倖逃過逮捕，但僅能過著朝不保夕、隱居山村的生活。在敘事者的循循善誘和協助辦理下，潘傑自首自新，日光重照山村與生活。陳英雄的《域外夢痕》中值得留意的，是種種「地域」的進入與轉換。「域」是行政區劃，也是陌生異域，隱藏在政治教化過程之下的，其實是「法」的無孔不入與施行。這篇當年發表於警察專科學校刊物《樹人月刊》的作品，其政治宣導立場不言可喻。但此一順利自新的故事，顯然不見得是白色恐怖時期情治單位逮捕的實相。就以原

住民族白色恐怖受難者來說，「自新」往往是羅織罪名與引誘的起點[1]。

日後觸及二二八、白色恐怖相關題材的原住民文學作品，要到拓拔斯．塔瑪匹瑪〈洗不掉的記憶〉[2]，才有更深入、貼近族群觀點的事件刻畫。利格拉樂．阿𡠄在〈那個年代〉中所記錄的，則是多年後，才逐步得知父親早年亦曾因白色恐怖入獄的經歷。遲來的追憶狀態，也出現在伐依絲．牟固那那《火焰中的祖宗容顏》，她以童年視角帶出的窺視、側面觀看，除了反映對事件全貌的未知，也呈現出了族人在層層監控之下，呈現出的噤聲與沉默；老年之後對記憶的重寫與重探，也見證了族人與個人記憶漫長的壓抑過程。

在原住民作家中，瓦歷斯．諾幹在白色恐怖相關事件與記憶的調查、探詢、寫作中，

---

1 可見〈臺中師範原住民校友受到的政治迫害〉、〈說我叛亂，根本亂判！——邱致明〉二文中，對「蓬萊民族自救鬥爭青年同盟」相關逮捕、罪名羅織的說法。收於陳彥斌主編，《暴風雨下的中師》（臺中：臺中市政府文化局，二〇一八年）。瓦歷斯．諾幹亦曾於〈「白色」追憶錄〉，以「毒樹上摘下來的果實」，來描繪白色恐怖期間「自白」背後的問題。見〈白色追憶錄〉，《戴墨鏡的飛鼠》（臺中：晨星，一九九七年），頁一六一。

2 收錄於拓拔斯．塔瑪匹瑪，《情人與妓女》（臺中：晨星，一九九二年），頁六一—七三。

積累了最為可觀的出版成果。其中又以《戴墨鏡的飛鼠》、《番人之眼》、《迷霧之旅》這幾部收錄書寫於九〇年代至二〇〇〇年之間作品的著作，占有重要地位。一九九四年獲得第十七屆時報文學獎報導文學獎首獎的作品〈Losin Wadan——殖民、族群與個人〉[3]，應是他在一九九三年夏天投入相關田野調查後，第一篇公開發表的完整作品[4]。在這篇作品中得獎感言，他陳述了相關田野調查的歷程，以及書寫之精神、意志所在：

在這一年關於族人「白色恐怖」的田野調查裡，往返中、北部與花東、南部的旅程中，爬梳那些族人最不忍訴說的心靈與歲月時，我知道，這對我是一段啟蒙與成長的歷程。（中略）寫完〈Losin Wadan〉，我清楚地知道，這只是突破石頭的第一步，學習與追懷祖先的精神，一直是我與這一代的族人努力的目標。

他日後不只一次在文章中提到「一九九三年的夏天」占據的關鍵位置[5]，此一經驗的啟蒙與成長，不僅作用在他對特定人物、事件的挖掘與好奇，更帶動了他對整體族群命運、與未來寫作方向的勘定。〈回到原愛〉記錄了他「初識」二二八的經驗，是歷史之旅，也是族群之旅：「一個年輕的臺灣孩子，開始認真地進入『臺灣之旅』：認識臺灣，才知道自己擁有原住民血液的孩子竟然不認識自己的族群，我也在這樣的因緣中開始進行我的『原住民之旅』[6]……」在這些自剖與追憶中，來往具體地域的空間之旅，以及思想上的的心靈、歷史之旅，相互交織形塑。他在此題材上的寫作，不僅是「摹

---

3 此文收錄於楊澤主編，《送行：第十七屆時報文學獎作品集》（臺北：時報，一九九四年）。日後亦收入《泰雅先知　樂信．瓦旦——桃園老照片故事2》（桃園：桃園縣政府文化局，二〇〇五年）。

4 瓦歷斯．諾幹在《永遠的部落》中〈汙名的背負〉，也曾提及日治時期原住民精英的政治命運：「在五〇年代，在同一個刑場，湯英伸的先輩在為曹族和所有的原住民發起自決自救運動時，也是被不帶情緒的子彈貫穿胸膛。」。柳翱（瓦歷斯．諾幹），〈汙名的背負〉，《永遠的部落》（臺北：一九九三年〔初版為一九九〇年〕），頁一四六。

5 如〈「白色」追憶〉：「前年的夏天開始，我藉著坊間出土的簡陋資料往返中、北部與東部山區，在族老的口述裡次第交織出動人心魄的白色恐怖族人受難史……」〈W的超級大國民〉：「三年前來到復興鄉受難族人的二樓客廳裡，已然垂垂老矣的族人被迫再一次追憶著四十年前叔父（Losin Wadan，漢名：林瑞昌）被送往馬場町前，當時在看守所二樓的族老透過窗口望著叔父與曾經相識的同志們一同被押上卡車……」見〈白色追憶〉，《戴墨鏡的飛鼠》（臺中：晨星，一九九七年），頁一〇八；〈W的超級大國民〉，原載於《自立晚報》（一九九六年一月三十一，收入《番人之眼》（臺中：晨星，二〇一二年〔初版為一九九九年〕），頁六二。

6 瓦歷斯．諾幹，〈回到原愛〉，《戴墨鏡的飛鼠》，頁四二、四四。此外，討論瓦歷斯．諾幹時，論者常提及影響他甚深的「老紅帽」與《夏潮》雜誌，可見收入《戴墨鏡的飛鼠》的〈打開一九八六年的窗口〉。

寫」、「模擬」、「顯現」過往不為人知的白色恐怖記憶，更反覆地重新駛入、處理，種種作用於自身的觸發。

本文好奇，瓦歷斯．諾幹的相關寫作，是如何以「旅」為出發點，進而具體地探入、反覆來回、伴隨、反饋？他又如何以寫作，載運、遞送前人幽黯的記憶傷痕？本文將試著具體切入幾個問題：其一，瓦歷斯．諾幹相關寫作中的「田野」、「路程」，反映了何種找尋、介入、身體「力行」的姿態與狀態。其二，多重的受苦經驗，與事後的探訪、講述，引發了何種文學、生命的互動狀態。其三，他如何在〈羽毛〉、〈哀傷一日記〉、〈櫻花鉤吻鮭〉等小說作品中，以虛構重訪隱藏其中的難題？

二、在路上：白色雪鐵龍、霧與夢

《迷霧之旅》封面與書脊的副標題，是「記錄部落故事的泰雅田野書」，在卷一「夏天的歷史節奏」中，記錄了他個人思想、行動的轉折路徑：初識二二八，實際部落社會狀態帶來的震撼，「文學」行動、路線的重新選定，教育現場的記憶與省思，族群記憶的消逝與接續。《迷霧之旅》中有一篇寫於九二一之後的〈山窮水盡疑〉，「窮山惡水」的絕境，是歷史痕跡也是災後現場，但「疑」卻是思維、生命的轉折再生。文章收結卷一「夏天的歷史節奏」，接續卷二「田野書」，引起關鍵之暗示、開啟作用。〈山窮水盡疑〉中關於路徑、地勢、界線、移動的聯想，使他的旅程意在言外，充滿距離與變數。文章內提到的地名「牛欄坑」，乃是日治時期隘勇線所在，但作者說「我還是喜歡族人稱此地為 si-on」（意思是要快速通過此地），因為此一充滿「歷史感與動像」的名字，能使他感覺「歷史的風輕輕擦過肩膀」。

歷史的體感，反覆呈現在他的移動與行動。文章中頻繁現身的「白色雪鐵龍」，很可能是臺灣文學中最具特色與意義的個人交通工具[7]。《番人之眼》裡的〈W的白色雪鐵龍〉，讓車輛不僅是運輸工具，也成為撫慰與陪伴者：

---

7 過往已有論者針對文學、現代性、交通工具之互動關係進行析論，如唐宏峰，〈日常生活、視覺體驗與文學敘事：近代文學中的新式交通工具（一八七〇－一九一〇年代）〉，《東華人文學報》二十期，頁一〇七－一三六；曹仲寧，《臺灣文學中的大眾陸運交通書寫》（彰化：國立彰化師範大學臺灣文學研究所碩士論文，二〇一二年）；王悅丞，《臺灣戰後文學小說中的現代交通移動性及其空間敘事（一九四八－二〇〇八年）》（臺北：國立政治大學臺灣文學研究所碩士論文，二〇一七年）。

剛才W用手掌輕觸車身時，雪鐵龍也不禁微微地顫動了一下，它還記得W第一眼看著他的時候，那雙黑湛湛的眼睛散發出幾近戀慕的神色，後來才知道那戀慕之情是將族人的情意投射在自己的身上。每次當W愈接近山區的部落時，雪鐵龍都可以感覺得出W胸中鼓盪的心跳[8]。

車輛不再是現代性、都市、速度、男性氣概的代言與投射，而轉變為聯絡界域、社群、身體、心靈、行動的載體。此投射不僅是擬人，也是寫作者對書寫行動探索、彌合的想望。廖婉如在《祖靈的凝視：瓦歷斯．諾幹作品研究》中，已然察覺瓦歷斯．諾幹，與白色雪鐵龍共同穿梭於田野旅程、歷史迷霧之中的情態[9]。但我們或可留意作者布置的鏡頭，也讓車輛同時載運了寫作者的探詢與面對未知的疑惑，「近乎灰色的孤獨的雪鐵龍，面對突然升起的濃霧而猶豫不絕的畫面……」。

「白色雪鐵龍」因其路徑移動推展，同樣回應帶動了先前的「界域」問題。例如〈山窮水盡疑〉的「牛欄坑」，也曾出現於〈甜蜜隘寮〉一文：他與友人開車通過此地，略帶黑色幽默地提示「番界」的遺跡，「白色的雪鐵龍進入牛欄坑前的斜坡，突然一道歷史的陰風悄悄竄進車廂內，我偏著頭轉向因運動量明顯不足而微微肥壯的山下朋友說：

『小心噢！你剛越過番界！[10]』」攜帶歷史之眼的瓦歷斯．諾幹，反覆將歷史的荒謬拉進現實，不可視而不見。驅車的往返進入是提示、也是儀式，他與「車輛」之間相互帶動、比擬、越界的旅程，使其可能遊走於歷史與地理之間。

「進入」部落不止是空間的布局，也是歷史視野的交會與展開。他常以「霧」進行布置與聯想：「我的旅程一如山路在霧裡盤旋而上。我喜歡撥開謎面般的旅行，每一個謎的解開將又是另一個謎面的產生，它們引領我走向巨大的迷霧之中，又從迷霧中牽引更多的霧點[11]。」或有論者認為「霧」的隱喻，對應著族群長期以來遭受的層層宰制與限

---

8 瓦歷斯．諾幹，《番人之眼》（臺中：晨星，一九九九年），頁二二六。

9 廖婉如，《祖靈的凝視：瓦歷斯．諾幹作品研究》，（臺北，政治大學國文教學學位班碩士論文，二〇〇七年），頁一五二。

10 瓦歷斯．諾幹，〈甜蜜隘寮〉，《戴墨鏡的飛鼠》，頁一四六。

11 瓦歷斯．諾幹，〈迷霧之旅〉，《迷霧之旅》（臺中：晨星，二〇〇三年），頁一二八。

制[12]，但筆者認為，此處也對應著「不清晰」、無法簡單梳理開的歷史謎團。在〈迷霧之旅〉、〈南澳到瑪崙〉中，「霧」對應了錯綜複雜的歷史因緣，也是詭奇難辨的身分與命運；他所欲勾聯尋訪的細節與真相，往往因為姓名改換、人物故去，使人迷失與錯綜複雜的網絡／霧氣中。他的寫作工程，與其說是「除霧」，更是將歷史現場、文獻史料、私人記憶與田野工作，進行「霧面」處理，而非全然透明清晰。然則，他寫作所捕捉的「霧態」，並不僅暗示阻絕迷離，也如同臺灣山林生態重要、關鍵的「雲霧帶」，當他從霧中歸返，同時也「蓄積下一個迷霧之旅所攜帶的養分[13]」。

在重重霧點中，另一種路徑的隱喻，出現在他對於「夢臉」經驗的重述：

> 我其實並非是經常做夢的那種人，夢臉也是近年才有的事，那一年，我開始著手部落的田野調查。（中略）夢臉，漸漸成為我回憶的幽徑，也可能是通往歷史的幽境吧！譬如夢見五〇年代的白色族人，當那些遭受「白色恐怖」的臉來到夢裡時，果然是一張張蠟白的臉。（中略）那一張白色的臉也成為我夢的片段，那是一張由陽光的臉漸次轉為白皙的夢臉，這是曾經讓我夢醒後感覺黑暗而恐怖的夢。

日後我慢慢地不再懼怕夢臉，我知道這些是族人的臉，他們從典籍的畫頁中，從口傳的神話中，從歷史的每一個角落與我一同分享著夢[14]。

在部落頭目離世之夜，族人圍著篝火「musa mrlahau」（意即團聚在死者面前團聚守護），此夜後，作者自陳又再度「夢臉」。夢臉是通往歷史的「幽徑」，對應了「夢占」的傳統，但從過往的「無夢」、「有夢」，到接受夢，不只是跨越對亡者信息、陌生面孔的恐懼，而是如他在文章結尾所述，是「故事的延伸」，從臉孔的對視、驚恐，轉化為

---

12 如熊貴藍形容瓦歷斯．諾幹以「迷霧」對應族群的「覺醒」狀態，是「撥開迷霧走出宰制」的歷程。見熊貴藍，〈邊緣戰鬥：瓦歷斯．諾幹的後殖民批判空間〉，《世新中文研究集刊》九期，頁七一－一一〇。而以霧作為某種（臺灣）文學史、寫作觀、世界想像的隱喻，如齊邦媛《霧漸漸散的時候》、張惠菁《比霧更深的地方》、楊照《霧與畫：戰後臺灣文學散論》，都可以作為例子。

13 瓦歷斯．諾幹〈迷霧之旅〉，《迷霧之旅》，頁一二九。此難以「透明化」的狀態，實與白色恐怖記憶的訴說狀態密切相關，此部分將於本文第三節部分延伸討論。

14 瓦歷斯．諾幹，〈自序〉，《戴墨鏡的飛鼠》（臺中：晨星，二〇一七年〔初版：一九九七〕），頁一五。此自序部分段落亦見於〈夢臉〉一文。〈夢臉〉原載《中國時報》一九九七年二月六日，收入《番人之眼》（臺中：晨星，二〇一二〔初版：一九九九年〕），頁二一二－二一五。

參與、分享。呼應著「musa mrlahau」的篝火，他的寫作，乃是對死者記憶的補充、延展，在輪替的訴說中交織。

三、暗室追憶錄

以上初步描繪出，瓦歷斯．諾幹作品中，回顧歷史、田野調查、記憶的幾種狀態：來回往復的寫作行動、穿越邊界的歷史／體感、「霧態」的文學想像、「夢臉」的分享式記憶。以下，本文意圖延伸討論的重心在於，在其調查、採訪經驗與文學表述中，其對象、材料（包含史料、人物、地域）與瓦歷斯．諾幹個人身為「族人／採訪者／寫作者」的互動關係——什麼樣的話語，釋出、牽連了這些霧點？是什麼樣的生命經驗，造就了歷史與記憶的難題？瓦歷斯．諾幹如何「應對」這些自幽黯中重新現身、有時又歸於沉默的記憶？

此一始自一九九三年夏天起的採訪、田野經驗，其記載與轉化，大多收錄在在《戴墨鏡的飛鼠》（收錄作品首次發表區間為一九九一年二月一日至一九九六年二月十日）、《番人之眼》（收錄作品首次發表區間為一九九一年一月一日至一九九九年三月二十四日）、《迷霧之旅》（收錄作品首次發表區間為一九九三年六月十五日至二〇〇〇年九月十五日）等三本作品中，包含〈白色追憶〉、〈「白色」追憶錄〉、〈櫻花屈尺〉、〈人啊！人〉、〈到溪裡拿魚的人〉、〈石門水庫有條魚〉、〈夢臉〉等文章。其中主要具體涉及牽連族人的白色恐怖案件包括「湯守仁等叛亂及貪汙案」[15]、「蓬萊民族自救鬥爭青年同盟林昭明等叛亂案」、「山地青年團案」等[16]。

瓦歷斯．諾幹以Losin Wadan（樂信．瓦旦，漢名：林瑞昌）為核心人物的文章〈Losin Wadan：殖民、族群與個人〉，曾於一九九四年獲時報文學獎報導文學類首獎，

---

15 如吳叡人，〈「臺灣高山族殺人事件」——高一生、湯守仁、林瑞昌事件之政治史的初步重建〉，收錄於許雪姬編，《二二八事件六十週年紀念論文集》（臺北：臺北市政府文化局，臺北二二八紀念館，二〇〇八年），頁三二五—三六三。戴寶村、陳慧先，〈臺灣原住民政治案件與山地管控（一九四五—一九五四年）：以「湯守仁案」為中心〉，《檔案半年刊》十三卷三期，頁五六—六五。陳中禹，〈從檔案看原住民政治受難個案：以「湯守仁叛亂案檔案」為中心〉，《檔案半年刊》十四卷一期，頁四五—六一。

16 案件始末與追憶，可參考陳彥斌主編，《暴風雨下的中師》（臺中：臺中市政府文化局，二〇一八年）。

文章從Losin Wadan銅像的目光向前追溯，從日軍侵略大豹社、父親瓦旦・燮促將Losin Wadan交予日人作為人質，逐步進入其人生軌跡，同時也延展部落／族群受不同政權控制、剝奪的歷史。隔年發表於《中國時報》的〈「白色」追憶錄〉，部分內容亦記錄了林茂成追憶父親Losin Wadan的口述訪談，文章卻有著截然不同的結構與企圖。

〈「白色」追憶錄〉全文分為十一小節，自「一、白」對「白」的釋義（也暗示其言外之意）起始，以「〇、以父之名」作結，提示讀者歷史的白色陰影，若未經歷辨明與除罪，將由下一代持續承接與循環。在此延伸、循環、反思的環狀結構中，出現了幾個值得留意的特徵：個人經驗的嵌入（一九八三年與詩人詹澈的相遇），詞源與歷史狀況的引述（「白色」為何在法國歷史中，意味著保守、反動），複數受難者經驗的疊加（包括石門水庫撈魚、身體殘缺的李族老；曾擔任線民的高義部落李族老、同案牽連的王族老；賽夏族的趙族老與泰雅族的高建勝；復興鄉的林茂成族老）。瓦歷斯・諾幹於一九九八年獲第一屆臺北文學獎散文類首獎的〈人啊！人〉，以探訪日治時期理蕃資料中記載「先覺者」為軸心，卻也因為所欲探訪人物的相互關聯，出現「多年後再訪」的情況；或在史料解讀、尋訪過程中，產生各種資訊與環節的「失蹤」與「現蹤」（例如所欲探查對象之一「深谷安吉」，在遍尋不著關係者的落空後，最終在第五回高砂義勇隊的戰歿名單中發現）。在重訪過程中，為了體貼受訪者而刻意懸置的問題，也成為了這篇文章的核心關懷之一——關於空缺、亡失、祕密與匱缺的遭逢與理解：

族老最後低聲地說：我孩子要考高中，我不要讓他知道他有個匪諜的爸爸……

日後，這寧靜的山村影像便成為我對族老的記憶母帶。追尋著記憶的母帶來到山村，我告訴自己，只要採訪族老的哥哥這位「先覺者」的事宜就好[17]。

關於白色恐怖記憶口述史的相關調查，林傳凱曾於〈白色恐怖口述史的檢討〉[18]，針對白色恐怖口述史的核心問題——矛盾、歧異、前後不一——做出詮釋。包含宏觀的社會—文化面（例如對於「清白」、「未曾參與抗爭」的預設與期待、民族認同敘事的框

---

17 瓦歷斯．諾幹，〈人啊！人〉，《迷霧之旅》，頁一七五。

18 林傳凱，〈白色恐怖口述史的檢討〉，收於臺灣民間真相與和解促進會，《記憶與遺忘的鬥爭：臺灣轉型正義階段報告》（臺北：衛城，二〇一五年）。

架，都可能影響當事者的敘述與詮釋）、宏觀的制度面（「冤屈者」方符合補償資格）、中層的人際網絡（家庭內部的情緒糾葛、對「訪談者／外人」的戒心、難友間的情感壓力）、微觀的個人社會心理（個人複雜感受的難以言明）[19]。

瓦歷斯．諾幹所接觸的當事人（如石門水庫李姓族老、有線民／告密經驗的李姓族老），所遭逢的訴說困境，也回應了林傳凱所歸納之後兩項因素：「人際網絡」（擔心兒了考高中受影響／在其他同案者面前坦承提供資訊）、「個人社會心理」（自我壓抑、封閉情感）。然則，瓦歷斯．諾幹的訪談—文學轉化之間的空間，並非僅是為了形成邏輯、線索清晰之證言，反而是透過「沉默」、「加密／保密」，形成特殊的文學—記憶之共伴狀態。

我在此處試圖引用蔣興儀〈不可能的見證：從創傷的敘事到敘事的創傷化〉，對創傷敘事的重新檢視與洞見，以及加布麗埃．施瓦布（Gabriele Schwab）〈抵制記憶和遺忘的書寫〉[20]中對受苦敘述的辯析、文學功能的詮釋，以此與瓦歷斯．諾幹作品中多重的受苦敘述者、與他筆下的敘述、重寫問題進行對話。

（一）傳遞沉默

蔣興儀的〈不可能的見證：從創傷的敘事到敘事的創傷化〉，首先提出了過去關於「創傷—敘事」研究的癥結點：以病理學詮釋創傷，並無法理解「受苦經驗」之核心；創傷並非是「反敘事」的，創傷並非據此而僅能退回沉默與禁忌中；創傷反抗的並非敘事，而是（強調統一的、整全的，彼此連貫的）「融貫敘事」。她以卡露斯（Cathy Caruth）的創傷理論為例，指出其貢獻在於強調創傷經驗的「不可理解性」，創傷敘事並不為了整合分裂的經驗。而與「不可理解性」緊密相連的，則是敘事的「可傳遞性」——意不在整合，而是傳遞其「不可理解」。蔣興儀以紀傑克（Slavoj Žižek）、費歐曼（Shoshana Felman）與勞勃（Dori Laub）的論述為例，強化如何「將敘事創傷化」，且將「見證」視為特殊之「言語行動」，以此帶出創傷敘事的積極功能。例如費歐曼分享在教學課堂上，學生面對大量倖存者史料產生的衝擊反應，使其成為了生命事件；大眾的聆聽成為了共在（being-with），

19 同上註，頁九七—一〇六。

20 蔣興儀，〈不可能的見證：從創傷的敘事到敘事的創傷化〉，《政治與社會哲學評論》六十四期，頁一一三—一七九；加布麗埃·施瓦布（Gabriele Schwab），〈抵制記憶和遺忘的書寫〉，收入《文學、權力與主體》（北京：中國社會科學出版社，二〇一一年）。頁一三六—一六四。

此共同遭逢創傷、感應的過程，乃是當代重要的倫理課題[21]。

以上關於「非融貫性敘事」、「創傷後受苦者」的描繪，或可作為我們掌握、映照，瓦歷斯．諾幹筆下白色恐怖受難族人在「重述事件」時的狀態。例如〈石門水庫有條魚〉中的L君／李族老的沉默，「L君仍談得極少，他的背脊因為長年的瘸腿而不規則地鼓脹起來，乍看像異形。L君倒喜歡談出獄後的事，包括開始變得安靜[22]。」或高義部落的李姓族老，「面對著承認自己是告密者，恐怕非常人所為吧！離開上高義，我寧願讓十一月的冷空氣寂滅，也不忍見到族老頂著歷史形成的冷鋒。」我們雖未能得見瓦歷斯．諾幹對受訪者之完整訪談紀錄，無法從中得知其作為「創傷後受苦者」的訴說狀態，但從瓦歷斯．諾幹所選擇、書寫－重寫的經驗片段中，他曾多次呈現當事人「沉默」、「保密」的壓抑特質。也因此，相較於再次還原當事人之記憶，他在現實世界的「重訪」、文學創作的「重寫」，都使這些「故事」（當事人之實際經驗），刻意以「非完全還原」的方式被記錄了下來。

（二）加密與共伴

同樣關注創傷與沉默的效應，施瓦布在〈抵制記憶和遺忘的書寫〉中，面臨創傷之「不可言說性」，她更著意去探訪寫作、故事講述，是如何遭逢、載運創傷製造出的沉默空間：此沉默空間是個體的，也可能是代際的、共同體的，跨族群的，這恰好補充了上一段所提及之「敘事」，乃以「創傷後受苦者」、「當事人」為敘事主體，而不見得能夠顧及瓦歷斯．諾幹作為「非經驗者」的書寫工程。而施瓦布所論及的「代際」、「共同體」問題，恰恰能於此作出呼應與補充。

施瓦布引用亞伯拉罕（Nicolas Abraham）與瑪莉亞．托羅克（Maria Torok）的論點[23]，說明受創者如何在精神內在空間形成祕穴，包容創傷祕密，亦使創傷得以保持沉默，使「身體成了敘事的場所，以一種身體密碼術來模擬被藏匿的失去的自我與受創

---

21 蔣興儀，〈不可能的見證：從創傷的敘事到敘事的創傷化〉，頁一六一。
22 瓦歷斯．諾幹，〈石門水庫有條魚〉，《戴墨鏡的飛鼠》，頁一三六。
23 Nicolas Abraham and Maria Torok, The Shell And the Kernel (Chicago: University of Chicago Press, 1994)。

自我的衝突[24]」，與此同時「寫作也是試圖占據一個祕密欲望空間的願望的實現」。創傷既對應著不可再現的暴力，卻也召喚著言說與證詞，「我們應怎樣書寫那些抵制再現的創傷體驗呢？」若創傷有代際傳遞的問題（此代際包含父母、親戚、共同體），那麼此敘事，往往也需要透過某種隱密的方式傳輸：「我們可以看出神祕的家族、共同體或民族史的後果，能發現被沉默化隱密的歷史是怎樣縈繞著後人並以隱密的形式嵌入被講述的故事的肌理[25]。」而此類隱密、沉默的歷史的敘述現象，往往也對應著「匿名」的狀態（指的是以語言使其敘事內部保有隱密空間），而以閱讀「破譯」、使其「可讀」，揭露的不只是祕密的內容，而是「內容在情感中留下的烙印（也許是數代人以來）及其在言語和／或書寫中的表現[26]。」此一加密的、壓抑的敘述，也會出現某種「幻影」縈繞的語言特徵，「此類敘事將傳達關於祕穴的體驗，同時又保護祕密[27]。」

以此回顧瓦歷斯．諾幹的相關書寫，除了先前提及的「夢臉」經驗（分享式的記憶），這種代際經驗也呈現在，他不止作為「訪談者」，同時亦有深為族人／孩子／晚輩的聯繫感知。部分場景中，也呈現出記憶的纏繞與迷離：「你來啦！孩子，我在等你啊！（中略）族老說著你是泰雅族也是泰雅族，我的爸爸媽媽都有刺青，孩子你說，我是誰？我會是共匪嗎？我當然知道我們是同族人，泰雅族與共匪顯然相差十萬八千里。

族老真的醉了，族老緩緩地將頭顱枕在膝蓋上，很快地就發出沉悶的鼾聲[28]。」具體的父（輩）－子（輩）問題，也出現在〈白色追憶〉（部落因父親之死而發瘋的高材生）、〈「白色」追憶錄〉（白色的陰影、匪諜的孩子的汙名將如影隨形）、〈外省爸爹——紅爸爸〉（岳父的「黨國－父子」想像；兒子Veisu的誕生與岳父的逝世）、〈石門水庫有條魚〉（受難族老身處憤怒的父親與未曾知曉的兒子之間）等篇目。值得留意的線索是，他筆下對受訪當事人，大多以「姓氏－族老」稱之。此半匿名狀態的遮罩，與政治汙名、對當事人的保護相關，但筆者亦願意將其視為某種「加密」的過程：種種的不可（盡）說、不可（盡）解的狀態，反覆地被嵌入其敘事，如同施瓦布所言：「傳達關於祕

---

24 加布麗埃・施瓦布（Gabriele Schwab），〈抵制記憶和遺忘的書寫〉，收入《文學、權力與主體》（北京：中國社會科學出版社，二〇一一年），頁一三五－一六四。

25 同前註，頁一四八。

26 同前註，頁一五〇。

27 同前註，頁一五四。

28 瓦歷斯・諾幹，〈人啊！人〉，《迷霧之旅》，頁一八四。

穴的體驗，同時又保護祕密。」

蔣興儀強調「創傷的共同見證」（wit（h）nessing）之意義在於：「我們如何能在見證的過程中，連結於他者的創傷並共同承擔它。這既不是要對個體施予同理或同情，也不是要對集體施予認同或承認；而是跟著他者一起遭逢創傷，成為能與之共同感應的夥伴。」以此重思瓦歷斯·諾幹的白色恐怖記憶書寫，似乎尚有可能再次擴增，先前論及關於「霧」的想像，使其產生（等待揭開的霧、網絡與謎團般的霧、滋養的霧）此前，未曾言及的第四層意義——若霧氣總是以其細微之質量滲入、沾附我們的軀體與感官？歷史、真相、當事人、個體生命，在瓦歷斯·諾幹的「霧中」，並非只被視為主題與對象，霧之黏合、浸潤、無可分割，使其書寫得以與他人相嵌共伴，亦蔓延開闢，個人主體得以瀰漫、延展、相容的象徵空間。

四、再入山

瓦歷斯·諾幹在二〇一三年出版的《城市殘酷》、二〇一四年出版的《戰爭殘酷》[29]，除了題名上相互連結，其中收入的幾個篇章，包含《城市殘酷》中的〈哀傷一日記〉、〈櫻花鉤吻鮭〉，與《戰爭殘酷》中的〈羽毛〉[30]，也以不同的重心與方式，側面探查了族人與白色恐怖相關記憶的幾個環節，如〈哀傷一日記〉中精神與空間的自我隔離、〈櫻花鉤吻鮭〉中的告密與自白、〈羽毛〉中的倖存與贖罪。有趣的是，這三篇作品部分涉及的材料、主題或原型人物，都曾在其他散文篇章中現蹤，如〈哀傷一日記〉中在父親留下遺言後瘋狂、自我隔離的 Voja、被經營雜貨店的父母閉鎖閣樓的阿栓，也分別出現在〈白色追憶〉與〈德茂商店〉[31]；〈櫻花鉤吻鮭〉中觸及的告密者／

29 瓦歷斯．諾幹，《城市殘酷》（臺北：田園城市，二〇一三年）；瓦歷斯．諾幹，《戰爭殘酷》（臺北：印刻，二〇一四）。

30 〈哀傷一日記〉原發表於《中國時報》人間副刊（一九九六年四月廿二日－廿四日）；〈櫻花鉤吻鮭〉原發表於《幼獅文藝》五九四期，頁五四－五八；〈羽毛〉一篇，於《戰爭殘酷》書末之「本書創作與發表一覽表」，載本文發表於《自由副刊》（二〇〇二年）。其餘資訊未載明，待查。

31 瓦歷斯．諾幹，〈「白色」追憶〉，《戴墨鏡的飛鼠》，頁一〇二－一一〇；〈德茂商店〉，《永遠的部落》，頁一二五－一三〇。

線民難題，在〈「白色」追憶錄〉、〈人啊！人〉都曾觸及[32]；〈羽毛〉中述及的二戰時期「投彈偏誤」而使部落避過炸彈的事件／傳言，亦曾於〈山窮水盡疑〉中描述，在部分環節的對照之下，或有助於掌握我們理解，瓦歷斯．諾幹在以虛構形式，重寫、重探後，達致的關懷與開展[33]。

（一）不完全隔離：〈哀傷一日記〉

〈哀傷一日記〉透過敘事者——父親亡逝後以沉默自我隔離近四十年的 Voja ——的眼光，在部落進行了一次、一日的導覽、遊蕩或悼念。小說中 Voja 是白色恐怖受難者的遺族（其父因受 Losing Wadan 案牽連，受特務監視、生涯未得重用，最終死於家中），父親死前交代的遺言是：「我死的時候你一定要用力地哭，而且要哭到發瘋為止，你身邊的任何一個人包括你最親近的人都不能相信！日後，你要澄清我的罪名[34]。」而 Voja 繼承了此「遺志」，「我的記憶就停在這一刻，我日後的一生也就為這一刻而活著，包括我的沉默、聽老人談話、閱讀史料與發瘋。」此後，Voja 在部落面北的小屋「讀大學問」、閱讀理蕃資料、聽老獵人說話，以「護城河」圍繞的木屋，形塑了隔絕的時空。此類「清醒瘋狂者」的形象，在文學系譜中並不罕見，不過此篇小說耐人尋味之處，更在於Voja的瘋狂，不只是對生存狀態、思想的遮罩或守護，此「瘋狂」同時是父親的遺志、遺言、遺留(或遺傳?)。瘋不是隔絕，更是在此中「保留清醒」，以及未來對「罪」翻轉、翻案的可能性。

他的「哀傷一日」始於、也終於對父親墓地一分鐘的深情注視，然而在此一日的壓縮之中，卻「開挖」出了多變的歷史遺留。小說中種種看似密合、靜止的空間與物件：護城河、小木屋、閣樓、父親的墓地、銅像、埋藏地底的防空洞……在Voja的敘述與

32　瓦歷斯．諾幹，〈「白色」追憶錄〉，《戴墨鏡的飛鼠》，頁一五四—一七三；〈人啊！人〉，《迷霧之旅》，頁一七三—一八五。

33　瓦歷斯．諾幹，〈山窮水盡疑〉，《迷霧之旅》，頁九七—一一七。

34　關於小說所依據人物Voja及其父井澤藤內事蹟的追索與考察，於〈白色追憶〉中有較為細節的描述：「當一九五四年以Losing Wadan為首的原住民精英被國府以「匪諜」罪名清勦以後，凡是有關係的人均受到生活上的干擾、問話及監視，我們部落最聰明的澤井藤內自然也不例外，這使得他在國府初期未獲重用為鄉內幹部，並且終身鬱鬱寡歡、獲疾而死，死時年方三十八歲壯年。更糟糕的是，他聰明的兒子Voja也發瘋了，據趕上澤井藤內彌留的族人說，澤井的遺言留給兒子的竟只有一句話：『不要相信你身邊任何一個人！』」見〈白色追憶〉，《戴墨鏡的飛鼠》，頁一〇七。

探入之下，似乎也都具備某種可被敞開的潛能。當Voja在小說結尾，遙遙對身處高處的阿栓說：「啊——ㄕㄨㄢ——，我會替你翻案立傳。」亦是對阿栓「樹洞一般的小閣樓」（封鎖的、心志的、時代的密室），遞出撩撥與挪移，讓過往遺留至今，閉鎖驚懼的事物，產生「透風」的空間。

（二）筆記與手稿：〈櫻花鉤吻鮭〉、〈羽毛〉

〈哀傷一日記〉，透過受難家屬與「瘋狂」主題的重寫，使歷史與心靈閉鎖之處，有了部分對話、敞開、透光的可能，在〈櫻花鉤吻鮭〉及〈羽毛〉中，則讓「告密」、「加害」、「贖罪」等主題，有了更幽微的傳遞。

〈櫻花鉤吻鮭〉裡，出現了一個奇異的自白時刻：敘事者前往中部山區，拜訪獨自隱居的白色恐怖案件當事人。老人是來自北部復興鄉來的泰雅人，且傳言他曾在白色恐怖時期受警總嚴厲審問，卻未曾吐露一絲線索。此一傳言成為了人物的保護色，也成為了小說敘事的機關——直到敘事者向讀者展示了訪談筆記，讀者方才知曉，將當年參與集會、逮捕、審訊等環節細細道來的老人，正是事件中的告密者。他的隱居，則是為了躲避當年受告密者出獄後的報復，「我活在這裡懲罰自己犯下的罪行，像櫻花鉤吻鮭膽怯地活在封閉的小溪，用這種方式說故事，我才有勇氣說完[35]。」

作者以「櫻花鉤吻鮭」暗喻歷史與記憶的陸封、孑遺狀態，「訪談筆記」的納入，形成了一種「類見證」的效果：重點並非「筆記」照錄造成的寫實效果，而是為小說中告密者創造了一個封閉的自白空間，使其訴說而非被定罪；同時也為小說敘事者／作者，探測其內在幽黯的途徑。此告密者難題，在本文第三節曾述及，在瓦歷斯．諾幹在相關經驗之記述時，著意為當事人保留空間，同時亦寫錄某種「沉默」的狀態。但寫作如何能夠繞道探入（「事件本質」而非「當事人」）內部？在虛構之下，得以做出有限的釋放與理解？當小說敘事者從訪談筆記向外推移：

我最後一次看到他的臉上飄盪過來的陰影，確定那不是任何葉影，而是從身體裡面用罪惡、膽怯、悔恨凝聚的黑斑。我退出這處狀似平靜的風暴的中心，路旁小溪

35 瓦歷斯．諾幹，〈櫻花鉤吻鮭〉，《城市殘酷》，頁二九七。

裡的櫻花鉤吻鮭異乎尋常地奔竄出水面，我回到車上，看一眼山谷，天空竟然像黑墨灑滿的布幕，那些蕃刀狀的山巒似乎正不安地晃動[36]。

小說人物臉部的黑斑，亦是記憶的暗影；寫作者傳遞記憶的烙印，而非在記憶中執行重寫。小說結尾處，震災摧毀道路，似乎也使當事人「消失無蹤」，在隨時可能覆滅的記憶邊坡，敘事者所言如同箴言：「因為災難一方面創造記憶，一方面也毀滅記憶，所以我寫下了這個故事。」

〈羽毛〉同樣連結了震災場景，但作者以其不完全同步的時間序、複數的災變與倖免、殺戮者／解救者／傳福音者的曖昧形象，使得救贖、神賜、災險與救贖，出現了細微、難以等價兌換的關係。〈羽毛〉藉由一個小說寫作中常見的「裝匣裝置」[37]，讓敘事者在震災後，意外得到一份掛在樹上的手稿，再透過敘事者的翻譯，「如實」地錄於文中。

手稿內所記載，乃是一位二戰末期的加拿大人，負責盟軍之單人轟炸任務。正當執行殺戮任務，內心猶疑擺盪之時，一片潔白羽毛閃過，遮蔽視野，也使轟炸路徑偏離。戰爭結束後，此軍人受良心譴責、指引，自願再度加入教團，前往此一山區傳教、贖罪。傳教過程中，山區意外墜落一鳥人／落難天使。天使某日乘著晨光返回天上，牧師以此為題於部落訴說上帝恩典，原本人數稀少的教會，族人被此奇蹟吸引，擠滿教堂。敘事者試圖解讀手稿內天使應許的三個排除災禍的心願：一是投彈的偏誤使部落倖免於轟炸。其二，或許是手稿內敘事者吸引眾人的禮拜講道，使部落族人免於大規模的政治搜索。其三則可能是震災後，部落雖多有損傷，但無人死亡。〈羽毛〉是戰後與災後的課題，手稿內的敘事者陳述了自我的罪責與磨難，手稿中關於「羽毛」的遮掩與意外的「施恩」，不免也是執行任務者在戰後的自我救贖。小說的敘事者是一位正在書寫部落史的文史工作者，同時也是手稿的翻譯者——也可能是不可靠的翻譯者。羽毛可能是神賜，也同時輕盈而富重量地，乘載了兩個敘事者的心願、任務、意念。

---

36 瓦歷斯．諾幹，〈櫻花鉤吻鮭〉，《城市殘酷》，頁二九七—二九八。

37 亦即在小說敘事內部，裝入另外一層敘事，如日記、書信、手稿……魯迅的〈狂人日記〉即是中國現代文學中此一類型的重要代表，而先前所提及的〈櫻花鉤吻鮭〉也挪用了此敘事技巧。

五、結語

本文試圖從幾個面向，切入、理解瓦歷斯．諾幹關於白色恐怖相關記憶與事件的查訪、寫作，包含從「路徑」、「霧」、「交通工具」，所帶出的歷史－文學－行動的想像，在「清晰」、「解密」之外，霧態所包含的複雜網絡，成為作家創作的重要動能與養分；與當事人的談話、遭逢、寫作，他以「族人」、「子輩」的身分，傳遞「創傷後受苦者」的沉默身分，亦透過不同層次的「加密」，傳遞記憶的暗影，連結「夢臉」、「霧」的想像，也形成某種參與、共伴的特殊敘述效應；紀實、田野寫作未能完全觸及的精神暗處，他則以「瘋狂」狀態的重寫，手稿、筆記（具有象徵意義與敘述空間）的引入，為複雜的受難、受災狀態，製造了可能相互牽引、打開詮釋的空間。

本文因個人才識與文章架構設計所限，尚有數個未竟的面向，期待自身或未來論者持續展開：其一是瓦歷斯．諾幹在《張開眼睛將黑夜撕下來：瓦歷斯．諾幹散文詩》中，有「白色年代之容器四帖」、「關於白色年代四帖」，尚未及於本文論及。其二，本文以瓦歷斯．諾幹白色恐怖相關書寫為主題，期待未來以更宏觀之角度並行，將原住民族群的「系統性創傷」（包含族群的、社會的、政治的）與此問題作進一步之連結。塞杜（Michel de Certeau）曾如此描述法國歷史學家密西雷（Jules Michelet）：

「行走和／或書寫是無休止的作工（labor），『在慾望的驅迫下，被不可遏抑的熱烈好奇所刺激』（中略）逝者是某種「奇異對話」的繼承者……透過一再熟識這已經逝去且澈底是他者的世界，他甚至一日比一日『益發青春』。」

歷史與寫作是一種無盡的，朝向逝去世界與自身的「做工」，瓦歷斯．諾幹亦言「我是那兒沒有歷史，那兒就是我家的人[38]。」必定還有地方是「沒有歷史」的，瓦歷斯．諾幹在霧與路之間的穿行，或也正是如此的勞動：「摯愛的逝者在文字裡找到避難之所，因為這些逝者再也不能說話，亦不能傷害任何人。這些幽靈在保持永遠緘默

38 瓦歷斯．諾幹，〈櫻花屈尺〉，《迷霧之旅》。頁一六七。

（forever silent）的前提，透過書寫（writing）找到通路[39]。」

---

39 Michel de Certeau，〈諸種書寫，諸種歷史〉，《塞杜文選（一）——他種語言／城市／民族》（桂冠，二〇〇九年），頁一一。

參考資料

王悅丞　二〇一七年，《臺灣戰後文學小說中的現代交通移動性及其空間敘事（一九四八—二〇〇八）》，臺北：國立政治大學臺灣文學研究所碩士論文。
瓦歷斯．諾幹　一九九〇（一九九三年），《永遠的部落》，臺北：。一九九七年，《戴墨鏡的飛鼠》，臺中：晨星。一九九九（二〇一二年），《番人之眼》，臺中：晨星。二〇〇三年，《迷霧之旅》，臺中：晨星。二〇〇五年，《泰雅先知　樂信．瓦旦——桃園老照片故事2》，桃園：桃園縣政府文化局。二〇一三年，《城市殘酷》，臺北：田園城市。二〇一四年，《戰爭殘酷》，臺北：印刻。
伐依絲．牟固那那　二〇一八年，〈光明乍現〉，《火焰中的祖宗容顏》，臺北：山海文化雜誌社。
吳叡人　二〇〇八年，〈「臺灣高山族殺人事件」——高一生、湯守仁、林瑞昌事件之政治史的初步重建〉，收錄於許雪姬編，《二二八事件六十週年紀念論文集》，頁三二五—三六三，臺北：臺北市政府文化局，臺北二二八紀念館。
拓拔斯．塔瑪匹瑪　一九九二年，《情人與妓女》，臺中：晨星。
唐宏峰　二〇一二年，〈日常生活、視覺體驗與文學敘事：近代文學中的新式交通工具（一八七〇—一九一〇年代）〉，《東華人文學報》二十期，頁一〇七—一三六。

曹仲寧　二〇一二年，《臺灣文學中的大眾陸運交通書寫》，彰化：國立彰化師範大學臺灣文學研究所碩士論文。

陳中禹　二〇一五年，〈從檔案看原住民政治受難個案：以「湯守仁叛亂案檔案」為中心〉，《檔案半年刊》十四卷一期，頁四五—六六。

陳彥斌主編　二〇一八年，《暴風雨下的中師》，臺中：臺中市政府文化局。

廖婉如　二〇〇七年，《祖靈的凝視：瓦歷斯．諾幹作品研究》，臺北：國立政治大學國文教學學位班碩士論文。

熊貴藍　二〇一三年，〈邊緣戰鬥：瓦歷斯諾幹的後殖民批判空間〉，《世新中文研究集刊》九期，頁七一—一一〇。

臺灣真相與和解促進會　二〇一五年，《記憶與遺忘的鬥爭：臺灣轉型正義階段報告》，臺北：衛城。

蔣興儀　二〇一八年，〈不可能的見證：從創傷的敘事到敘事的創傷化〉，《政治與社會哲學評論》六十四期，頁一一三—一七九。

戴寶村、陳慧先　二〇一四年，〈臺灣原住民政治案件與山地管控（一九四五—一九五四年）：以「湯守仁案」為中心〉，《檔案半年刊》十三卷三期，頁五六—六五。

Michel de Certeau　二〇〇九年，《塞杜文選（一）——他種語言／城市／民族》，臺北：桂冠圖書。

Nicolas Abraham and Maria Torok　1994, *The Shell And the Kernel*, Chicago: University of Chicago Press.

Gabriele Schwab　二〇一一年，〈抵制記憶和遺忘的書寫〉，收入《文學、權力與主體》，北京：中國社會科學。

蔡佩含

〈想像一個女獵人——原住民山海書寫裡的性別／空間〉

紐西蘭奧塔哥大學毛利研究院訪問學人，國立政治大學臺灣文學所博士，現任臺灣大學兼任助理教授與音樂專輯企劃。關注原住民文學與音樂、族裔與性別、當代原住民流行音樂與文化展演等議題。博士論文為《站在語言的灘頭：戰後臺灣原住民族文學與音樂的混語政治》。

本文出處：二〇一五年四月，《臺灣學誌》一一期，頁一——一五，臺北：國立臺灣師範大學臺灣語文學系。

想像一個女獵人
——原住民山海書寫裡的性別／空間

一、前言

獵人阿媽，是烏來有名的女獵人，二十年來靠著射飛鼠、捕苦花魚、採收山菜，獨自照顧罹患骨癌的丈夫，還得扶養失親的寶貝孫子……從小耳濡目染下，立仁也是個小獵人，最崇拜的偶像就是獵人阿媽，長期跟著阿媽上山下水也練就一身好技術，學會許多本事，山裡的稀有植物、打獵技巧，全難不倒他（Peopo 公民新聞，二〇一四年五月十六日）。

筆者曾經在某次的部落經驗裡，得知部落裡的女性偶爾也隨著丈夫一同上山狩獵、放陷阱，遂使筆者開始對「女獵人」這樣的命題產生好奇。過往我們對於「原住民獵人」的想像多半是男性的，這樣的印象或許來自於許多讓人印象深刻的原住民文學作品。提到「獵人」，我們很自然地可以聯想到撒可努跟隨著風的腳步在森林裡等待獵物上門；

也可以想像夏曼．藍波安如何驍勇地在深海裡與浪人鰺搏鬥，我們卻很少有機會從文學作品裡去想像一個原住民女獵人的形象。即便在現實生活中真的有女獵人的存在，我們也可以在新聞媒體上找到原住民小朋友對於「女獵人」的想像，但仔細觀察，為什麼我們在現階段的原住民文學作品裡，卻幾乎無法找到一個「女獵人」的身影？

回顧原住民族漢語文學從八〇年代以來的發展，這段期間「原住民文學」這個範疇被仔細地釐清、定義，在作品的質量上也累積了不少豐碩的成果。原住民作家們以邊緣為據點，批判主流社會的不公；寫山寫海，描繪人與自然互動的平衡與智慧；書寫原鄉，試圖找回族群生存的歷史圖像，開展出迥異於漢人主流的獨特美學及書寫面向。三十年，在文學史的滔滔巨流裡或許只是眨眼一瞬，但仍是一段不算短的時間，在奠下厚實基礎的原住民作家們寫作愈臻純熟，而新一代的年輕寫手也輩出之際，或許可以進行一些小體檢。過去寫什麼？又不寫什麼？現在寫什麼？以及未來能寫什麼？都是值得深入探究的問題。因此，回到本文一開始的提問，原住民女作家這三十年來在書寫上呈現了多元的面貌，但為何未曾去寫狩獵或是形塑一個女獵人的角色？女作家們寫什麼？又不寫什麼？

性別銘刻在空間之中，也銘刻在書寫之中。范銘如在〈女性為什麼不寫鄉土〉一文裡指出，女性作家書寫的空間受限於城鄉經驗、文學出版機制、市場、敘事語言等內外緣因素，因而表現出女性作家偏好書寫都市而不寫鄉土的趨向（范銘如，二〇一三年）。但從原住民文學的案例來看，九〇年代原住民作家從街頭洄游部落，不分女作家或男作家，書寫原鄉、部落，一直都是相當主要的命題，因此就原住民女作家而言，她們並沒有不寫鄉土。范銘如也提到，女性雖然往往被與「自然」、「大地」等符號相連結，但穿梭山林、追逐獵物的題材，幾乎是由原住民男性所書寫（范銘如，二〇一三年七月）。即便如此，筆者並不認為原住民女性的書寫空間就僅是被囚禁在與外部山海對照的內部家屋空間，反倒呈現了另一種對外的開放性。

雖然筆者在本文要處理的是原鄉書寫空間裡的性別區隔，與范銘如對女性書寫在城／鄉差距上的關懷不同，但此篇論述仍提供了一種研究取徑，讓我們思考性別、空間和書寫三者之間的連動關係。男性原住民作家以獵人之姿書寫山林與海洋這些自然空間，在他們營造出的這些山海空間裡往往看不見女性，或僅能看到角色塑造較平面的女性，邱貴芬便指出，夏曼．藍波安所書寫的海洋以及達悟文化裡「女性」幾乎缺席的狀況，女性即使在他的文本裡偶爾登場，也都是以阻撓、干擾他尋回達悟主體的負面形象出現（邱貴芬，二〇一二年）。但或許可以更進一步探討的是，為何是男性主導著對自然空間的書寫，而非女性？女性又為何不能加入狩獵文化的山海空間？

要回答這個提問，最直截的方式就是經驗論，即女性不具有狩獵經驗，但事實證明在現代社會裡是有女性從事狩獵活動的。也有論者從「狩獵是男性本能」這樣的科學論述去合理化男性寫狩獵而女性不寫的現象。但 Donna Haraway 為我們破除了這樣的迷思。Haraway 指出，「男性狩獵天性」這樣的命題事實上是操作於靈長類實驗上的一連串科學假設，而科學本身即是一種論述而非真理，男性動物學家、生物學家在科學史裡建構了「狩獵假說」，相反地，雌性的被動性至今也只是一個未經驗證的假設（Haraway 著，張君玫譯，二〇一〇年），這樣的假設卻被當作真理而延續下去。

破除了「天性說」，我們更沒有理由去相信男性在書寫裡打造狩獵空間而女性則否，是出於性別本質這樣的論述。因此，回答這問題的答案絕非是用上述兩者就可以輕描淡寫地帶過，而是我們有必要去釐清「空間－性別－文化」之間的聯結性，如何作用在文學書寫之上。

以下筆者將參考〈女性為什麼不寫鄉土〉一文裡的「四牆說」，借用范銘如從經驗論、生產機制和敘事傳統等面向，來思考原住民女作家為何不寫「女獵人」的命題。下文筆者將先從閱眾對於「獵人」的想像開始，討論山海書寫形成的脈絡，以及它如何成為一種典範。接著，筆者將從空間的編碼來探討原鄉書寫是否需要成為傳統的再複製，以及這種原鄉書寫模式是否對女作家產生了限制。最後爬梳原住民女作家現階段的創作狀況，指出她們如何跨越這重重關卡，並指向更具開放性的未來。

二、閱眾的「獵人」想像：山海文學美學典範的形成

「自然空間」一直是原住民作家書寫裡相當重要的一個面向。在八〇年代的街頭運動趨緩之後，不少原住民作家紛紛返回原鄉追尋自己的母文化，試圖找回族群的傳統文化，也因此，部落不但是精神上的寄託，更是實踐族群身分認同的場域。書寫族人在山林、海洋裡的故事，是在回溯族人與自然緊密結合的生活方式，也是一種文化傳承。

而八〇、九〇年代除了原住民族漢語文學新興，尚有「自然寫作」這個文類的崛起。在原住民文學發展與推介上扮演重要角色的晨星出版社，在「原住民系列」出版之後的兩年（一九九二年），便推出「自然公園」書系。「書系」是出版社在經營品牌上的一種銷售策略，除了事先替讀者尋找稿源，尚要依靠編輯者對市場脈動的掌握，進一步

樹立自己的品牌(洪千惠,二〇〇三年)。從晨星出版社幾乎同期推出原住民文學與自然寫作這兩個書系,便可以推測,出版者必定是嗅到這個讀書市場開拓的可能性,這其中的連結便是「人與土地」的關係,也或者是現代化社會裡,人類親近自然的一種渴望。

相較於強調理性客觀,並以科普知識入文的自然寫作者來說,原住民男作家筆下的自然呈現的是另一套的知識邏輯和價值觀,在書寫自然的同時,作家在其中承載傳統禁忌或祖先的先驗智慧,這些與大自然和平共處的守則過去被貶抑為迷信,但在現代保育觀念興起後,原住民在書寫自然時蘊含的這些身體經驗以及靈性傳統,卻為已經與自然隔離的現代社會提供了一種可能的生活方式的想像,透過這些文學文本,原住民作家反而確立了一套對比於現代科學的生態保育觀,「自然守護者」這樣的族群形象也順勢而起。

這類書寫「人與自然」互動的作品,或許一開始即由男性原住民作家揭開序幕,因此也埋下性別刻板印象的伏筆。拓拔斯・塔瑪匹瑪(Topas Tamapima)在一九八六年寫的〈最後的獵人〉,雖然是以獵人在山林裡的受挫暗示了傳統狩獵文化的失落,以及國家強奪豪取原住民生存空間的悲慘命運,但此文可說為「男人的狩獵空間」這個書寫命題立下了小小的典範[1]。獵人比雅日被妻子帕蘇拉要求到平地做捆工賺錢而受盡嘮叨羞辱後，成天帶著獵狗往山裡面跑，森林彷彿是獵人能夠暫時紓解現實壓力的逃逸空間，小說裡比雅日喃喃自語說道：「我那女人如果有一天變得令人討厭，我還有這森林」（田雅各，一九九〇年，頁六三）。這句話暗示了性別空間的分野。接棒的夏曼．藍波安也曾在〈冷海情深〉一文裡，借用了拓拔斯．塔瑪匹瑪此篇小說裡主人翁與妻子帕蘇拉的對話，類比自己與妻子有同樣的處境：

「一般高中、高職畢業的本地人都能在鄉公所混一口飯，做代理課員，為何你不能？」孩子的母親如刀鋒般銳利臭罵著我，其雙眼彷彿視穿我滿是魚影的腦紋（夏曼．藍波安，一九九七年，頁一八）。

兩個我敬愛的女人，今天都要求我遠離海洋到臺灣做工。我在想些，想些我腦海裡的東西，不想還好，一想全是海底的景物，全是魚的影子（夏曼．藍波安，一九九七年，頁四四）。

這篇〈冷海情深〉雖然是散文而非小說，但夏曼特地引用了拓拔斯小說裡主人翁比雅日與妻子爭執的情節，用來輔助說明並對照在現實世界裡，他追尋原鄉的理想遭到妻子與母親的否決而導致的衝突。文裡的夏曼就如同比雅日這個角色，被罵完了，頭一轉，回到那個心神嚮往的自然空間，短暫地擺脫現實帶來的抑鬱和挫敗。不論是森林或是海洋，這兩篇作品都不約而同地把自然空間描繪為純淨的、得以解放自我、回歸傳統文化的空間，並且，這個空間裡沒有「惱人的女人」。

於是我們可以發現，當原住民作家們回過頭來去找傳統文化時，山林海洋彷彿成為一種父系的傳承空間。像是在亞榮隆．撒可努的《山豬．飛鼠．撒可努》（一九九八）、游霸士．撓給赫的《赤裸山脈》（一九九九年）、奧崴尼．卡勒盛的《野百合之歌》（二〇〇一年）、根阿盛的〈朝山〉（二〇〇一年）、撒可努的《走風的人》（二〇〇二年）、霍斯陸曼．伐伐的《黥面》、《玉山魂》（二〇〇六年）等等長、短篇的作品裡，

1 後來不少原住民作家在書寫狩獵文化時，仍不脫書寫狩獵空間／現實空間的對比，以及國家公園對原住民獵場的侵占，最後以慨嘆邁向黃昏的獵人文化作結。這樣的敘事結構在後來的多篇作品裡都可找到，故筆者認為拓拔斯．塔瑪匹瑪寫於一九八六年的此文，可謂建立了一個書寫獵人的典型。

我們都可以看到故事裡的主人翁是如何在跟隨父祖輩進入山林裡時，學習狩獵的禁忌、禮儀、面對自然的謙卑，以及各種由祖先留下來與自然萬物和平共處的智慧。當然，以書寫海洋成為經典的夏曼·藍波安也不例外，他一系列的小說都訴說了年輕男子如何向父祖輩學習伐木造舟、學習出海捕撈「黑色的翅膀」而成為真正的男人。於是作家們不僅活靈活現地表現了山的呼吸、海的波動，還將這些自然空間轉化為一種歷史與文化傳承的空間，並且，也是一種專屬於男性的空間。不論是散文或是小說，這些在山海裡學習、成長的主人翁總是男性，而不是女性，這個傳承狩獵文化的山海空間，彷彿是男性獨有，只允許男性進入，在上述文本塑造出的自然空間裡，我們甚至找不到任何一個女性的角色置身其中，男性作家創造出來的女性角色往往僅作為一個妻子或是一個母親，停留在部落與家屋的空間裡。

原住民文學不管是在學院的研究領域或是出版市場，從八〇年代至今已經逐漸形成獨特的文學美學，即便原住民文學的起步是沉重的，但若問及對原住民文學的印象，絕大部分的人必定還是會給出「寫山寫海」這樣的答案，山與海的遼闊空間似乎已經成為原住民文學裡最具代表性的題材。但如筆者在前文提及的，原住民女性在文學書寫裡幾乎不涉足這個山海空間，這些所謂的「山海文學」都出自原住民男性作家之筆，那麼，

「山海」究竟如何成為原住民文學的代表？如何被經典化？在被形塑為經典的過程裡，是否也養成了某種我們對山海書寫特定的美學標準？而這樣的標準是否使原住民女性的作品被邊緣化？當原住民男作家以文字描繪出那個完美的自然空間，不僅是對原鄉的懷舊，事實上也成就了所有閱眾心中的烏托邦。讀者閱讀著瓦歷斯．諾幹描寫老獵人如何抓到那隻愛照機車後照鏡擠痘痘的猴子，或者撒可努描述那隻聰明的上了大學的飛鼠，以及夏曼．藍波安敘述自己如何在海平面下與浪人鰺奮力搏鬥的故事時，魚腹被魚槍刺穿迸發的紅色水花彷彿就在眼前，相較於悲情的控訴與沉重的歷史敘事，原住民的山海書寫的確較容易被閱眾轉化為軟性的讀物，讀者只需要選擇看見文字背後那個美麗的群山與深海，就得以去想像一個已經失落的美好自然。也因為如此，原住民男作家書寫山海與狩獵，似乎已經是讀書市場上一般讀者對原住民文學的理解，就連國高中教科書的國文選讀，也可以看到夏曼．藍波安深情的海洋文學和撒可努充滿童趣的獵人學校，可以見得原住民的山海書寫已經確立了獨特的美學、市場價值。但與此同時，這樣的山海書寫似乎也建立起一套美學的標準，即原住民作家寫山寫海的特殊性是來自於其中蘊藏的傳統智慧，以及充滿男性氣概的獵人文化。若一位原住民作家在書寫自然空間時不去著墨這兩個部分，我們還認不認為這是一篇好的作品，能否代表原住民的山海書寫？

原住民女性並不是完全不寫山林，喜歡爬山的黑慕依便是一個例子。她的〈回向塔瑪荷（Tamaho）〉書寫探訪Tamaho玉穗社的經過，黑慕依並不為了尋訪祖先，而是單純地為了仰望山頂的夜空以及層層疊疊的墨色山影而來，但她穿梭在山林間的方式，很不「原住民」，也不像同行的另外三位布農族大哥一樣，有著「臺灣雪巴」、「高山之子」的美稱而得以在海拔三千公尺的山岳裡輕鬆自得，她寫道：

「喔？妳還帶地圖和爐子啊？」Huaiv大手一揮，險將火堆上的一鍋好湯給打掉。

「欸，這裡是我們的地盤，妳不要擔心啊！」大哥們不帶重量地笑著說。我尷尬萬分哩！我怎麼可能懷疑布農人的天賦與本能！卻真的無法解釋即使身上同樣流動著山岳民族的血脈，卻不必然同等質的山林經驗、體認與觀點。更可能自身某種小小的「癖好」也不定，一如地圖之於我！我無意撼動（也同時不具備此能耐）之於山野的某種陽性價值（或優勢），但也游動在兩性差異間舒放或累積自己的厚度。而我衷心折服一把刀、一包鹽的行動哲學是最貼合山林律動的（孫大川編，二〇〇三年，頁八〇—八一）。

黑慕依喜歡地圖，那來自於一種自我定位的明確感與安全感，但身為一個原住民族，這樣的喜好是會被嘲笑的。地圖和火爐這種被賦予科學知識、現代性象徵意義的物品，依照原住民獵人文化的邏輯根本不該出現，我們也很難想像在前述幾位原住民男性的山海書寫裡，會出現獵人帶著這兩樣東西上山打獵，因為這完全違背了獵人文化的美學標準。但這透露出，同樣的山林空間之於三位布農族大哥、之於黑慕依，卻有著完全不一樣的身體經驗。

對於黑慕依來說，她清楚地知道活在二十一世紀的山海族群，即便依戀著某些過去的原型，但很多事情都已經改變，就像仍擁有獵人氣質的布農族大哥們已經不再擁有傳統狩獵技能，形同將自己的天賦繳械。在文中，相較於布農族大哥 Ibe 缺乏狩獵衝動，而對夜間獸類活動的聲響處之淡然，身為女性的黑慕依卻顯得興致勃勃，字裡行間暗示著她曾經有過狩獵經驗，也有著獵人的「本能」，她卻選擇沉默，不去撼動傳統的分際，逾越這彷彿屬於男性的狩獵空間。黑慕依這篇散文和許多原住民男性的作品一樣，將空間置放在層層山岳之中，但非常不同的是，她雖然懷念原住民族某些原初的人物形象，也喜歡想像那個獵犬吠聲不斷的盛況，但她無法把這個空間封閉為一個完美的狩獵空間，或是以精神原鄉的方式來描繪，因為她深知山的領域，在傳統的分野上屬於男性，而她也只能當個現代女性，才有辦法這樣描繪群山。依我們對原住民文學的山海書寫既定的美學標準來看，一個帶地圖和火爐上山的女人，是完全不符合傳統的勞動分配、不符合禁忌，當然，也不符合讀者所熟悉擁有原初智慧，在山林悠閒自得的「獵人」形象，於是「山海獵人」的美學標準可說是排擠了原住民女性書寫山林空間的可能性，只因為那樣不夠「原住民」，也不夠傳統。或許原住民女性並不是不想寫自然空間，也不見得是缺乏親身經驗，從文學美學標準被形塑以及出版市場的角度來看，原住民女性不寫，或許是因為那不符合讀者對於原住民女性的書寫期待。

三、過去是爭議所在：談「原鄉書寫」的文化傳承

原住民的這種「原鄉」書寫大概從九〇年代開始，促成這種書寫類型形成的歷史背景，是「光復」後「山地平地化」、「山地三大運動」的推行，不單使原住民族痛失土地，更讓部落被捲入臺灣島內全面都市化、工業化及資本化的浪潮裡，被迫改變原來的生活方式與部落經濟，毫無抵抗力地成為貨幣遊戲下的犧牲品，而這些政策更使原住民

文化、語言急速地流失。是在這樣的背景下，去書寫族群文化及重新找回族群的尊嚴才顯得急迫，也才成就了原住民作家們懷舊、帶有田園牧歌式的原鄉書寫。巴赫金在分析小說時空體時，指出田園詩小說裡的一個基本命題，即「田園詩的破滅」。這類小說通常強調人與人之間的人道主義關係、田園生活的整體性以及和大自然的有機連結，異於現代社會的機械化勞動，這個田園詩的小世界，展現了狹窄性和封閉性，但對照的是一個更龐大的世界。在資本主義為中心、人們機械化勞動的這個世界裡，田園詩小說裡的主人翁們所懷抱的理想主義與地方浪漫主義都面臨崩解（巴赫金著，錢中文譯，一九九八年，頁二七四－四六〇）。而原住民作家的「原鄉」書寫，與巴赫金提出的田園詩時空型頗為相符：夏曼．藍波安的蘭嶼書寫形塑了一個原初勞動的、豐饒的海洋民族；撒可努以幽默童趣表現一個沒有沉重歷史只有快樂的山林世界；奧崴尼．卡勒盛將部落置放在一個彷彿永恆不變的時空裡，裡面的族人依照歲時祭儀與自然的節奏生活，每個生命的生生死死在其中無限循環著。但毫無疑問的，這種完美的封閉時空，是對照於外在世界的醜惡，以及在現實生活裡原住民部落生活形態的崩解危機。狹義的原鄉指的是作者自己生長的故鄉，而廣義的則是指包含原住民傳統文化的實質空間或是文化空間。正如余友良所指出的，這個「原鄉」的「原」暗示了今昔的對比，也意味著只能從

「現在」回溯已經不在的「過去」，這個「原鄉」不管在時間還是空間，都已然逝落，因此所謂的「原鄉」並無具體可指認的範疇，反倒是一種地緣上的身體經驗，或是來自於文化認同的空間想像（余友良，二〇〇八年）。當然，這個原鄉的重建還必須依賴文化敘事去填補，所以重溯部落老人們講述的故事、神話傳說，身體力行地重新學習過去的勞動形態、生活方式，書寫祖靈信仰的禁忌與價值觀，就成了首要的工作，而在這過程裡，傳統部落空間裡的性別秩序也被複製銘刻於這樣的文化敘事當中。

而如前所述，我們在這種「原鄉書寫」的文本裡，可察覺到現實（或傳統的）秩序對於性別空間的編派是如何展現在文學作品裡，並同樣作用於書寫者對文學題材的選擇上。山林、海洋這樣的自然地景，在原住民文學作品裡被編派為男性氣概的狩獵空間，而女性則外於此。這種空間分派的呈現看似是根源於「傳統」，是性別的勞動分工構成了空間上的性別區隔，而形成了男人的獵場／女人的家屋。若依照傳統的分配，原住民女性應該留在田園、家屋這樣的空間，要出現一個「女獵人」似乎是不可能的，但若我們用這個理由來合理化原住民女作家不涉足狩獵題材的現象，便會產生相當大的問題。難道文學書寫只能去複製現實世界裡的性別分工嗎？原住民文學在追回傳統的同時，難道也只能完全移植傳統的結構嗎？並且，真的有一種本質的「傳統」去讓我們追回嗎？

文化是一種建構，現在我們認知的「原住民」這個族群身分、認同或是「原住民文化」的內涵，是在九〇年代之後依賴各種政治主張、文化敘事等重建而來，即便原住民族經常被賦予深厚古老的人類學意義，我們也不應該就把任何「傳統」視為本質的、天生的或是理所當然的。

八〇年代的人類學者開始反省人類學科以西方二元對立的方式去架構人類學的調查，因而將原始部族的文化設立為男／女，在空間上也設定成公／私領域、文化／自然這樣對立的結構。這種設定低估了許多前資本主義社會動態、複雜的社會秩序，而事實上有相當多的原始部族社會裡，每個人身上都有男性與女性特質，這特質可以被改變或增減，在公／私領域的空間範疇也並非如我們所想的截然二分（王梅霞，二〇〇五年）。就如王梅霞所認為的，「『社會文化』並不是一套先驗存在的抽象系統，等待人們去認識它；而是人們透過自身身體的實踐，以及在時間空間中的行動，實際去感受、經驗到社會文化，而且社會文化是可能在經驗中被改變的」（王梅霞，二〇〇五年，頁四六）。人類學家這樣的反省引領著我們進一步去思考，當我們用人類學資料來佐證文學裡性別／空間的區隔，或用文學書寫去印證這些人類學調查的正確性，是否就忽略了文化本身動態的進程，也掉進了本質論的陷阱裡？當然，筆者在此並無意、也無從追究人類學調查裡的真實或謬誤，只是要說明，任何一種本質論的「傳統」都是我們必須去破除並對其進行重新檢驗的。

空間性別編碼的概念，讓我們注意到男／女作家在書寫空間上的分野，但重要的是，我們不必把這樣的連結當作永恆不變，Linda McDowell 指出，只要男性與女性在性別／空間的傳統連結上進行挑戰和爭論，「空間文本」是會隨著時間被改寫的（McDowell 著，徐苔玲、王志弘譯，二〇〇六年）。而在撇除了「傳統本即如此」這個答案後，我們便該進一步思考在文學上翻轉這個既定的性別／空間分野的新的可能。就如 Mike Crang 所言，文學不僅描繪地方，它還創造了地方，同時也透露著這個社會如何在空間上編排秩序（Crang 著，王志弘、徐佳玲、方淑惠譯，二〇〇三年）。但文學並不只是與現實疊合的另一張地圖，也並不是只能依附現實，而應能有其超越性，使其作為一種論述，重寫性別空間。

因此，就如筆者前文所言，「原鄉書寫」是作家企圖重構主體、重建認同的行動之一，這些書寫確立了原住民作家的文化身分。然而我們試想，當原住民男性依照傳統性別分工進入山、海的獵場追尋自己的文化主體時，原住民女性若不想固守家屋，那麼她們的書寫空間該座落在何處？「原鄉書寫」的模式在某個程度上，是否已經禁錮了作家們的想像力？范銘如在分析臺灣女作家在書寫上的城／鄉差距時指出，雖然在鄉間的傳統大家族可能會有較強的生活和情感的支援系統，但相對的責任與限制也較多，反而可能會妨礙女作家個體自主以及創作活動的開展，也因此臺灣女性作家的書寫空間呈現離開鄉野，往都市出走的傾向（范銘如，二〇一三年）。這個切入點套用在原住民女作家身上時卻會產生一些矛盾，因為原住民原鄉書寫的姿態並非出走，而是重返。在特定的歷史條件下的原住民作家們有文化消失的焦慮感，因而書寫傳統成為一種使命，部分擁有狩獵經驗的原住民男作家因此率先打造了文學世界裡的狩獵文化空間，但原住民女作家在這種「原鄉書寫」脈絡下的位置，卻卡在性別／文化身分的對立上，顯得窒礙難行，同時背後也隱含了在「文化傳承」這個書寫前提裡，傳統／現代之間的緊張關係。

四、出走，或占據時間之流：原住民女性書寫的兩種策略

受限於已由男作家確立的「山海」書寫的美學典範，以及原鄉書寫裡的文化傳承命題，原住民女作家又該如何開展她們的書寫？就筆者的觀察，原住民女作家在書寫空間

上並不符合男性作家對女性的詮釋，侷限在相對於山、海而言較內部的家屋空間，反倒呈現出另外兩個較為顯著的傾向：一是去抓住流逝的時間，經營記憶的書寫或是寄情；二則是以報導文學、旅行扎記的方式，呈現一種出走、向外拓展空間的姿態。

白茲．牟固那那的散文裡總是散發著童年懷舊的暈黃光輝，她回憶父親如何漁撈、造房，鄒族人如何採蜂、割棕櫚、換工以及種植小米，也回憶小時候在學校吃仙草乾的滋味，回憶山地小孩特別喜歡把有黏質的 kupiya 果實大把大把地往嘴裡塞，吹個大泡泡，或是惡作劇地黏在同學頭髮上，還有青少女時期第一次到奮起湖燙頭髮的糗事等。而在〈親愛的 Akʼi，請您不要生氣〉一文裡，白茲．牟固那那以對話的方式，向祖父訴說五十一年來的時光流轉：

> 這樣漫長的歲月裡，在您的孫女白茲我的記憶中，除了頭些年我們還想到您，常來看您之外，到後來都把您給遺忘了，讓您孤孤單單地在這不見天日，陰溼的竹林裡到如今。親愛的 Akʼi，請您不要生氣（白茲．牟固那那，二〇〇三年，頁一四九）。

想起自己的遺忘，也意味著重拾。白茲對祖父細數鄒族的變化，這段期間鄒族從屈肢葬到學習漢人為祖先立墓，被一個叫作「國家」的東西禁止說鄒族的話，學習另一種語言還有文字，鄒族的孩子紛紛與外族通婚，再也沒有看過織布機的樣子，也不知道除了穿上鄒族的衣服以外，要如何讓自己成為真正的鄒族勇士……白茲用時光流逝及憶祖的方式，串起對傳統文化失落的喟嘆。

而利格拉樂·阿媯一向以母族歷史的追溯為其書寫主軸，她的〈褪色的黥面〉、〈白色微笑〉、〈誰來穿我織的美麗衣裳〉、〈祖靈遺忘的孩子〉等，都以族群認同和記憶交織而成。如〈紅嘴巴的vuvu〉一文，阿媯便從紀錄者的角色，書寫外婆利格拉樂·蒂桑阿嘎安的一生。外婆出生後，在日本政權統治下被迫遷離祖居地，建立利格拉樂家族，之後把女兒嫁給了外省老兵，年老時還成了孫女口中那個「紅嘴巴的巫婆」。母親、姐妹、丈夫們、女兒與孫女都成了生命記憶裡的節點，她的敘事依這些情感聯繫而展開。阿媯的書寫試圖去重現原住民女性在時代洪流變動裡的生存圖像，讓隨著時光荏苒而褪色的老舊圖騰，再現美麗的色澤。

當然，原住民女作家並非只抓住了女人的時間而不寫空間。承著原鄉書寫的命題，她們追溯我族的歷史記憶，也回到部落，但在空間上，她們回到的並不是傳統性別空間給她們的限制，反倒是用「出走」來確立自己的族群認同及回溯自己的生命經驗。利格拉樂．阿𡠄在九〇年代與瓦歷斯．諾幹合辦《獵人文化》雜誌（一九九〇年八月—一九九一年六月）可以算是她書寫的起點，在雜誌刊載期間，阿𡠄投入大量的田野調查工作，深入臺灣的各個部落了解經濟、觀光、自然生態等各個面向，以報導文學的方式呈現部落空間的遽變，這些篇章零散地收錄在之後的散文集《誰來穿我織的美麗衣裳》（一九九六年）、《紅嘴巴的 vuvu》（一九九七年）。阿𡠄這些田野調查的報導式散文，是她介入社會的一種方式，也正是藉這逐步積累的過程，更加確立自己的身分與位置。

而另一個有趣的例子是達德拉凡．伊苞。伊苞一九九三年起隨中研院民族所的蔣斌先生在屏東從事長達八年的田野調查工作，和部落耆老、巫師多有緊密的接觸，期間她發表的〈小米月〉（一九九五年）、〈田野寄情〉（一九九五年）以思念朋友、講述祖母的故事為主軸，而這都與她的田調經驗有關。隨後她與行腳的優人劇團團員相遇，短暫地離開故土、遠赴西藏，完成《老鷹，再見》（二〇〇四年）這本書。在《老鷹，再見》裡，排灣族部落和西藏兩個空間疊合，現實和過去相互交織，伊苞敘述自己的出生、重返部落、隨頭目進入山林禁地、尋求解夢、生病、蘇立阿波奶奶離開人間、面對死亡、告別部落等一段又一段的記憶，這趟藏西轉山之旅，映照出她塵封已久的部落記憶，她寫道：

眼前彷彿是一面大鏡子，它們逼我面對自己隱藏在心中的祕密。這不是我閉上眼睛就可以跟過去劃上界線的。尤其，當我看見在轉山的人中，有一位婦人五體投 地地獨自匍匐前進，以肉身浴磨著土地，我的鼻孔，我的皮膚，乃至我的喉嚨，散發著腐酸酒臭味。那是經年累月地混在酒吧裡麻痺神經的狂亂歲月。我像個逃亡者，極度想擺脫和自己有關的事實(伊苞，二〇〇四年，頁一四四)。

藏西的遼闊，讓人看清自己。伊苞藉由「出走」的異地經驗重新整理自己的排灣族認同，在「離」與「返」的路徑之間不斷進行自我辯證。

Mike Crang認為這類書寫家園、遠離家園的文學文本暗示了一種空間與性別秩序，在許多文學敘事裡，「家」被視為安穩和依附的來源，但也是禁閉之地，所以男性往往逃離禁錮他們的女性家園、尋求冒險，女人創造家園，而男性逃向自由(Crang著，王志弘、徐佳玲、方淑惠譯，二〇〇三年)。但這樣的性別空間分野，套用在原住民文學上卻不見得合適。就如筆者前文所述的這兩個例子，阿𡠄以田調和報導文學的方式面向外在世界，這樣的姿態是她尋訪、探究自己身分的過程，也使她的文學創作更加厚實；而伊苞則是藉由西藏與排灣族部落這兩個空間的同／異，映照出自己的生命經驗，訴說自己在排灣族部落的童年，以及成長過程裡因為膚色、口音、身分曾帶給她的種種猶疑、困惑。在原住民女作家的例子裡，我們看到的是女人離開家園，尋求異地／異境的參照，進而完成自我認同的主體以及書寫母文化的命題。

另外，我們在原住民男作家的作品裡看到的，「妻子」這個女性角色是以負面的形象出現，女人總是對著他們抱怨現實生活的困難，要求原住民男性進入平地社會謀職以求溫飽。「女性」這個角色的安排，彷彿是主人翁打造的那個完美純淨自然空間的一個缺口，打碎傳統領域完滿不受破壞的美夢。但「妻子」這個角色在原住民女作家里慕伊．阿紀的筆下，卻有著完全不同的意義。里慕伊．阿紀的長篇小說《山櫻花的故鄉》（二〇一〇年）寫的是部落遷移史，小說中堡耐一家人耳聞高雄那瑪夏有如何肥美的林地與獵場，遂有了冒險開拓新天地的念頭，而從新竹的斯卡路部落遷移到高雄那瑪夏開墾定居，小說中的泰雅男人胼手胝足，一家歷經挫折，終於在那瑪夏安定下來，第二代的伊凡也終於娶妻生子，開始有了穩定的生活，但伊凡的太太雅外這時卻突然有了「一定要離開這裡」的念頭：

結了婚跟丈夫住在偏遠的後山部落，上山砍樹、砍竹子、種香菇、面對大嫂不公平的對待；南遷之後過著離群索居的生活……這些轉變，雅外都是正面迎接，從來不害怕去面對，並能從中找出自己的生存之道。可是，當她想到背上的兒子沓 命，小小的他也必須住在這深山裡，過著這樣原始而艱困的生活嗎？他的未來呢？想到這裡，做媽媽的心中便起了一層又一層的濃霧（里慕伊．阿紀，二〇一〇年，頁二三五）。

雅外考量的是孩子的未來，希望能給他方便接受教育的條件，於是她在交通、經濟、教育的考量下，毅然決然回到在新竹的故鄉斯卡路部落養育子女。在里慕伊的筆下，身為女性的雅外對於外在世界的變動十分敏感，以柔軟的姿態適應外部環境，尋求更有利生存的空間，反倒是丈夫伊凡希望傳承父祖輩開墾留下的田園，固守現有的家：

現在農地的規模和產業卻非常足夠他們一家人衣食無憂的。他們一家人對於山上的勞動生活是很習慣的，這些辛苦在他們看來都是很自然的事，這是從祖父的祖父……開始就是這樣傳承下來的生活形態，誰也沒質疑過這樣適不適合現在的社 會環境，更從來沒想過需要做什麼改變（里慕伊．阿紀，二〇一〇年，頁二四二）。

小說的最後，伊凡夫婦搬回了新竹，伊凡的父親堡耐也突然懷念起故鄉的山櫻花、故鄉的親友，於是便也與妻子阿慕伊一同搬回暌違已久的故鄉斯卡路。在這本小說裡，里慕伊也超越了 Mike Crang 所說的「男性向外冒險，而女性固守家園」這樣的性別／空間模型。男性的堡耐、伊凡南下拓墾開闢新世界，但女性的姿態同樣也是面向外部世界，並且勇於改變的。同時，里慕伊也非常巧妙地解決「原鄉＝傳統」而「外地＝現代」的對立。作為原鄉的新竹斯卡路部落，因為位處於北部，在現代化的步伐上走得比南部還要快，小說中堡耐一家人最後返鄉，但那個原鄉並不原始、傳統，反而不斷變動而有新面貌，同時也是較現代化的家園。這部小說挑戰了原鄉書寫既定的典範，揭示我們「原鄉」的傳統／現代並不是兩個截然對立的概念。

五、結語：想像一個女獵人

原住民男作家喜歡打造一個烏托邦式的自然空間去書寫充滿陽剛氣質的傳統狩獵文化，而且已經在文學場域奠定一種獨特的美學去連結文化、狩獵和自然空間，原住民男性「自然守護者」以及「獵人」形象深植人心。筆者認為這對原住民女作家的書寫可能造成一種排擠的作用，出版者、讀書市場或是研究者對於原住民男作家山海書寫的高度興趣，將這些作品堆疊到經典的位置，也樹立了一種書寫原住民自然空間的美學標準，這使得有不同生命經驗、不同空間感受的原住民女作家，即便想寫山海，也可能要面臨不像「原住民文學」或是沒有讀者這樣的焦慮。而筆者認為，空間的操演其實說明了性別的操演，也表現了社會結構及權力秩序，原住民文學在特定的歷史背景下，產生文化流失的焦慮感，因而把書寫傳統當作重責大任，但這種複製了性別／空間結構的書寫傳統，卻讓女性無從進入傳統上屬於男性的狩獵空間，這導致了原住民女作家無從書寫山海，只能另闢蹊徑。而筆者觀察到，原住民女作家在符合原鄉書寫的前提下，開展出兩種迥異於男作家的策略，一種是書寫族群的時間長河，回憶童年及溯源母族歷史，另一方面，則以「出走」及面向現實的姿態，藉由空間的「離」來成就文化原鄉的「返」；這是面對「山海典範」以及傳統性別空間分野的限制時，原住民女作家所給出的回應。

不過，原住民文學運用漢語寫作已經邁入「而立之年」，除了肯定原住民女作家既定的成績外，筆者也期待也許在書寫原鄉、保留傳統文化之餘，還可以去思考新的寫作可能。邱貴芬便指出，原住民的論述裡常見傳統／現代這樣二元對立的結構以及懷舊式的文化傳承，但原住民如何在現代社會延續傳統是一個必須去思考的問題，文化傳承不該是一成不變地去複製、想像那「原汁原味」的文化傳統而已（邱貴芬，二〇一二年）。里慕伊．阿紀的小說《山櫻花的故鄉》為我們揭示了這樣的可能性，《山櫻花的故鄉》翻轉了過去我們在原住民文學裡看到的傳統／現代的衝突與對立，暗示了原住民的文化如何在現代社會裡延續傳統，那才是最重要的事。文化傳承不應該只是回到傳統的結構裡去，至少不該複製傳統的性別／空間的分派秩序。現在，也許我們能夠對原住民的文學有新的想像。里慕伊曾在二〇一四年的文學座談會上提到：「泰雅女人在現代社會也狩獵，只是獵場已經漸漸消失，現在連男人也很少狩獵了。我們的獵場在都市[2]。」女獵人在現代社會的存在，已經是個事實，而我們在文學作品裡卻遲遲等不到一個能這樣澈底翻轉傳統性別空間限制的作品，又或者，即便是現實世界沒有，我們也應能在充滿想像力的文學世界裡期待這種作品的誕生。文化的形成本來就是在新／舊之間不斷揉合與變動，原住民的文學也不該停留在原鄉書寫，至少，我們需要一部能夠想像女獵人的作品。

2　此座談為山海文化雜誌社舉辦的「第五屆臺灣原住民族文學論壇」，二〇一四年四月十三日。

參考資料

王梅霞　二〇〇五年，〈「性別」如何作為一套文化表徵：試論性別人類學的幾個發展方向〉，《考古人類學刊》六十四期，頁三〇—五八。

田雅各　一九九〇年，《最後的獵人》，臺中：晨星。

白茲．牟固那那　二〇〇三年，《親愛的 Ak'i，請您不要生氣》，臺北：女書文化。

余友良　二〇〇八年，〈空間、文化、情感——臺灣當代原住民文學中的原鄉書寫〉，臺北：國立臺北教育大學臺灣文化研究所碩士論文。

邱貴芬　二〇一二年，〈性別政治與原住民主體的呈現：夏曼．藍波安的文學作品和 Si Manirei 的紀錄片〉，《臺灣社會研究季刊》八十六期，頁一三—四九。

范銘如　二〇一三年，〈女性為什麼不寫鄉土〉，《臺灣文學學報》，二十三期，頁一—二八。

夏曼．藍波安　一九九七年，《冷海情深》，臺北：聯合文學。

孫大川編　二〇〇三年，《臺灣原住民族漢語文學選集：散文卷下》，臺北：印刻。

達德拉凡．伊苞　二〇〇四年，《老鷹，再見》，臺北：大塊。

Peopo 公民新聞　二〇一四年，〈獵人阿嬤的桂竹筍是全家人的依靠，家扶籲愛心認購天然山珍味〉，檢自：，http://www.peopo.org/news/242457，二〇一四年十月二八日。

Crang, Mike　二〇〇三年，王志弘、徐佳玲、方淑惠譯，《文化地理學》，臺北：巨流。

Haraway, Donna J.　二〇一〇年，張君玫譯，《猿猴、賽柏格與女人：重新發明自然》，臺北：群學。

McDowell, Linda　二〇〇六年，徐苔玲、王志弘譯，《性別、認同與地方：女性主義地理學概說》，臺北：群學。

Михаил Михайлович Бахтин　一九九八年，錢中文譯，《巴赫金全集（三）》，河北：河北教育。

陳伯軒

〈寫出，活出文學——臺灣當代原住民漢語文學「美學」的兩個面向〉

國立政治大學中國文學博士。現任吉光國文專任教師、國立臺北大學中文系兼任助理教授。曾獲得國防部史政論文徵集特優獎、政治大學研發處論文獎助等。

著有學術專書《文本多維：臺灣當代散文的空間意識及其書寫型態》、《地方與人家：臺灣當代散文析論》、《知識、技藝與身體美學：臺灣原住民漢語文學析論》，散文集《彳亍》、《戲弄》等，近年轉向研究先秦儒道思想及應用倫理學。

本文出處：二〇一七年三月，《臺北大學中文學報》二一期，頁一四一—一六九，新北：國立臺北大學中國文學系。

寫出，活出文學

——臺灣當代原住民漢語文學「美學」的兩個面向

一、前言

邱貴芬曾於二〇〇五年在報刊發表〈原住民需要文學「創作」嗎？〉[1]，文章雖然不長，卻在其後引起了許多研究者與學者競相引用、回應，甚至有學位論文開闢專章討論相關問題。雖然回應的人不少，在我看來，似乎很少人理解邱貴芬此文對於原住民文學創作美學的關懷。因而，本文撰寫有以下幾個用意：⑴嘗試闡述並補充邱貴芬該文所提及創作美學的問題。⑵針對現有對於此文提出的質疑或回應，本文提出相關的辯駁與討論，以帶出本研究對於原住民漢語文學的關懷立場。⑶回應邱貴芬提及「真實與虛構」、「原住民文學如何被觀看」等問題，並從創作美學的脈絡解釋「原住民需要文學創作」的原因。⑷此外，本文以「活出文學」一節，論及原住民生活的特色，而這也是部分反駁邱貴芬創作美學者的立場。⑸最後本文將提出「寫出—活出文學」的書寫邏輯，期望能夠肯定「原住民文學」獨立於「原運」的價值。

首先，〈原住民需要文學「創作」嗎？〉認為，原住民作家採用「第一人稱」「歷史見證」的姿態書寫，固然象徵「原住民發聲」與原住民觀點呈現「真正」歷史暴力和保存傳統文化的企圖。但這樣訴諸內容「真實」性，以至於寫作重點在於真實與否，「創作「美學」層次的問題往往不受重視，「原住民『文學』創作形如原住民觀點的『人類學』、『歷史紀錄』」，「既以『真實』為原則，原住民還需要『文學』『創作』嗎？人類學和歷史書寫不是更能契合『真實』的需求嗎？」

其次，邱貴芬指出：「文學」基本上是一種「造假的藝術」（art of fabrication），含有濃厚個人「虛構」、「創作」的色彩；這些都與原住民以「真實」贖回歷史的「壓抑」和「扭曲」的書寫動力背道而馳。並且直接挑明，「在文學市場如此蕭條的時代，還期待文學作品能擔任政治改革的推手，不過緣木求魚，不如寫政論。那麼，原住民還需要『文學』嗎？」

甚而，主流消費市場以「異國情調」看待原住民文學書寫，以至於不摻入「原住民文

1 邱貴芬：〈原住民需要文學「創作」嗎？〉，《自由時報》第E7（二〇〇五年九月二十日）。

化符號」，就不被視為「原住民」作品，不具賣點。恐怕使得主流社會和原住民社群因此合力為原住民作家畫出一個族群的囚牢」，原住民作家只能在此範圍內進行書寫活動。

整理邱貴芬該文的提出的問題，可以分為兩大方向：一是歷史真實與文學虛構的張力，其次是原住民文學「被觀看的問題」——原住民文學是否要表現出某種「原住民性」？即使此文發表至今已有十年，但是我認為當中許多的問題至今仍然值得原住民文學研究者、評論者思考。尤其當邱貴芬以「原住民需要文學創作嗎」的問句為標題，表面上看起來似乎在挑戰原住民文學的根本價值，確實也引起許多後續論者的批評與回應。

魏貽君《戰後臺灣原住民族文學的形成研究》雖然肯定邱貴芬的批判是「值得原住民族文學的創作者、研究者共同省思的嚴肅課題」，但筆鋒一轉，引用了許多國外學者的理論表示，片面追求書寫形式與技巧的滿足，無視少數民族形成的歷史烙印與社會關係，恐會陷入「文學拜物教」的陷阱之中而不自知[2]。吳春慧《勞動與知識的辯證》引用劉大杰「文學起源於勞動」的概念，指出「以身體為度」的文學記錄著真實的勞動樣貌，「反而閱讀者更應該重視原住民文學『以身體開展』的真實經驗，相較於『純美感』的『造假』，『以身為度』的書寫無疑是更返回『文學反映生命』的本質[3]」。奉君山《為什麼原住民文學？》則是直接承認，他不同於邱貴芬關注美學問題，而是注意到

「原住民文學的政治性格以及政治可能性[4]」。

除了以上的學位論文提出討論外，董恕明似乎也意識到相關的問題，她雖然沒有直接引用邱貴芬的意見，在《山海之內，天地之外》對於原住民「文學」也稍有反思：

> 「文學」終歸有它自身的要求，不是所有的書寫，都能以「文學」視之，然而原住民文學的表現，在相當程度上，即是在考驗專業讀者與一般讀者對於「文學作品」接受的廣度與深度[5]。

---

2 魏貽君，《戰後臺灣原住民族文學的形成研究》（臺南：成大臺灣文學博士論文，二〇〇七年），頁三六五。

3 吳春慧，《勞動與知識的辯證：夏曼．藍波安與亞榮隆．撒可努作品中的身體實踐與身體書寫》（新竹：國立清華大學中國語文研所碩士論文，二〇一〇年），頁一〇二。

4 奉君山，《為什麼原住民文學？——一九八四迄今原住民文學對臺灣民族國家建構的回應與展望》（臺北：國立臺灣大學中國語文研所碩士論文，二〇一〇年），頁四。

5 董恕明：《山海之內，天地之外——原住民漢語文學》（臺南：國立臺灣文學館，二〇一三年），頁二二一—二二三。

雖然董恕明意識到了「文學終歸有它自身的要求」，可惜的是在一語帶過之後，似乎把對於接納文學作品的責任推諉給了閱讀者，而沒有更仔細的論點闡述。

原住民文學的美學如何可能？如果我們要討論這個問題，就必須清楚知道自是基於什麼樣的立場理解「文學」與「美學」。這些觀點之所以會產生歧異，恐怕是因為彼此的論述立基點並不相同。整理上述的觀點，討論的問題可以分為幾個方向：(1)將文學作品視為審美對象：如邱貴芬「文學是一種造假的藝術」的立場。(2)將原住民生活境況視為審美對象：如吳春慧的論點。(3)針對審美的標準提出質疑：如魏貽君、董恕明、奉君山（與下文論及的徐國明）的立場。

「將文學作品視為審美對象」以及「將原住民生活境況視為審美對象」，是在兩個不同脈絡中理解「美學」，本不衝突。至於從比較廣泛的政治社會經濟脈絡質疑「審美標準」的問題，確實頗啟人疑惑，然而本研究下文將提出說明，這些政治社會經濟的脈絡對於文學標準的影響，並不獨獨存在於原住民文學之中。換言之，即使「審美標準」的訂立是充滿政治性的，仍然無法取消「將文學作品視為審美對象」（即邱貴芬該文）的立場。

二、寫出文學：作品成為審美的對象

（一）形式美學的批評向度

魏貽君、奉君山及董恕明的意見，用比較寬泛的定義，可以說是在一個複雜的政經文化脈絡下，為審美的普遍性提出質疑。除了上述三位學者的意見之外，徐國明的意見可謂這個立場的代表，由其碩士論文獨立出來發表的〈「原住民」的框架內／外——重探臺灣原住民運動的文化論述與「文學性問題」〉、〈弱勢族裔的協商困境——從臺灣原住民族文學獎來談「原住民性」與「文學性」的辯證〉二文，對於邱貴芬的提問有較詳細的意見陳述。本節將先羅列徐國明的論點，並且提出本文的回應。徐國明的文章主張：

(1)原住民作者透過漢語書寫，來傾訴原住民族遭受主流文化迫害，特別著重在族裔身分的發言位置。因此，這樣與原運高度密合的原住民文學，未必符合「文學作為一種造假的藝術」的美學標準[6]。

⑵當前文學研究對於原住民文學研究的塑造，在相當大程度上，還是憑藉著主流文化的「文學品味」和「美學價值」，予以判斷、評選。而這樣的主流意識形態，自然也嚴重箝制著原民文學的創作和研究[7]。

⑶由上述兩個原因，徐國明更進一步推導「原住民文學的『文學性』，必須是建立在『原住民』的主體概念上，才得以成立的[8]」。

⑷更具體地說，所謂的「文學性」並非先驗地存在，而是在創作、批評論述與整體文化生態的互動網絡中逐漸形成，也就是一種知識範疇的建構[9]。

⑸徐國明認為，當我們衡量一部作品時，除了美學層次的關注外，更應該重新納入不同意識形態，還有多重決定性書寫(政治、社會、歷史、文化)的參與過程[10]。

⑹最後，徐國明提出一種情況，倘若一位具有原住民身分的作者，不在他的作品裡摻入具有差異性的「原住民」文化內涵時，我們還會認為這樣的作品，是「原住民」的「文學」作品?徐國明認為，我們無法在目前「原住民文學」定義脈絡下，去討論這樣的原住民文學的「文學性」，因為原住民文學的發展過程中，文學性一直是與原住民主體概念緊密扣合的[11]。

某個程度上，徐國明的意見確實照顧到了臺灣當代原住民文學發展的實況，捍衛原住民主體性的立場顯而易見。

然而，本研究卻認為徐國明否認「文學作為一種造假的藝術」的標準，那麼與邱貴芬提出的前提就不相同了。其次，關於原住民文學品味必須受到主流文學的箝制與影響，固然是事實。然而，任何文學典律之形成，都必然會有主流品味領導的問題。在漢人的文學生產機制中，也會有因應文學獎、文學出版、文學評論等綜合性因素而產生的文學審美標準。縱然原住民文學必須有所協商，也仍然不影響我們要求或討論原住民文學的「文學

6 徐國明，〈「原住民」的框架內／外——重探臺灣原住民運動的文化論述與「文學性」問題〉，《國立臺北教育大學語文集刊》十八期，頁一六七。

7 同前註，頁一六八。

8 同前註，頁一七一。

9 同前註，頁一九二。

10 同前註，頁一九二。

11 同前註，頁一九二。

性」問題。因為「文學性」固然不是先驗地存在，所謂的「原住民性」亦不是先驗地存在。這都極有可能是文化積累下的層進建構，並允許其有變化的可能。所以徐國明雖然認為，討論一部文學作品時，除了美學層次的問題之外，應該納入其他層面的意識形態共同理解，卻不能不面對「如果專就文學美學問題而言」，原住民文學的美學如何可能？

邱貴芬在另一篇短文〈臺灣文學研究的「文學性」〉同樣曾提及原住民文學的「文學性」問題：

> 如果說，原住民創作形式和語言的運用不能用一般我們談文學創作的方法來談，那麼，其他替代的方法是什麼？還是只要是原住民書寫原住民文化，就是一篇「好」文章？如果如此，原住民「文學創作」和「非文學創作」的區分在哪裡？也就是說，研究原住民文學，是否要關照作品的「文學性」，探討作者用怎麼樣的形式和技巧來呼應他所要表達的內容[12]？

但實際上閱讀全文，邱貴芬並不只單單針對「原住民文學」的「好的標準」而已，她也針對「女性文學研究」與「散文研究」進行反省。換言之，邱貴芬的提問，並不會只針對原住民文學的「特殊情境」而發。在〈原住民需要文學「創作」嗎？〉一文，也將原住民文學詮釋的問題，與女性文學是否能夠由男性學者來詮釋，以及臺灣文學能否由外國學者來詮釋等問題結合，共同提出反省。

徐國明的立場，大約比較接近張誦聖主張在「政治」與「美學」之外加入「市場」層面的影響[13]。將廣義的市場因素納入審美標準形構的討論中，自然有其意義。不過此處還是要提醒，張誦聖的說法，也不是針對原住民文學而發，而是整個臺灣文學的研究都可能面臨這樣的問題。

既然這是不分原漢差異都有的問題，這個問題自然就成為討論文學的共同背景。在此共同背景之下，原住民文學是否必須面對「文學之所以為文學」的判斷標準？也就是

---

12 邱貴芬，〈臺灣文學研究的「文學性」〉，《第一屆全國臺灣文學研究生論文研討會論文集》（臺南：國立臺灣文學館籌備處，二〇〇四年），頁三六九－三七〇。

13 張誦聖，〈「文學體制」、「場域觀」、「文學生態」：臺灣文學史書寫的幾個新觀念架構〉，《臺灣文學評論》四卷二期，頁二〇七。

說，其實不只原住民文學的興起與政治運動或社會文化的發展有關，漢人文學很大程度上也肩負了文化傳輸、教育等意識形態的表述。既然這是文學所共同面臨的傾向，我們還是可以將之視為「文學」的「背景」。那麼，「文學」之所以為「文學」的原因，仍是不可閃避的問題。因此，我認為徐國明不斷強調原住民文學在整個文學場域如何遭受主流文學價值的影響，以及原住民文學性如何扣緊原住民主體意識等方式，並不是在回答邱貴芬所關心的關於「原住民文學的創作美學」。

那麼關於邱貴芬提出來的問題，又該如何回應呢？此處先羅列本研究的相關論點：

(1)為求原住民文學不再是原運的附屬產品，而有其獨立的價值。原住民文學的創作與評論視野，應該在現有的發展基礎上，更加關心、開拓原住民文學創作美學的價值與意義。

(2)所謂的審美標準，也許並沒有一個本質性、規定性、統一的說法，評論者與創作者必須有「創作好文學」的意識，不單單以內容題材為依歸，而需要開始重視創作的形式技巧。

(3)既然題材內容暫時不成為我們審議文學良窳的主要部分，我們可以試圖回答徐國明提出的問題：倘若一位具有原住民身分的作者，不在他的作品裡摻入具有差異性的

「原住民」文化內涵時，我們還會認為這樣的作品，是「原住民」的「文學」作品？基於目前學界對於原住民文學採取身分說的定義來看，只要在身分血緣上能夠被確定為「原住民」，則其人創作的所有題材都屬於原住民文學。

里慕伊．阿紀在《山野笛聲》的自序〈仰望星空〉提及，當初利格拉樂．阿媯邀請她撰寫「番人之眼」的專欄，阿媯說：「番人之眼，看天下、看人間、看任何所看到的……沒有限制妳非看什麼啊[14]！」身為一位「番人」，所能放眼望去的世界無比遼闊，不一定著眼在原住民的悲情控訴或傳統文化的問題上。

當然，也有可能具有原住民血統的創作者，對於傳統文化的認同或理解甚少。那麼，我們如何面對原住民文學可能會跟漢人文學沒有任何差別？於此問題上，部落文化的傳承與影響，必須是在「人」的身上作功，這方面的努力有多面向可以進行。但是一旦要進行「創作」，就要以此「人」為一個創作的核心，發散出屬於他獨特擁有的創作能力、情感、價值等，而不是以題材拘限了創作。既然不以題材作為審議原住民文學的

14 里慕伊．阿紀，〈仰望星空〉，《山野笛聲》（臺中：晨星出版，二〇〇一年），頁一〇。

美感標準，邱貴芬提到的原住民文學真實與虛構的張力，仍然要以「文學」為依歸。文學畢竟不是人類學研究或民族誌，那容或具有某種程度上的功能，但是我們不能忽略文學具有其高度主觀的情感投射及發用。我們仍然不能忽略文學作為一種「創作」與「表現」（而非只是「再現」），必然帶著作家的強烈主觀的情感。

邱貴芬與徐國明都提到原住民文學「被觀看」的問題，也就是「原住民性」與「文學性」的爭持。徐國明很擔憂地提出一個問題，在文學獎匿名機制中，漢人可以操作原住民的元素而得到更多受注意的機會。徐文引用甘耀明為文敘述的經驗，因為要「還原住民公道」故而在文學獎審查上選出了四位原住民作品，結果四篇都是漢人寫的[15]。關於類似的情境，問題出在評審本不應該預設「原住民題材」與「原住民身分」的連結，尤其文學獎的匿名審查機制，本就已隱藏了「原住民的身分」，以文學作品中的「原住民題材」來掛勾「還原住民公道」，本來就是混淆了評審文學的標準了。此外，在文學獎匿名審查的機制中，並不是只有原住民題材會成為一種被刻意操作的符號，女性文學、同志文學、外籍移工……，舉凡特定時候所關注的流行議題，都很有可能成為一種刻意操作的主題。這本來是文學獎匿名機制下難以避免的，文學獎只是文學發展與文學評論的一個環節，而非全部。

（二）形式作為一種符號的創造

邱貴芬雖無明言「文學是一種造假的藝術」的理論脈絡，但從恩斯特．卡西勒（Ernst Cassirer）《人論》（An essay on man）與其學生蘇珊．朗格（Susanne K. Langer）《情感與形式》（Feeling and Form）的符號形式美學立場，可以替這一說法進行相當程度上的闡述與補充。

卡西勒的符號形式哲學，為人類的本質下了一個功能性的定義，亦即人類是運用符號的動物。在卡西勒看來，無論是語言、藝術、神話、宗教、歷史、時間、空間都是一種符號，人類正是因為具有符號化的能力，才能創造文明與文化。所以在抽取符號的過程中，符號就是一種創造，也是一種虛構。特別在藝術領域，卡西勒提醒我們藝術作品的形構，是一種將情感具體化、客觀化的過程，否則只是受情緒支配，只是多愁善感

15 徐國明，〈弱勢族裔的協商困境——從臺灣原住民族文學獎來談「原住民性」與「文學性」的辯證〉，《臺灣文學研究學報》十二期，頁二三四－二三五。

而稱不上是藝術[16]。

這種強調情感具體化外顯的說法，為卡西勒的符號形式美學奠定基礎。卡西勒把「美的形式」看成是一種自由主動性的產物，由於每一件藝術品都是一種生命的形式，都有一個直觀的結構，意味著一種理性的品格，因而藝術品應該具有審美的普遍性[17]。

不過，這並非意味著符號形式美學忽略情感的作用，只注意到藝術形式的「技術」要素，或如魏貽君所擔心的「片面追求文學性的形式正確、技巧滿足[18]」。實際上，藝術不僅達到了主觀世界和客觀世界的融合，達成對直接現實的超越，給生活注入了「活生生的形式」的質素，同時，這種形式本身即是對人的生命形式的一種凝練與表現[19]：

審美的自由並不是不要情感，不是斯多噶士的漠然，而是恰恰相反，它意味著我們的情感生活達到了它的最大強度，而正是在這樣的強度中它改變了它的形式。因為在這裡我們不再生活在事物的直接的實在之中，而是生活在純粹的感性形式的世界中。在這個世界，我們所有的感情在其本質和特徵上都經歷了某種質變的過程。情感本身解除了它們的物質重負，我們感受到的是它們的形式和它們的生命而不是它們帶來的精神重負[20]。

卡西勒認為，藝術作為一種純粹形式，就其與其他符號形式的區別而言，它有著自身獨立的價值與獨特的語言，即形式的語言，它不指涉具體的現實與事實而僅遵循「形式的理性[21]」。就其創造特性而言，它不是人類情感的簡單再現和集合，而是以各種

16 卡西勒（Ernst Cassirer）著，甘陽譯，《人論》，頁二〇九。

17 張賢根，《二十世紀的西方美學》（武昌：武漢大學，二〇〇九年），頁五一。在這個意義下，我們可以回應徐國明「文學性不是先驗地存在」一說，徐國明的論文討論的方式乃是就現實經驗的歸納，表明所謂的美感標準，在原漢文化的差別以及權力不均等的情況下，會有許多讓步妥協的問題。不過若是在符號形式哲學的美學觀中，這些妥協都不足以否認文學作品存有特定的藝術符號與形式。固然美感的標準會有商討的空間，但此協商也不能只看到原住民文化讓步的面向，漢人文學或主流文學也需要時時調整變化。這所有的討論，都有可能是在一個尋求更好的形式的道路上。

18 魏貽君，《戰後臺灣原住民族的文學形成研究》，頁三六五。

19 趙憲章、張輝、王雄著，《西方形式美學：關於形式的美學研究》（南京：南京大學，二〇〇八年），頁三二四。

20 同註十六，頁二一八。

21 同註十六，頁二四五。

形式因子賦予形式的過程，它使凝固材料產生了生命的形態；就其創造的結果而言，它則給人們帶來「純形式的真實[22]」。

藝術品的形式發現與創造，必須經由藝術家的理性構思而成。藝術家的理性思維，如藝術理念、精神、創作意旨等，會貫注在藝術品的形式上。為了達到最高的美，就不僅要複寫自然，而且恰恰還必須偏離自然。規定這種偏離的程度和恰當的比例，成了藝術理論的主要任務[23]。

這個觀點在蘇珊．朗格的理論中更是發展顯著，蘇珊．朗格討論文學虛構與現實事件的關係時，強調「現實提供意象是十分正常的；不過意象不再是現實裡的任何東西，它們是激動起來的想像所應用的形式[24]」、「文學的事件是被創造出來的[25]」、「每一件真正的藝術作品都有脫離塵寰的傾向。它所創造的最直接的效果，是一種離開現實的『他性』（otherness），這是包羅作品因素如事物、動作、陳述，旋律等的幻覺所造成的效果[26]」。

有了以上的理解，回頭閱讀邱貴芬的討論，提示了我們一種文學創作與歷史紀錄的兩難，這牽涉到了虛構與真實的衝突。但是，文學作為一種虛構的創作，在卡西勒的學說看來，那種「虛構」指向的是從「實在」中萃取出「符號形式」。如此可以說，文學作品的「虛構」指向的是一種形式的創造，與內容是否屬實並不相關。即使要針對文學作品的內容真實性進行探討，在符號形式哲學的脈絡中，「歷史」或是相關紀錄，也無法直接面對「實在[27]」。換言之，無論是原住民「文學創作」或是原住民「歷史紀錄」，似乎都可以說是指向一種虛構的形式創作。

然而，這樣子似乎又沒有解決問題。因為這樣的推論就把「文學創作」和「歷史紀錄」的問題同樣推導至「符號形式」的萃取。那麼，到底原住民需要「文學創作」嗎？

從符號形式美學的立場來看，原住民當然需要「文學創作」，因為原住民需要一種

---

22 趙憲章、張輝、王雄著，《西方形式美學》，頁三二七。

23 同註十六，頁二〇五。

24 蘇珊．朗格（Susanne K. Langer）著，劉大基、傅志強、周發祥譯，《情感與形式》（北京：中國社會科學，一九八六年），頁二九三。

25 同前註，，頁二九七。

26 同前註，頁五五。

27 同註十六，頁二七六。

將情感持續形式化、具體化，追求特定的生命形式與情感形式，以求使外人能夠理解的作品。蘇珊．朗格也認為，藝術的審美價值在於通過藝術去觀照和理解人類情感的本質。同時，通過對藝術的認識與熟悉，反過來為實際情感提供形式[28]。

至於原住民的歷史紀錄或是民族誌的工作，固然原住民漢語文學似乎某個程度上能夠肩負這樣的功能，這卻不應該是其主要的職責。甚至，原住民漢語文學是否能夠發揮歷史紀錄或民族誌的效用，是在以文學的眼光閱讀作品時，所不需要強調或是刻意彰顯的眼光[29]。

邱貴芬文章認為，強調真實不真實的問題推到極致，可能會澈底否絕了文學存在的意義，「在文學市場如此蕭條的時代，還期待文學作品能擔任政制改革的推手，不如寫政論[30]」。關於這個問題，邱貴芬並非無的放矢，但是同樣地這也不是原住民文學獨自面對的命運，任何嘗試以文學推動政治改革的作品與議題，如：女性文學、同志文學、後殖民文學等都會遇到相同的質疑。

順此而論，文學作品不能夠等同於政治論述，文學作品必然有其獨立於政治論述的價值，而此價值極有可能就是在「特定的符號形式」上，能夠更好地「感染人心」。何況，政治論述往往試圖「以理服人」，效果上卻未必能夠有幫助。正如理查德．舒斯特曼（Richard Shusterman）曾言：

如果我們想成功地處理好這些偏見問題，那麼我們就必須超過人權和公平這些理性原則之上來看問題。只要我們不是自覺地關注引起種族和人種偏見的令人不安的陌生性所導致的那種發自內心深處的感受，我們就絕不可能克服這種感受，也不可能克服它們引起和滋養的那種仇恨[31]。

---

28 張賢根，《二十世紀的西方美學》（武昌：武漢大學，二〇〇九年），頁五二。

29 這個問題則必須交給需要以此「作品」作為「民族誌」參考的人考慮。原住民文學是否能夠擔任民族誌的角色，遠非本文能夠評判的。齊隆壬於〈民族誌與正文：臺灣原住民文學的書寫和種族論述〉認為原住民文學可以視為一種「新民族誌」。但是本文認為，如果忽略了文學創作本身是一種自我符號化的行為，而太過直接地將原住民漢語文學作品視為民族誌，反而可能會陷入一種文化誤解的閱讀危機而不自知。見馮品佳主編，《重劃疆界：外國文學研究在臺灣》（新竹：國立交通大學，二〇〇二年），頁一五九－一七〇。

30 邱貴芬，〈原住民需要文學「創作」嗎？〉，《自由時報》第E 7版（二〇〇五年九月二十日）。

31 理查德．舒斯特曼著，彭鋒譯，《生活即審美：審美經驗與生活藝術》（北京：北京大學，二〇〇七年），頁XXI。

訴諸感性認識而期望改變，可以說是美學的一大功能。符號形式哲學的脈絡表明，在現實世界中，進入藝術，也就是進入了一個新的領域，那不是「活生生的事物」的領域，而是「活生生的形式」的領域。藝術符號所構成的形式世界，不但可以描摹現實的世界，反映整個人類的情感，它還可以探索可能的世界，包括那些已經消失的過去和尚未到達的未來[32]，「展示事物各個方面的這種不可窮盡性，就是藝術的最大特權之一和最強的魅力之一[33]」。

三、活出文學：生活成為審美的對象

邱貴芬的文章在原住民文學研究的領域，似乎還曾引起另一種誤會。當邱貴芬著意於「創作美學」的問題，可能讓某些人急於辯駁，認為原住民文學的「美學」就落實在原住民的生活境況裡。正如吳春慧《勞動與知識的辯證》所言，「閱讀者更應該重視原住民文學『以身體開展』的真實經驗，相較於『純美感』的『造假』，『以身為度』的書寫無疑是更返回『文學反應生命』的本質[34]」。

如果要嚴格地審視吳春慧的這段評論，很多地方都值得斟酌。譬如「更重視」、「真實經驗」、「更返回『文學反應生命』的本質」等說法，若是由符號形式美學的立場而言，這些論斷恐怕未必如此。

在卡西勒與朗格的形式符號美學的脈絡下，藝術作為一種審美對象，不再停留在自然美的層次，因為他們都強調符號形式之建構活動。在此符號形式建構中，「我們才能發揮人類心靈之主動能力；唯有透過藝術這種符號形式，人之內在生命世界，人的情感與想像力才得以實現[35]」。

究其實，這是一種不同脈絡的討論，吳春慧的論斷是將原住民生活經驗視為審美的對象，不同於將文學作品視為審美對象。這二者可以藉由「視野的轉換」各自成全其視

---

32 周憲，《二十世紀的西方美學》（南京：南京大學，一九九九年），頁二九三－二九四。

33 卡西勒，《人論》，頁二一二。

34 吳春慧，《勞動與知識的辯證：夏曼．藍波安與亞榮隆．撒可努作品中的身體實踐與身體書寫》（新竹：清大中文碩士論文，二〇一〇年），頁一〇二。

35 伍至學，《人性與符號形式—卡西勒《人論》解讀》（臺北：臺灣書局，一九九八年），頁一六六。

域之中的「美學價值」。

十八世紀美學之父鮑姆嘉藤（Baumgarten）將美學確立為一門獨立的學科時便談到，美學是感性認識的科學[36]——「意思是要研究對完整和諧的具體形象飽含『感情』的、朦朧、籠統而生動鮮明的『感性認識』（不是明晰的理性概念認識[37]）」。如此，原住民文學的美學問題，指向文學作品中所描述的原住民的感性認識力的發用，而這都是美學可以討論的範圍[38]。由此而論，引領我們關切的未必是原住民「文學的美」的問題，而是原住民文學中的「感受力」問題。

（一）生活與體知

從以上這些反思，對應原住民文學文本可以發現，許多作家在討論部落生活的特質時，常常有「活在文學」、「活出文學」的說法：

> 在百年以前我們沒有「文學」這個概念，我們的文學基本上就是生活，比如說我們老人家之間的對唱、對吟，這些都是文學啊[39]！

其實就是生活的藝術、美學，也是生態倫理的信仰，無形的文化資產，這是我現在的認知，以及很深的體悟[40]。

在原初的部落生活中，沒有現代文學創作意義下的「文學」（literature）概念，然而我們若從現在文學的概念去審視部落生活的許多模式，似乎又可以看出類似的文化產物。對於原住民而言，他們只是在生活，只是「活著」。如果從埃倫．迪

36 簡明、王旭曉，〈前言〉，收入鮑姆嘉藤著，簡明、王旭曉譯，《美學》（北京：新華書店，一九八七年），頁五。

37 王世德主編，《美學辭典》（臺北：木鐸，一九八七年），頁一。

38 美國實用主義美學家理查德．舒斯特曼表示，「亞洲在對西方美學的接受過程中，並沒有保留『美學』原本具有的『感知』或『意識』的涵義。當西方哲學在明治時期引進到日本，美學這個概念被曲解為『美的科學』（或理論）。」理查德．舒斯特曼著，程相占譯，《身體意識與身體美學．中譯本序》（北京：商務印書館，二〇〇一年），頁三。

39 瓦歷斯．諾幹語，見魏貽君，〈從埋伏坪部落出發——專訪瓦歷斯．尤幹〉，《想念族人》，頁二二九。

40 夏曼．藍波安，《大海浮夢》，頁二四六。

薩納亞克（Ellen Dissanayake）的《審美的人》來看，為了「活著」以及「更好地活著」，人類自然會發展出因應環境的藝術「行動」，「通過把藝術稱作一種行為，我們也建議，在人這個物種的進化過程中，有藝術傾向的個人，那些擁有這種藝術行為的人，比那些沒有的人生存得更好。這就是說，一種藝術行為具有『選擇』或『生存』價值：它是一種生物性的必需品[41]」。在原住民傳統部落的生活形態中已經囊括了我們現在認定的「藝術」或「文學」內涵，對於原住民漢語文學的作家而言，他們要做的事情，是把這樣的生活樣態描述出來。當然，從人類的認識能力而言，到底怎麼樣的程度叫做「原原本本」其實是個問題，但如果這是一種創作上的寫作風格與態度，我們仍然可以理解原住民文學對於日常生活的描摹，即使不需要有太多的（當然，也不能完全不顧）「敘述技巧」，一樣可以展現出屬於原住民文學的「生活美學」：

假如我三十二歲那年忘了回家的話，如此之「原初信仰」的體悟，在至親親人往生後，就不會孕育對自然生態環境的另類感知，這種信仰不是在表現想像的靈觀，而是在沒有任何為了金錢而勞動生產的目的論下，接受了父祖輩們的生活哲學觀，我現在稱之純潔的「生活美學[42]」。

原住民作家當中，夏曼．藍波安算是比較常提及「美學」一詞，卻沒有很好地解釋。基於「美學」作為一門研究感性認識的學科，我認為更明確意義下的「生活美學」，乃是關注「生活當中的感性認識」：

我們從小每天的第一眼、最後一閉都是海洋，他的潮汐大小變幻，勾畫了我本性的浪漫與懶散，而冬季時的海洋，他的寧靜在我小時候的感官，也比我那個記憶裡的外祖母更慈悲、慈祥，並多了暗灰的蒼涼，那汪洋影像的變幻幾乎就是刻在自己成長的記憶裡[43]。

黑暗的靜，讓人能聽見自己原來就擁有的那個聽覺能力，我確信自然和土地呼吸的氣聲隨著蟲鳴的叫聲，而有律動、節奏，蟲鳴叫聲間接地拉高代表著大地吐出的

---

41 埃倫．迪薩納亞克，《審美的人》，頁六五。
42 夏曼．藍波安，《大海浮夢》，頁三五八。
43 同前註，頁二四。

聲音。我闔眼佇立著，手中緊握獵槍，頭四十五度角地歪著，朝天的耳朵正聆聽由天飛來的聲音，朝地的耳朵聽著由地傳來的聲響，我靜靜地聆聽……這勝過在國家音樂廳般的一切感受[44]。

原住民作家返回山海世界，回歸大自然的生活方式，確實有很多機會面對自然，而引發審美情感。這些情感的特質常常是非常豐沛細膩的，當中，「寧靜」是一種最常被提及的感情。夏曼．藍波安的大海是寧靜的，亞榮隆．撒可努的山林獵場也是寧靜的。「寧靜」除了是大自然給予作家的一種感情特質的呈顯外，「寧靜」本身也是一種「審美態度」：

學校教育學來的知識，對我而言是「理性」看世界，父祖輩們給我的教育是，用「寧靜」觀賞海洋。我聽得懂他們的故事，他們划過的海我划過，他們潛過的海我潛過，他們走過的山林我走過，他們抓過的魚類我也抓過，也回敬了我這些尊敬前輩，原來他們跟我說許多的故事就是要我將來當個「作家[45]」。

當夏曼・藍波安以二元對立的方式，列舉出學校教育／父祖輩、理性／寧靜、世界／海洋，我們可以明白，這裡的「寧靜」就是一種不同於理性思考的感性發用。換言之，並不是每個人走進山林大海都必然會獲得審美認識，而是必須先有一種審美的態度、眼光去欣賞自然環境。

從感性認識的角度去談「審美」、「美學」，是為了要避免漢語詞彙中「美學」在字面上的意義使人誤以為談的是「美不美」的問題。因為，人的感受力非常豐富，並非只對「美」有感受。從感性認識的審美經驗去看待問題，就可以有更遼闊的視野，明白這些作家在重返部落、回歸自然時的種種感受，不一定只是單純的「美好」，而是能夠囊括各種情境下的真實「感覺」——無論是夏曼・藍波安〈讓風帶走惡靈〉所言「黑色場景」的「孤獨[46]」，或是亞榮隆〈公山羊的鬥場〉面對「有點鬼魅的氣氛[47]」，或是瓦歷

44 亞榮隆・撒可努，〈水神的指引〉，《走風的人》，頁二四二。
45 夏曼・藍波安，〈滄海〉，《老海人》，頁二一。
46 夏曼・藍波安，〈讓風帶走惡靈〉，《航海家的臉》，頁六五。
47 亞榮隆・撒可努，〈公山羊的鬥場〉，《走風的人》，頁一五四。

斯．諾幹〈最初的狩獵〉泰雅族小孩與老人上山與野獸博鬥[48]，小孩眼看自己殺死了山豬，心中興起「這難道就是學習勇士代價」的疑問，甚而放聲一哭——這當下的情感湧現，都不可能是單純的「美」，但這之所以能夠為我們討論「美學」所承認，正是因為他們都是在敘說自己存在於當下場景時所擁有的知覺，「就在此刻，我能感受離開是一種氣氛的感覺的延伸，讓自己有一種深刻感觸，去體會你的離開是自然回應給你的感受[49]」。

如果仔細閱讀這些段落，不時可以看到作家們提到「氣氛」，伯梅(Gernot Böhme)〈氣氛作為新美學的基本概念〉也是力圖將美學的意義重新回歸到「感性認識」的層面上去談。他表示，過去美學發展的一種情況是脫離了經驗，更少關乎感性經驗，美學理論提供了藝術史、藝術批評相關詞彙，但在這個發展途徑上，感性與自然幾乎完全從美學中消失了[50]。伯梅提出的氣氛概念，認為「氣氛是知覺者與被知覺物件的共同實存性。氣氛是被知覺者的實存性(作為氣氛在場的領域)，同時氣氛也是知覺者的實存性(即是知覺者感受到氣氛時，是以某種特定的方式讓身體在場[51])」。利用氣氛的概念，試圖串聯審美主體與審美對象主客二元對立的狀況。伯梅的氣氛美學當然不會只是這樣簡單的概念，其中還涉及了他結合身體美學、自然美學、社會美學三層面的批判意義[52]。但氣氛美學的概念，確實有助於幫助我們理解文學作品中所描述的大自然，對於原住民作家所產生的一種「魅力」：

外公說：「別的人漁網很大，我們比不過他們，就算沒有魚，我們還是要出海，因為海上有一種無法解釋的力量，會讓人迷惑和浪漫；那裡的空氣久了會讓人的心平靜很舒服[53]。」

48 瓦歷斯．諾幹，〈最初的狩獵〉，《城市殘酷》，頁二二五—二二八。
49 亞榮隆．撒可努，〈公山羊的鬥場〉，頁一五五。
50 伯梅著，谷心鵬、翟江月、何乏筆譯，〈氣氛作為新美學的基本概念〉，《當代》一八八期，頁一二。
51 同前註，《當代》一八八期，頁二一。
52 何乏筆，〈氣氛美學的新視野〉，《當代》一八八期，頁三五。
53 亞榮隆．撒可努，〈外公的海〉，《外公的海》，頁七三。

大海那種「無法解釋的力量，會讓人迷惑和浪漫」，就是一種氣氛的呈顯。在那種氣氛中或許可以給人心情平靜的感受，而這種氣氛很有可能是同時存在於主體與客體的。將對美學理解為對感性認識能力的探索，「生活美學」就不會是一個空洞的修辭，也不是現代資本主義下美感世俗化的概念[54]。那是指在日常生活之中，特別是原住民親近山海世界、活在山海世界時，他們所具有的感受能力。就原住民的文學書寫而言，他們「某種程度上」其實只需要「原原本本」地把經驗寫下來，那自然就成為他們所能夠呈顯、分享的美感。

(二) 傳唱的即興魅力

之所以談及文學的虛構、形式等概念，主要是為了確立原住民「文學」在現代語境下所認知的「文學」概念中的地位，但又不純粹以現代文學的概念去囊括或限制原住民文學創作，主要是因為洞悉了原住民的傳統文化對於生活的感受與文化習俗，足以成為其「文學創作」相當豐沛的資源與養分。很明顯地，在部落技藝當中最直接與文學創作相關的莫過於故事與唱歌，這也是最能夠直接彰顯在當下的生活情境中創作的技藝。

莫那能自述與在楊渡家遇見一行朋友籌劃《春風詩刊》，當時大家喝了酒，莫那能就開始唱歌。起初唱的是當時大家都熟悉的歌〈美麗島〉或〈少年中國〉，「後來不知道什麼時候開始，我就很即興地亂唱，完全是唱出自己心裡的感受，他們聽了突然就跳起來說：『這就是詩啦！[55]』」。從這個事件就可以知道，詩歌作為吟詠性情的文學體制，是不離開日常生活的。

撒可努〈爸爸去遠洋〉也曾描述父母親藉由對錄音機說話、唱歌，傳達彼此的思念，取代了用文字傳遞家書的不便。撒可努所言，「聲音的轉換和起伏，是一種最接近的真實[56]」，適足以讓我們對於「文字」進行一些反思。

大抵說來，原住民族在很長的歷史中沒有一套相對於語言的文字符號系統，他們知識的傳遞、生活經驗的分享、溝通都依賴於口傳。固然沒有文字系統的輔助，在步入現

54 對於審美的世俗化，相關討論與爭議可以參讀彭鋒，〈如何看待日常生活審美化？〉，《回歸：當代美學的十一個問題》，頁二四九－二七三。

55 莫那能，《一個臺灣原住民的經歷》，頁二二五。

56 亞榮隆．撒可努，〈爸爸去遠洋〉，《外公的海》，頁二二四。

代化社會遭遇漢人強大的文字符號系統侵襲下，原住民傳統部落的文化受到很大的衝擊。然而，如果換個角度思考，正因為缺乏文字中介，原住民部落生活中，人與人直接傳遞訊息、分享感情的網絡遠比現代社會更緊密。

埃倫．迪薩納亞克便主張，數千年來，人們並不閱讀和書寫但仍然能夠完全地生活並且過上完全的人類生活，相對於書面語言，口頭語言是生動而直接的，與促進社會交往以及準確而明白地傳遞增長知識的訊息有關。他認為一個人對書面語言的依賴，會過度給予書面語言特權，而其代價就是「遺漏了人與世界的許多互動[57]」：

小時候的成長完全是在沒有電燈的歲月，繁星月光的夏季，部落裡的耆老常常聚集在最接近海邊的地方，通常是某人家的院子，由年長的人說古老的故事，故事說到某個段落的劇情時，說話人就以詩歌古調吟唱，眾人或其他的晚輩就在此時練習古調的吟唱，學習詩歌創作的雅韻，眾人匯聚的歌聲便縈繞在部落的上空，那種古調的旋律十分單調，也沒有副歌，然而我卻時常被吸引，那股眾人的自然合音的意境像是海波浪的韻律，實在而不華[58]。

換言之，前現代社會或原住民傳統部落生活對於故事或歌謠的運用，相對於「文學是一種語言藝術」的現代定義，前者更能夠使生活與（廣義的）文學緊密貼合。生活即文學，便是原住民屢屢自豪的「活出文學」的概念：

我發現部落的長輩幾乎每一個人都有「文學」的才華。他們善於玩弄語言，說故事、講神話；開起玩笑來，充滿臨場的機智。更令我沉醉的是，他們每一個人都能用「歌」寫「詩」，吟詠故事[59]。

所謂「活出文學」，其主動活潑的關鍵點在於「活著」——「無論我們是否表述這些事情，也不管我們怎樣用語言來表述它們，我們都做著它們[60]」。在耆老長輩的歌聲

57 埃倫．迪薩納亞克，《審美的人》，頁二九四。
58 夏曼．藍波安，《大海浮夢》，頁二二六。
59 孫大川，〈用筆來唱歌〉，《臺灣文學研究學報》一期，頁一九七。
60 埃倫．迪薩納亞克，《審美的人》，頁二九三。

裡，「把我們的『思維想像』帶進水世界裡，好像我們也跟著他游泳的感覺[61]」，「彷彿讓我感覺到大自然呼吸的聲音[62]」，這就是原初人類與自然的相遇，也是一種「當下」的呈現：

我常懷疑這是一個不用文字的民族，對「歷史」特殊的處理和體驗的方式。「naLuwan」是虛的框架，猶如一條流動的曲線（歌曲的曲）；它協助填唱曲子的人，將自己當下的情感、經驗和意念，引入一個特定的、用曲調拉出的時間序列，「歷史」在「當下」被捕獲。它不是過去資料的堆砌或記憶，也不是什麼大人物、大事件或他人的事，它是我們存有的一種形式。唱歌因而是不用文字的原住民參與歷史、體驗歷史的一種手段。當原住民聚集在一起「naLuwan」的時候，正是大家一同進入「歷史」相遇、分享的時刻[63]。

孫大川對於卑南古調的體認，放諸原住民各族傳統歌謠，應當也適用。特別是這種沒有版權的音樂，屬於一種文化的公共財，搭配著祭儀演出，分享的範圍從人與人之間的當下相遇，擴大至人與自然、宇宙的和諧共感；人便是在這樣的文學中「活著」。

從「活出文學」到「寫出文學」，原住民傳統文化的生活形態對於他們利用文字創造出文學作品的極大裨益。在部落原始的生活中，沒有現在文學創作的觀念，彼時，他們的詩歌故事為的是配合勞動、傳遞常民知識、遵守禁忌或溝通情感等諸多面向而來。但此時既然原住民借用了漢語作為寫作的工具，他們原來善於傳述故事、歌詠詩歌的能力，就足以成為他們創造敘事文學以及詩歌的能力：

老人家在聊，我就在旁邊聽，不管是神話傳說故事也好，部落以前發生過什麼事也好，我小時候這方面的聆聽經驗是蠻多的。後來當我開始用原住民的題材來寫的時候，很多童年的記憶都跑回來了，那真是太豐富了，我收集在《永遠的部落》的只

61 夏曼・藍波安，《大海浮夢》，頁三五九。

62 亞榮隆・撒可努，〈酒〉，《山豬・飛鼠・撒可努》，頁九四－九五。

63 孫大川，〈身教大師 BaLiwakes（陸森寶）——他的人格、教養與時代〉，《臺灣文學學報》十三期，頁一二八－一二九。

是一部分而已[64]。

《番人之眼》大部分的篇章其實說的是自己的故事，或者是發生在周圍的故事，我喜歡故事像記憶的珠鍊般串起，有時它顯露出晶瑩剔透的一面，有時它卻神祕地光照自己內心最為隱微的悸動[65]。

如同莫那能的吟唱可以成詩，瓦歷斯．諾幹聽到的故事可以寫成文章，這些原住民作家歌詠吟唱、聽故事與說故事的能力，為他們在文學創作的技藝鍛煉上，提供了很好的訓練。甚至「說故事的寫作」或者是「在作品中置入故事」的方式，對於他們來講是很容易的[66]。

原住民傳統部落生活，是一個不高度仰賴書面文字的社會形態，在那樣的生活中，人類相對地比較直接地面對實在。然而，只停留在那個生活的當下是不夠的，無論是祭儀、舞蹈、歌謠、故事，當然都是一種將生活經驗符號化後的產物，而文學作為一種語言藝術，更是如此。

那麼，我們可以清楚地看到，原住民傳統部落的生活感受，與原住民作家的文學創作，正好執其兩端而相互滋養。正如班雅明（Walter Benjamin）〈說故事的人〉所言：

「口口相傳的經驗是所有故事敘述者在其中汲取利用的泉源。把故事以文字寫下的作家中，其最偉大者，便是最不背離千萬無名說故事人的口語風格者[67]」。

四、結語

沿著歷史的縱軸，「活出文學」走向「寫出文學」，本文的標題卻將「寫出」置於「活出文學」之前。一方面是回應評論界對於原住民文學的形式美學批評不夠積極，另一方也提示著在當代文學創作的情境中，呈顯了「寫出」「活出文學」的書寫邏輯——

64 魏貽君，〈從埋伏平部落出發〉，收入瓦歷斯．諾幹，《想念族人》，頁二一九。

65 瓦歷斯．諾幹，〈讓故事繼續說下去〉，《番人之眼》，頁二三五。

66 浦忠成（巴蘇亞．博伊哲努），《臺灣原住民族文學史綱》（下），頁九二七。

67 班雅明著，林志明譯，〈說故事的人〉，《說故事的人》（臺北：臺灣攝影工作室，一九九八年），頁二〇。

亦即「活在當下」的生活境況，仰賴文字「寫出」，而更確立了「漢語文學」的價值及其意義。杜明城為撒可努的《外公的海》寫序之中的這一段話，頗值得玩味：

> 是的，原住民自有他人所沒有的歷練與體驗，因此讀他們的作品，確實有一種新奇的享受。重點在於「原原本本」四個字，每個人都能夠敘說自己的過去，但要能做到讓讀者一口氣「欲知其詳」，就必須具備過人的敘述技巧，同時必須語氣真誠，才能讓讀者有如親臨其境，與之同悲共喜[68]。

「原原本本」的說法固然是在強調原住民生活經驗的美感價值，但是若就創作美學的層面而言，「原原本本」其實是不可能存在的，所以杜明城的意見仍然著意在「必須具備過人的敘述技巧」的脈絡中。

可見，無論我們怎麼強調原住民「活出文學」，仍然要為文學藝術中的「形式」留有一席之地，而不是落入非此即彼的偏執中。即使《審美的人》從物種中心的角度探討人類存在與藝術發展的相關性，文學之所以為文學，是不可能捨去其有意味的形式而不談的。

埃倫・迪薩納亞克表示，除了我們要有審美的意圖之外，其次有以某種方式構形——主動地使其特殊或者在想像中把它當做特殊[69]：

在人類歷史上，不僅是語言的發展或技術「生產手段」的發明使我們變得異常和獨特。我們對所謂「強化手段」或「美化手段」的發明和應用——為了無限可能的對象和場合——同樣令人感動，也同樣深深地滲透在人性之中[70]。

由天籟產生的自然之音，在文化上被形式化和苦心經營。正像在詩性語言中，人類言語的普通語法和詞彙被變得特殊一樣，……從而增強其效果和感情色彩[71]。

伯梅的氣氛美學也提及，美學工作者的實踐知識蘊含著豐富的氣氛的知識寶藏。在營造氣氛的工作中，我們可以看出這樣的知識是含蓄的，是「隱闇的知識（tacit

68 杜明城，〈推薦序一〉，《外公的海》，頁二一。
69 埃倫・迪薩納亞克，《審美的人》，頁九五。
70 同前註，頁一四三。
71 同前註，頁一七一。

knowledge）」，他也曾就文學的案例分析其中所營造的氣氛美學。營造文學中的氣氛常常有賴於某些意象的使用與安排[72]。

孫大川〈用筆來唱歌〉提及，隨著當代原住民漢語文學的題材，漸次觸及人生的各個面向，「原住民文學不再是原運的附屬產品，除了抗議和控訴，文學有了它獨立存在的生命[73]」。孫大川此處所言文學獨立於原運而存在，似乎留意於題材的解放。然而，我認為更進一步言之，「原住民（漢語）文學」的獨立價值，不單單是創作題材上的自由，而且評論者在面對「原住民文學」時，除了把焦點放在「原住民」，也應當藉由視野的轉換，更多地留意「文學」。

我們並非全然否認原住民文學在民族誌、歷史紀錄的作用，也不是完全無視於所謂的審美標準具有的政治性；本文旨在而是強調「視野的轉換」——人類借用運用符號而開創出文明、文化的發展，是具有相當大的意義的，從而引申出來的關於文學藝術的形式美學，也不應該輕易閃避或置之不理。

既然要求原住民文學獨立於原運，那文學之異於政論的獨立價值，自然要有更多的評論者關注。邱貴芬當年提出這樣的問題，自有其當時文學創作與研究的時空背景，原住民漢語文學這些年的發展，早已不僅僅是在八〇年代因應原住民運動而有的文化產物，如今有不少作家在創作中表現機智、展現創意與想像，原住民文學的創作美學之分析討論，自是不宜佇足不前。

由此而論，我認為邱貴芬〈原住民需要文學「創作」嗎？〉提出的關懷，非但不會有取消原住民文學存在的意義，反而提醒我們從創作美學的角度，重新確立原住民文學的價值。強調原住民文學的「創作美學」，並非就因此「片面地」追求書面形式與技巧滿足，或是必然全盤捨棄原住民文學的政治性格。[74]當原住民文學的評論「不再只是」以

72 伯梅，〈氣氛作為新美學的基本概念〉《當代》一八八期，頁二四。

73 孫大川，〈用筆來唱歌——臺灣當代原住民文學的生成背景、現況與展望〉，《臺灣文學研究學報》一期，頁二一一。

74 邱貴芬的一篇文章〈性別政治與原住民主體的呈現〉針對夏曼．藍波安的作品討論，曾指出：「原住民漢語文學創作，不宜單純視為原住民文化異質的展現。原住民文學書寫的解讀，必須回到『翻譯』的特質：翻譯是兩種語言、兩種文化的接觸、交混的地帶。因此，研究原住民文學，我們需要探討作家『如何』展現『原住民的異質與主體』。」我認為，邱貴芬這裡提出的「如何呈現」將之解讀為「文學表現」的問題亦未嘗不可，而此文對於「性別政治」的討論，正說明了注意到了文學的主觀表現，並不會因此就捨棄了原住民文學的政治性格，或減損對原住民主體的關懷。見邱貴芬，〈性別政治與原住民主體的呈現：夏曼．藍波安的文學作品與 Si Manirei 的紀錄片〉，《臺灣社會研究季刊》八十六期，頁三〇。

政治正確或文化認同的眼光來看待這些作品，對於原住民創作者而言，反而可以拓展他們創作的參照座標，讓他們可以有更多的選項（無論是題材或技巧），有意識地去寫（或不寫[75]）。

75　審查意見之一曾對本文提出指正，頗值得本文反思，茲摘引於下：「生活與體知（感受力）、傳唱的即興能力，事實上這兩項亦為民間口頭文學的內涵。論文第三節所切入的觀點，若換成民間口頭文學的內容進行分析，一樣適切，換言之，必須思考以這兩個面向論述原住民漢語文學美學的獨特性。作者進一步思考的問題可能會是：這些作品提供了什麼樣的『氣氛』？什麼樣的『感受力』？提供讀者什麼樣的族群文化的邀請或連結？同樣地，個人即興之外，族群思維與文化脈絡是否提供傳唱的特殊性？若能補充，才能回應族裔文學的『美學』面向。」在此只能簡略地說明，本文第三節所切入的觀點，主要強調了口語文學傳統對於書面文學的滋養與影響。至於口語文學自身的美學特質，遠非本文為文之初所能夠處理的問題。但評審意見的建議，確實為重要的參考，故此摘錄，以作為參考。

參考資料

王世德主編　一九八七年，《美學辭典》，臺北：木鐸。

瓦歷斯．諾幹　一九九四年，《想念族人》，臺中：晨星。二〇一二年，《番人之眼》，臺中：晨星。二〇一三年，《城市殘酷》，臺北：南方家園。

何乏筆　二〇〇三年，〈氣氛美學的新視野〉，《當代》一八八期，頁二四－四三。

伍至學　一九九八年，《人性與符號形式——卡西勒《人論》解讀》，臺北：臺灣書局。

吳春慧　二〇一〇年，〈勞動與知識的辯證：夏曼．藍波安與亞榮隆．撒可努作品中的身體實踐與身體書寫〉，新竹：國立清華大學中國語文研究所碩士論文。

里慕伊．阿紀　二〇一〇年，《山櫻花的故鄉》，臺北：麥田。

亞榮隆．撒可努　二〇一一年，《走風的人》，臺北：耶魯國際。二〇一一年，《外公的海》，臺北：耶魯國際。二〇一四年，《山豬．飛鼠．撒可努》，臺北：耶魯國際。

奉君山　二〇一〇年，〈為什麼原住民文學？——一九八四迄今原住民文學對臺灣民族國家建構的回應與展望〉，臺北：國立臺灣大學中國語文研究所碩士論文。

邱貴芬　二〇〇四年，〈臺灣文學研究的「文學性」〉，《第一屆全國臺灣文學研究生論文研討會論文集》，臺南：國立臺灣文學館籌備處。二〇〇五年九月二〇日，〈原住民需要文學「創作」

嗎？〉，《自由時報》。二〇一二年，〈性別政治與原住民主體的呈現：夏曼．藍波安的文學作品與 Si Manirei 的紀錄片〉，《臺灣社會研究季刊》八十六期。

浦忠成（巴蘇亞．博伊哲努）　二〇〇九年，《臺灣原住民族文學史綱》（下），臺北：里仁。

夏曼．藍波安　二〇〇七年，《航海家的臉》，臺北：印刻。二〇〇九年，《老海人》，臺北：印刻。二〇一四年，《大海浮夢》，臺北：聯經。

孫大川　二〇〇五年，〈用筆來唱歌——臺灣當代原住民文學的生成背景、現況與展望〉，《臺灣文學研究學報》一期，頁一九五－二二七。二〇〇八年，〈身教大師 BaLiwakes（陸森寶）——他的人格、教養與時代〉，《臺灣文學學報》十三期，頁九三－一五〇。

徐國明　二〇一〇年，〈「原住民」的框架內／外——重探臺灣原住民運動的文化論述與「文學性」問題〉，《國立臺北教育大學語文集刊》十八期，頁一五九－二〇一。二〇一一年，〈弱勢族裔的協商困境——從臺灣原住民族文學獎來談「原住民性」與「文學性」的辯證〉，《臺灣文學研究學報》十二期，頁二〇五－二三八。

張誦聖　二〇〇四年，〈「文學體制」、「場域觀」、「文學生態」：臺灣文學史書寫的幾個新觀念架構〉，《臺灣文學評論》四卷二期。

張賢根　二〇〇九年，《二〇世紀的西方美學》，武昌：武漢大學。

莫那能口述、劉孟宜錄音整理　二〇一四年，《一個臺灣原住民的經歷（修訂版）》，臺北：人間。

彭鋒　二〇〇九年，《回歸：當代美學的十一個問題》，北京：北京大學。

馮品佳主編　二〇〇二年，《重劃疆界：外國文學研究在臺灣》，新竹：國立交通大學。

董恕明　二〇一三年，《山海之內，天地之外——原住民漢語文學》，臺南：國立臺灣文學館。

趙憲章、張輝、王雄著　二〇〇八年，《西方形式美學：關於形式的美學研究》，南京：南京大學。

齊隆壬　〈民族誌與正文：臺灣原住民文學的書寫和種族論述〉

魏貽君　二〇〇七年，〈戰後臺灣原住民族文學的形成研究〉，臺南：國立成功大學臺灣文學研究所博士論文。

Baumgarten　一九八七年，簡明、王旭曉譯，《美學》，北京：新華書店。

Ernst Cassirer　二〇〇五年，甘陽譯，《人論》，臺北：桂冠圖書。

Gernot Böhme　二〇〇三年，谷心鵬、翟江月、何乏筆譯，〈氣氛作為新美學的基本概念〉，《當代》一八八期，頁五〇—三三。

Richard Shusterman　二〇〇七年，彭鋒譯，《生活即審美：審美經驗與生活藝術》，北京：北京大學。二〇一一年，程相占譯，《身體意識與身體美學》，北京：商務印書館。

Susanne K. Langer　一九八六年，劉大基、傅志強、周發祥譯，《情感與形式》，北京：中國社會科學。

Walter Benjamin　一九九八年，林志明譯，《說故事的人》，臺北：臺灣攝影工作室。